NEVERMOOR
네버무어

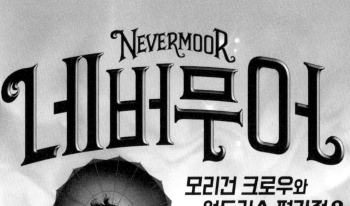

NEVERMOOR
네버무어

모리건 크로우와
원드러스 평가전 2

제시카 타운센드 장편소설
박혜원 옮김

디오네

호텔 듀칼리온의 첫 투숙객이었던 샐리에게

그리고 나는 무엇이든 할 수 있으며
이 일도 해낼 것이라는 믿음을 준 티나에게

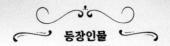

모리건 크로우Morrigan Crow

작은 키에 새까만 머리카락과 비뚤어진 코를 가진 열한 살의 소녀. 지난 연대의 이븐타이드에 태어난 저주받은 아이로, 주변에서 일어나는 모든 불행한 일의 원인으로 지목된다. 이번 연대의 마지막 날인 이븐타이드에 죽을 운명을 타고났다. 까칠하고 냉소적인 듯 보이지만, 호기심과 동정심이 많고 애정에 굶주려 있다.

주피터 노스Jupiter North

키가 크고 화려한 복장을 즐기는 생강색 머리의 남자. 흔히 주피터 노스 대장이라고 불리며, 원드러스협회, 탐험가연맹, 네버무어호텔경영자연합 등 다양한 곳에 소속되어 있다. 호텔 듀칼리온의 주인이며, 많이 이들의 관심을 받는 유쾌하고 특별한 분위기로 가득한 사람이다. 이븐타이드에 크로우 저택에 나타나 저녁 식사를 하고 있는 모리건을 데리고 네버무어로 떠난다.

[크로우가 사람들] ···

커버스 크로우Corvus Crow

모리건의 아버지이자 윈터시 공화국에서 가장 큰 그레이트울프에이커주의 총리. 완고하고 고집 센 성격으로 자신의 정치적 안위를 최우선으로 생각한다.

아이비Ivy

커버스의 아내이자 모리건의 새어머니. 검은 머리에 창백한 안색을 가진 크로우가 사람들과는 다르게 금발에 구릿빛 피부를 가졌으며, 단순하고 해맑은 성격이다.

오넬라 크로우Ornella Crow

커버스의 어머니이자 모리건의 할머니. 항상 검은색 정장 드레스를 차려입고 있으며, 종종 독설을 퍼붓고 깐깐하다. 하인들 사이에서는 '귀부인으로 분장한 포악한 늙은 독수리'로 불린다.

[호텔 듀칼리온 사람들] ··

피네스트라Fenestra

듀칼리온의 시설관리 책임자. 성묘라고도 불리는 암컷 고양이로 까탈스럽고 도도하지만 맡은 일에는 매우 진지하다. 과거 격투기 선수였던 경력을 가지고 있다.

잭Jack

모리건보다 조금 큰 소년으로 주피터의 조카. 원래 이름은 존 아르주나 코라파티이지만 다들 잭이라고 부르며, 한쪽 눈에 안대를 하고 있다. 기숙학교에 다니고 있어 방학이나 주말을 이용해 듀칼리온을 방문한다. 모리건과 자주 티격태격한다.

챈더 칼리 여사Dame Chanda Kali

소프라노이자 원드러스협회의 회원. 노래로 동물을 불러 모으는 능력을 가지고 있다. 듀칼리온에 머물고 있으며, 모리건에게 다정하다.

케저리 번스 Kedgeree Burns

듀칼리온의 총괄 관리자. 백발에 노령이지만 항상 단정한 차림새를 유지하며 능숙하게 업무를 처리한다. 강한 사투리 억양을 가지고 있다.

프랭크 Frank

파티 기획자인 흡혈난쟁이. 나른하고 괴팍한 성격이지만 흥미로운 일에 관심이 많다.

마사 Martha

듀칼리온의 객실관리 직원. 상냥하고 친절하며 모리건의 식사와 기타 여러 가지를 돌봐 준다.

[원드러스협회 회원과 지원자들] ···

낸시 도슨 Nancy Dawson

주피터와 친분이 있는 원드러스협회 회원. 호탕한 성격의 여성으로 용타기 리그에서 다섯 차례나 우승했으며, 호손의 후원자이다.

호손 스위프트 Hawthorne Swift

낸시의 지원자로 용을 다룰 줄 아는 소년. 쾌활하고 엉뚱한 성격이다. 매일 흥미진진한 일을 찾아다니며 사고를 친다. 편견 없이 모리건을 대하는, 모리건이 사귄 최초의 친구다.

바즈 찰턴Baz Charlton

주피터가 '수두 같은 인물'이라고 말하는 원드러스협회 회원. 매해 수많은 지원자를 이끌고 평가전에 참여한다. 노엘과 케이든스 등을 후원하고 있으며 주피터와 모리건을 못마땅하게 여긴다.

노엘 데버루Noelle Devereaux

바즈 찰턴의 지원자로 천사의 목소리를 가진 소녀. 주변에 많은 친구들을 몰고 다니지만, 어쩐지 성격이 나쁜 것처럼 보인다.

케이든스 블랙번Cadence Blackburn

바즈 찰턴의 지원자 중 한 명이자 노엘의 친구. 어딘지 모르게 음침하고 괴팍하다. 종종 낮고 음산한 목소리를 내며, 평가전마다 예기치 못한 모습으로 모리건의 눈에 띈다.

[기타 인물들] ··

존스 씨Mr Jones

에즈라 스콜의 비서이자 대변인. 에즈라 스콜 대신 비드데이에서 모리건에게 입찰한다. 모리건과 입찰 면담 중 갑자기 사라지는데, 이후 네버무어에서 다시 만나게 된다. 착실하고 단정한 인상으로, 모리건이 신뢰와 친근함을 느끼는 사람이다.

에즈라 스콜Ezra Squall

공화국에서 유일하게 원더를 생산해서 공급하는 스콜인더스트리스의 경영자. 모리건에게 입찰을 넣도록 지시한 주인공으로, 모리건을 후계자로 삼으려고 한다.

원더스미스Wundersmith

'유사 이래 가장 사악한 자'라 알려진 인물. 용기광장 대학살을 일으키고 네버무어를 지배하고자 했으나, 현재는 사라져 과거의 공포로 남은 사람이다. 네버무어 시민들이 가장 두려워하는 이름이기도 하다.

해럴드 플린트록Harold Flintlock

네버무어경찰국 소속 경위. 누군가의 제보로 호텔 듀칼리온에 방문해 모리건을 불법체류 혐의로 추방하려고 한다.

용어 설명

윈터시 공화국

그레이트울프에이커, 프로스퍼, 사우스라이트, 파이스트상 등 네 개의 주로 이루어진 공화국으로 모리건이 태어나서 지금까지 살아온 세계를 말한다.

자칼팩스

그레이트울프에이커주에 속한 도시로 크로우 저택이 있는 모리건의 고향이다.

저주받은 아이

윈터시 공화국에서는 이븐타이드에 태어난 아이들을 '저주받은 아이'라고 한다. 모든 저주받은 아이들은 다음번 이븐타이드 밤에 죽는다. 저주받은 아이는 주변에 재앙을 몰고 온다고 알려져 국가적으로 명부를 따로 관리한다.

비드데이

초등학교를 마친 아이들이 교육기관의 입찰을 받는 날로, 번듯한 기관에서 명망 있는 인물이 나와 가능성 있는 아이에게 입찰을 넣는다. 똑똑하거나 재능이 있거나 부모에게 재산이 많은 경우 입찰을 받는 데 유리하다.

하늘반 시계

연대의 시작, 진행 시점, 그리고 끝을 알려 주는 시계로 자칼팩스 시청 근처의 거대한 철탑 위에 자리하고 있다. 보통의 시계와 달리 시침, 분침, 눈금이 없으며, 둥근 유리반 안에 하늘이 들어 있다. 시계 속 하늘의 빛깔이 변하는 것에 따라 연대의 주기를 알 수 있다.

옅은 분홍빛 – 모닝타이드 (연대가 시작되는 날)
눈부신 황금빛 – 배스킹
은은한 주황빛 – 드웬들선
칙칙한 검푸른 빛 – 글로밍
칠흑같이 까만빛 – 이븐타이드 (연대의 마지막 날)

연기와 그림자 사냥단

사냥개와 말을 탄 사람들의 형상을 한 검은 그림자로 순수한 암흑 그 자체이며, 저주받은 아이들을 사냥한다. 이븐타이드의 저주에서 도망친 모리건을 추적한다.

아라크니포드

거대한 거미 모양의 기계로 주피터가 모리건을 데리고 자칼팩스를 탈출할 때 사용된다. 네버무어에서는 이제 고전적인 기계가 되었지만 주피터가 매우 좋아하는 탈것 중 하나이다.

자유주

윈터시 공화국 사람들은 모르는, 숨겨진 다섯 번째 주를 말한다. 자유주는 총 일곱 개의 포켓으로 이루어졌으며, 그중 첫 번째 포켓인 도시의 이름이 네버무어다. 모리건은 11세 생일에 주피터와 함께 네버무어에 오게 되면서 처음으로 자유주의 존재를 알게 된다.

네버무어

자유주의 1포켓을 말한다. 주피터가 모리건을 데리고 간 곳으로, 자칼팩스와 아홉 시간의 시차가 있다. 주피터에 따르면 '모든 이름 없는 영토 가운데 가장 좋은 곳'이라고 한다.

호텔 듀칼리온

주피터가 소유하고 있는 호텔로, 스스로 방의 모양과 내부 장식 등을 바꾸는 신비로운 곳이다. 네버무어로 간 모리건은 듀칼리온에서 살게 되며, 듀칼리온 사람들과 친구가 된다.

브롤리 레일

네버무어를 순환하는 철도로 둥근 강철 고리가 달린 케이블로 이루어졌다. 브롤리 레일을 이용하기 위해서는 힘껏 뛰어올라 케이블에 달린 강철 고리에 우산을 걸고 대롱대롱 매달려 가야 한다.

원더

일종의 에너지원이자 천연자원이다. 철도를 움직이고 전력을 가동하여 각종 사업을 진행할 수 있게 한다. 원더를 이용해서 운용되는 것을 원드러스 장비라고 한다.

원더철

원더를 이용해서 운행되는 열차를 말한다. 자가 추진 및 자가 관리로 움직이며, 절대 탈선 사고를 일으키지 않는다.

고사메르 노선

영토 탐험 과정에서 발견된 것으로 알려져 있으며, 고사메르 노선을 이용하면 원하는 곳 어디든 갈 수 있다. 아주 기발한 이동 수단이지만, 특권을 누리는 소수의 사람들만 이용할 수 있다.

원드러스협회

네버무어에서 가장 재능 있는 사람들이 모인 기관으로, 회원이 되는 것만으로도 많은 이들의 부러움을 받는다. 회원에게는 W 배지와 함께 다양한 의무와 특권이 주어진다. 협회에서는 매년 이전 해에 열한 번째 생일을 맞은 아이들을 대상으로 새로운 회원을 선발하는데, 보통의 학교처럼 일정 기간이 지난 후 졸업을 하는 게 아니라 영원히 협회의 회원으로 남게 된다. 원드러스협회에 지원하기 위해서는 반드시 협회 회원인 후원자가 있어야 한다.

최고원로위원회

원드러스협회에서는 매번 연대가 끝날 때마다 협회를 다스릴 세 명의 원로 위원을 선발한다. 이를 최고원로위원회라고 하며, 이번 연대에는 그레고리아 퀸, 헬릭스 웡, 앨리어스 사가가 새로운 최고원로위원으로 뽑혔다.

원드러스협회 평가전

원드러스협회에 들어가기 위해서는 네 가지의 입회 시험을 통과해야 한다. 이를 평가전이라고 부르며, 일 년 동안 진행된다. 세 가지 평가전은 매년 다르게 진행되는데, 마지막 평가전만 동일하게 치러진다. 각각의 평가전에서 탈락하면 다음 평가전에 진출할 수 없다. 세 가지 평가전을 모두 통과한 지원자들은 마지막 평가전인 증명 평가전에서 비기를 선보여야 한다. 증명 평가전은 최고원로위원회가 심사하며 최종적으로 단 아홉 명만이 선발된다.

비기

자신만이 가진 신비한 재능으로, 원드러스협회의 마지막 평가전을 통과하기 위해서는 반드시 비기가 있어야 한다.

올드타운

네버무어에 속한 27개의 자치구 중 하나로 네버무어 최초의 도시이다. 중세풍의 석벽이 도시를 둘러싸고 있으며, 도시로 들어갈 수 있는 문은 동서남북 네 곳에 있다. 추격 평가전이 열리게 되는 곳이며, 한가운데에는 용기광장이 자리하고 있다.

용기광장 대학살

네버무어의 역사에서 가장 어두운 사건 중 하나로, 원더스미스와 그가 만든 괴물들이 많은 이들을 학살한 일을 말한다. 원더스미스에 대항했던 사람들의 용기를 기리기 위해 대학살이 일어난 장소의 이름을 용기광장이라 붙였다.

차례

• **2권** •

13장

추격 평가전

늦여름에 더위가 마지막 기승을 부렸다. 8월이 끝나는 마지막 주에 네버무어에 폭염이 찾아오면서, 불볕더위와 그에 맞먹는 불같은 성미가 함께 들끓었다.

"문제를 *제발* 좀 심각하게 받아들여 주면 안 돼요? 두 번째 평가전이 고작 사흘밖에 남지 않았다고요." 모리건이 짜증을 내며 말했다.

모리건은 한 시간 동안 주피터와 이야기를 해 보려고 시도

하고 있었지만, 주피터는 무더위 때문에 대화에 집중하지 못했다. 주피터는 그늘진 종려나무 틀 구석에 앉아 복숭아 상그리아를 몇 잔째 비우면서 부채질을 했다. 피네스트라는 곁에 앉아 볕을 쬤고, 프랭크는 챙이 엄청나게 넓은 솜브레로(*sombrero, 멕시코와 남미 등지에서 쓰는 챙이 넓은 모자 – 옮긴이)를 덮고 나직이 코를 곯았다. 그날 오후 주피터는 전 직원의 근무를 쉬게 했다. 너무 더워서 일하기도 힘들었고, 오전 내내 직원들끼리 다툼이 끊이지 않았던 것이다.

다행히 잭은 코빼기도 보이지 않았다. 모리건은 잭이 자기 방에 틀어박혀서 첼로 연습을 하고 있을 거라고 생각했다. 잭은 대부분의 시간을 방에서 보냈는데, 방에서 나올 때면 스모킹팔러에서 모리건을 쫓아내고 가장 좋은 자리를 차지하거나, 저녁 식사를 하는 동안 모리건의 식사 예절을 트집 잡거나, 모리건이 하는 일마다 우거지상을 하고 못마땅한 듯 노려보기 일쑤였다. 모리건은 잭이 학교로 돌아가 듀칼리온이 다시 *내 집*처럼 여겨질 날만 잠자코 기다리기가 힘들었다. 잭이 학교 친구들과 네버무어 바자에 가도 좋다고 허락받은 날은 더 이상 참아 주기 힘들 만큼 우쭐해했다. 모리건은 주피터를 따라 바자에 갈 날을 여름 내내 기다렸지만 주피터는 매주 더 중요한 다른 일이 생겨 외출했다. 이제는 올해의 바자가 문을 닫아 구경할 기회도 날아가 버렸다. 이 모든 상황을 고려해 봤을 때, 모리건은 여름이 끝나 가는 게 반가웠지만… 그건 곧 생각만 해도 골치 아픈 두 번째 평가전이 열릴 때가 되었다는 뜻이었다.

"저 친구가 저기 있어도 괜찮을 것 같니?" 주피터가 졸음기 가득한 눈을 한쪽만 빠끔히 뜨고는 프랭크를 보며 물었다. "홀랑 타서 재만 남는 건 아니겠지? 난쟁이흡혈귀가 어떤 때에 어떻게 되는지 잘 몰라서 말이야."

"흡혈난쟁이예요." 모리건이 말했다. "프랭크 아저씨는 괜찮고요. 제발 추격 평가전 이야기에 집중해 주실 순 없나요? 승용 동물을 구해야 해요. 승용 동물의 다리는 네 개보다 많으면 안 되고요. 규정에 그렇게 나와 있어요."

"알았어."

"그리고 날아다니는 거 못해요."

"당연히 못하지." 주피터가 상그리아를 한 모금 마셨다. "넌 이름만 크로우(* Crow, '까마귀'라는 뜻을 이용한 말장난 – 옮긴이)니까."

모리건이 씩씩거렸다. "아뇨, 내 말은, 규칙이 그렇다는—"

"너무 심각하게 생각하지 마, 모그." 주피터가 코웃음을 쳤다. "규칙은 나도 알아. 날짐승은 타지 못한다는 거. 몇 년 전에 용과 펠리컨 때문에 약간 소동이 있었거든. 가엾은 새가 이륙 3초 만에 불에 타서 재가 돼 버렸어. 결국 완전히 새 된 거지. 어라? 새가 돼?(* 원문은 "More of a pelican't, in the end. Eh? Pelican't?"로 "Pelican't보다 못하게 됐다"는 뜻, 미국 키드로봇사에서 만든 Pelican't라는 이름의 플라스틱 인형을 빗대어 '날지 못하는 펠리컨'이라고 말장난을 한 것 – 옮긴이)"
주피터가 모리건을 보며 나른하게 씩 웃었지만, 모리건의 유머 감각은 오래전에 증발해 버렸다. "어쨌든, 협회가 날짐승 전체를 금지하는 바람에, 이제는 전부 땅에서만 다녀."

모리건은 전날 추격 평가전의 규칙을 전달받은 이후부터 걱정 때문에 안절부절못하고 있었다. 여름이 지나는 몇 주 동안 추격전을 거의 생각도 하지 않았다는 사실도 충격적이었다. 잭이라는 성가신 존재는 어쩌면 축복인 동시에 저주였는지도 모른다. 잭과 다투고 서로 못살게 구느라 바빠서 모리건은 곧 있을 평가전에 대해 곱씹어 볼 틈도 없었다.

"그러니까요." 모리건이 주피터를 졸라 댔다. "동물요. 다리가 네 개거나 그보다 작은 승용 동물."

"적다고 해야지."

"다리가 네 개거나 더 적은 동물이요. 찰리 아저씨가 제게 말 타는 법을 가르쳐 줄 수 있을까요?"

"말을 탈지 어떨지는 아직 모르겠어, 모그." 주피터가 윙윙거리는 벌레를 손으로 쫓아 버리며 말했다. "추격 평가전을 직접 본 적은 없지만 꽤 거칠어질 수도 있다고 하더라고. 어떤 지형에도 적응할 수 있는 전천후 동물을 더 알아봐야 할 거야. 그건 내가 생각해 보마."

전천후 동물이라니. 전천후 동물이란 도대체 어떤 동물일

까? 이렇게 터무니없이 더운 날씨에 주피터에게 상식적으로 이해가 될 만한 말을 듣겠다고 애쓰는 건 하나 마나 한 짓이었다. 모리건은 사암 위로 웃자란 풀 무더기를 발로 차며 분풀이를 했다. "가망이 없어요. 추격 평가전을 해 봐야 무슨 소용이에요? 경주를 해서 누가 이기든 원로들이 무슨 상관이라고? 어리석은 일이에요."

"음, 바로 그런 자세야." 주피터가 건성으로 대답했다.

모리건은 대화를 포기하고 작은 수영장 가장자리에 발을 담그고 걸터앉아, 이미 백 번은 읽은 원드러스협회의 편지를 주머니에서 꺼내 다시 읽었다.

크로우 양에게,

추격 평가전이 금주 토요일 정오에 네버무어의 심장, 올드타운 지구 시내에서 열립니다. 네버무어자치회 및 길드 연합은 평가전에 방해가 되지 않게 올드타운 거리에서 시민들을 임시 대피시킬 수 있도록 승인했습니다.

지원자들은 네 개 그룹으로 나누어집니다. 크로우 양이 속한 그룹은 서문 그룹입니다. 토요일 아침 올드타운 서문에 배치된 협회 임원들에게 늦어도 11시 30분 전까지 참석 사실을 알려 주시기 바랍니다.

규칙은 세 가지입니다.

1. 모든 지원자는 살아 있는 승용 동물을 타야 합니다. 승용 동물은 이동 수단이 되는 생명체로 다리가 두 개 이상, 네 개 이하이면 어느 종이나 가능합니다.

2. 날짐승은 엄금합니다.

3. 지원자는 <u>흰색 의복</u>만 착용할 수 있습니다.

규칙을 위반한 지원자는 발견 즉시 자격을 박탈당하게 됩니다.

지원자 여러분은 이번 평가전을 통해 대담성과 강인한 정신, 그리고 전략적 재능을 증명해 보일 수 있을 것입니다. 자세한 설명은 당일 추격 평가전이 시작되기 전에 직접 전달할 예정입니다.

건투를 빕니다.

원로 G. 퀸, H. 웡, A. 사가

FS, 네버무어 프라우드풋 하우스

지도가 함께 들어 있었다. 중세풍 석벽이 둘러싸고 있는 올드타운은 둥글고 자그마한 네버무어 최초의 도시였다. 그 도시가 마치 곰팡이처럼 유기적이면서 기형적으로 팽창하여 지금의 네버무어가 탄생했다. (이 이야기를 해 준 챈더 여사는 도시역사에 관심이 있었는데, 아마추어 역사학자인 목요일 경이 두해 전 크리스마스 때 챈더 여사에게 네버무어역사협회 회원 자격을 선물한 덕분이라고 했다.)

올드타운으로 들어가는 문은 네 개였다. 거대한 석조 아치로 이루어진 북문, 남문, 동문, 그리고 서문이 나침반의 방위 표시처럼 찍혀 있었다.

지도 한가운데에 용기광장이 있었다. 용기광장은 질주하는 브롤리 레일을 타고 쌩하니 지나가면서 본 게 전부였지만, 모리건은 북적거리던 드넓은 광장과 그 주변으로 늘어선 상점이며 카페, 광장을 가득 채웠던 사람들을 기억했다.

광장이 자리한 곳에서 올드타운을 가로와 세로로 가로지르는 두 길이 교차했다. 라이트윙Lightwing 도로는 남북을 잇는 길로 북쪽 끝에는 프라우드풋 하우스가 있었고, 남쪽 끝에는 라이트윙 왕궁(자유주의 군주인 칼레도니아 2세 여왕의 본가)이 자리했다. 그랜드대로Grand Boulevard는 동쪽(신성사원에서 길이 시작됐다)에서 서쪽(길이 끝나는 곳에 네버무어 오페라하우스가 있다)으로 향하는 길이었다.

지도에는 다른 주요 지표물도 강조되어 있었다. 드레드말리스 지하 감옥과 의회당, 대사관 건물들, 공원 지대(올드타운의 중앙부를 띠처럼 동그랗게 감싼 고리 모양의 환경친화적 공간), 고블 도서관 등을 비롯해 10여 군데가 더 있었다. 모리건은 혹시 중요할까 싶어 지표물을 열심히 암기했다.

"드레드말리스 지하 감옥." 모리건은 입속으로 중얼거리며 눈을 감고 외운 것을 확인했다. "동구는 리프킨로와 의회당. 북구는 플래그스태프 워크하고 고블도서관. 동구, 아니 남구, 아니, 그러니까—"

"서구야, 멍청아." 나른한 목소리가 들렸다. 피네스트라가 햇볕이 드는 자리에 누워서, 길게 늘어진 몸짓으로 털을 핥고 있었다. "메이휴거리Mayhew Street잖아. 그 입 좀 다물어."

"고마워요." 모리건이 투덜투덜 말했다.

주피터는 성묘에게 곁눈이 팔려 있는 눈치였다. 무엇에 그렇게 매료되었는지 모리건은 피네스트라를 쳐다보았다. 볼품없던 회색 털에 침을 바른 부분이 햇빛을 받아 마치 녹아내리는 은처럼 보였다. 피네스트라가 불쑥 몸을 길게 뻗으며 이를 다 드러내고 하품을 하자 근육질의 다리가 크게 요동쳤다. 모리건은 인정하기 싫었지만, 정말 아름답다는 생각이 들었다. 피네스트라만의 섬뜩한 아름다움이었다.

"이봐들?" 피네스트라는 비웃는 투가 역력한 목소리로 말했다. "목욕하고 있다고. 음흉하기는."

— · · —

추격 평가전이 있는 날 잠에서 깨어난 모리건은 평온한 기분이었다. 약 5초 정도, 분명히 그런 기분이었는데 그날이 무슨 날인지 떠오른 순간 평온함은 공황으로 돌변했다.

모리건은 아직도 주피터가 어떤 승용 동물을 마련해 두었는지 몰랐다. 주피터는 지난 사흘 동안 조랑말과 낙타의 장점이 무엇인지, 거북이가 현실에서도 토끼를 이길 수 있는지, 만일을 대비해서 실제로 경주를 붙여 봐야 하는지(프랭크의 발상이었다), 타조는 날지 못하지만 엄연히 날개가 있으므로 날짐승에 해당하는지 등에 대해서 다른 직원들과 열띤 토론을 벌였다. 이런 논쟁은 어느 것 하나 좋게 끝나지 않았고, 모리건을 안심시켜 주지도 못했다.

침대에서 몸을 일으키는데, 문이 활짝 열리더니 피네스트라가 거드름을 빼며 들어와서는 커다란 머리를 휙 흔들며 옷가지 몇 개를 의자 위로 던졌다.

"저걸 입어." 피네스트라가 말했다. "새 장화는 복도에 뒀어. 마사가 네 아침을 가져오고 있어. 나갈 준비하고 5분 안에 내려와."

그리고 "잘 잤니?" 같은 인사도 없이 휙 돌아서 방을 나가 버렸다.

"그래, 오늘 아침은 자신감이 넘치네, 핀, 물어봐 줘서 고마워." 모리건은 피네스트라가 두고 간 하얀 바지를 입으면서 투덜투덜 말했다. "긴장되느냐고? 아주 조금." 셔츠를 입고 양말도 신었다. 규정에 명시된 대로 전부 하얀색이었다. "와, 이렇게 생각해 주다니 고마워, 핀, 넌 너무 친절해. 그래, 추격전은 다 잘될 거고, 결국 바닥에 뭉개진 채로 체포되어 네버무어에서 쫓겨나는 것으로 끝날 일도 절대 없을 거야."

"누구랑 이야기 나누는 거니, 모리건?" 마사가 아침 식사를 들고 문 앞에 서 있었다. 모리건은 토스트 한 조각을 들고 문을 빠져나가는 길에 새 장화를 집어 들었다.

"아니에요, 마사." 모리건이 대답했다. "토스트 고마워요."

"잘하고 와, 모리건. 조심하고!"

———◆———

로비에서 만난 주피터와 피네스트라는 모리건이 모든 복장 규정을 제대로 갖췄는지 한참 동안 아무 말 없이 점검했다.

"저 아이 머리를 더 꽉 묶어야겠어." 주피터가 말했다.

"저 애 입만 못 열게 하면 돼." 피네스트라가 말했다.

"저 아이 여기 있으니까 이 자리에 없는 사람 말하듯이 할 필요 없어요." 모리건이 말했다.

"봤지?" 피네스트라가 그르렁거렸다. "추격전에 들어가면 저렇게 내버려 둘 수 없어. 내가 집중이 안 될 거야." 성묘가 주피터를 돌아보았다. 커다란 잿빛 눈에 간절한 바람이 반짝였다. "저 애 입에다 테이프를 붙여 두면 안 돼?"

"그런 짓을 하면 원로들이 마땅찮게 볼 거야."

모리건이 팔짱을 꼈다. 불쑥 수상쩍다는 생각이 들었다. "둘이 지금 무슨 말을 하는 거예요?"

"아," 주피터가 들뜬 사람처럼 두 손을 맞비볐다. "네가 탈고품격 승용 동물을 찾았어."

———◆———

모리건과 주피터, 그리고 피네스트라가 11시에 서문에 도착했을 때 그곳은 아이들과 후원자들, 그리고 동물들로 들썩였다. 모리건과 주피터는 등록처에서 추격전 중에 일어나는 사망이나 부상 사고에 대해 협회를 고소하지 않겠다는 권리포기증서에 서명해야 했다.

"마음이 편해지네." 모리건이 이름을 휘갈겨 쓰며 투덜댔다. 배 속에서 누가 널을 뛰는 것처럼 울렁거렸다.

지원자들 몇 명은 깜짝 놀랄 만한 승용 동물과 동반했다. 대부분은 승마용 말이나 조랑말이었지만, 낙타도 많았고 얼룩말과 라마도 몇 마리 보였으며 타조가 한 마리(이것으로 앞서 제기됐던 의문에 답이 됐다), 거만하게 생긴 유니콘이 두 마리, 크고 못생긴 돼지가 한 마리 있었다. 모리건은 유니콘을 보고는 숨이 멎을 듯 놀라 주피터의 팔을 붙잡았다. 잠깐이나마 즐거운 마음 덕분에 두려움을 잊었지만, 주피터는 별다른 감흥이 없어 보였다.

"저 뾰족한 부분을 조심해." 그는 신비한 동물들을 걱정스러운 표정으로 바라보며 말했다.

피네스트라는 기분이 이상해 보였다. 평가전에 오는 내내 비아냥대는 말 한마디 꺼내지 않더니, 이제는 서문 출발선을 왔다 갔다 서성대면서 경쟁자들을 노려보고 있었다. 주피터가 피네스트라에게 조심스레 다가갔다.

"핀?" 피네스트라가 부르는 소리를 무시하자 주피터는 조금 더 큰 목소리로 불렀다. "핀? 피니? 피네스트라?"

피네스트라는 혼자서 투덜거리며 낮은음으로 끊임없이 으르렁거리다 호박색 눈을 가늘게 떴다. 피네스트라의 시선이 딱딱하고 질긴 가죽 피부를 가진 코뿔소에게 꽂혔다.

"핀?" 주피터가 피네스트라의 어깨를 조심스럽게 두드리며 주의를 돌리려 했다.

"저놈이야." 피네스트라가 고개를 발딱 젖혔다. "저 뿔 나고 괴상한 귀가 달린 미련퉁이 말이야. 나를 방해하지 않는 게 좋을 거야. 그 커다란 뾰족코나 조심하라고 해. 안 그랬다가는 나한테 한 방 먹을 줄 알라고."

"한… 뭐? 무슨 한 방?" 주피터가 물었다.

"박치기. 저 멍청이랑 그 등에 올라탄 작은 악마 말이야."

주피터는 모리건과 눈짓을 교환했다. 피네스트라가 어떻게 된 걸까?

"너… 너 그 악마가 어린아이인 거 알고는 있지?" 주피터가 조심스럽게 말했다.

피네스트라는 대답 대신 이빨을 드러내고 으르렁거리며 한 발을 들어 조랑말 고삐를 불안한 듯 꼭 붙잡고 있는 작은 남자아이를 가리켰다. "저 녀석도 한 방 먹일 거야. 저 녀석이 탄 저 지옥 괴물도."

주피터는 코웃음이 나오는 걸 덮으려고 손으로 입을 가리고 기침을 했다. "핀, 저건 조랑말이야. 내가 볼 때 넌 지금—"

피네스트라가 주피터에게 얼굴을 바싹 들이대더니 낮게 으르렁거렸다. "저 녀석과 저 작고 살찐 반쪽짜리 말이 내 근처로 다그닥거리고 오는 날엔 그것으로 끝이야. 알겠어?"

그 말을 끝으로 성묘는 지원자들이 몰려드는 등록처 쪽으로 길을 휩쓸며 걸어가서, 사람들 앞을 위협적으로 어슬렁거렸다.

주피터가 모리건을 보며 불안해 보이는 미소를 지었다. 모리건은 성묘 피네스트라가 왜 교도소 운동장에서 힘자랑하는 깡패 피네스트라처럼 돌변했는지 주피터가 설명해 주기를 기다렸다. "핀은… 경쟁심이 강해." 주피터가 말했다. "격투기 선수 시절로 돌아간 거야."

"무슨 선수라고요?"

"핀은 종합격투기연맹전에서 잘 나가던 선수였어. 자유주 선수권대회에서 세 번 연속 우승을 했는데, 전 수상의 아들하고 물의를 일으키는 바람에 그만둬야 했지."

"물의라면—"

"그쪽이 먼저 시작했어. 덕분에 지금은 새 코를 달아서 사납게 날뛰거나 누굴 해치지도 못하지. 어, 저기. 지원자들 모이라는데."

출발선 쪽으로 가면서 모리건은 낸시 도슨이 호손에게 어떤 승용 동물을 찾아 주었을지 생각해 보았다. (마지막으로 만났을 때 호손은 자기 후원자가 치타를 후보로 생각한다고 장담했다.) 이 인파 속에서 친구를 찾는다는 건 소용없는 일이었다. 호손은 남문 그룹이었다.

아는 사람이 있긴 했다. 절대로 보고 싶지 않은 사람이었지만.

"참 나. 협회가 *개나 소나* 다 합격시켜 주기로 한 거 아니야?" 노엘 데버루가 큰 소리로 떠들면서, 아름다운 갈색 암말의 고삐를 잡고 모리건이 서 있는 곳으로 왔다. 노엘은 모리건을 위아래로 쳐다보며 말했다. "여기 이름이 아직 윈드러스협회 맞아? 아니면 못난이얼간이협회로 바뀌었나?"

친구들이 웃자, 노엘은 머리카락을 어깨 뒤로 찰랑 넘기면서 주변의 관심을 즐겼다. 옆에는 으레 따라다니던 추종자들이 시끌벅적하게 노엘을 에워싸고 있었는데, 긴 머리를 땋은 여학생은 보이지 않았다. 모리건은 그 애가 책 평가전을 통과했는지 궁금했다.

"어쩐지, 그래서 네가 아직도 여기 있는 거구나." 모리건이 말했다.

노엘은 붉으락푸르락한 얼굴로 고삐를 더 꽉 움켜쥐었다. "그것도 아니면 지금은 불법체류자협회로 바뀌었든지." 노엘이 쏘아붙이며 모리건을 노려보았다. "그래서 *네가* 아직도 여기 있는 거지."

모리건은 또다시 속이 살짝 울렁거렸다. 노엘과 이 아이의 역겨운 후원자인 바즈 찰턴이 바로 호텔 듀칼리온으로 플린트록 경위를 보낸 장본인들이었다. 모리건은 그런 *확신*이 들었다. 그 순간 모리건은 노엘을 증오했다. 노엘 때문에 그토록 두려움에 떨고 절망에 내몰려야 했다고 생각하니 더없이 증오스러웠다. 노엘과 바즈 찰턴은 자기들이 어떤 곤경을 안겨다 줬는지 *일말*이라도 알기나 할까? 모리건이 자칼팩스로 돌아갈 경우 *생명*까지 위협받을 수 있다는 생각을 해 보기나 했을까? 모리건은 노엘을 마구 몰아세우며 소리를 지르고 싶었지만, 그렇게 할 수 없었다. 이 자리에서는 아니었다.

"너 그것 때문에 자격 박탈당할 수도 있어. 알겠지만." 대신 모리건은 이렇게 말하며, 노엘이 쓰고 있는 모자를 가리켰다.

노엘은 다른 지원자들과 같은 차림이었다. 맵시 있는 상아색 승마 바지에서부터 가죽 안장과 채찍까지 모두 흰색이었다. *흰색이 아닌* 유일한 장식은 숱 많은 밤색 곱슬머리에 꽂은 작은 금빛 리본이었다. 굳이 지적하지 않아도 될 만큼 사소한 물건이었지만 모리건은 그냥 지나칠 수 없었다.

하지만 노엘은 걱정을 하거나 리본을 떼기는커녕 그걸 손가락으로 빙빙 꼬며 한층 더 우쭐한 표정을 지었다. 노엘은 모리건에게 가까이 다가오더니 다른 사람에게는 들리지 않게끔 작은 목소리로 말했다. "아, 이거? 그냥 원로들에게 보내는 작은 신호야. 찰턴 아저씨가 이렇게 하라고 하더라. 이 리본이면 내가 얼마나 진지한 태도로 추격전에서 합격하길 바라고 있는지 증명할 수 있다나. 내가 금빛 표적을 잡아 비밀 만찬에서 원로들과 만나게 되리라는 사실을 알려 주고 싶거든."

"비밀 만찬이라니." 모리건이 노엘을 노려봤다. 마치 자신을 놀리려고 지어낸 말처럼 들렸다. "무슨 비밀 만찬?"

노엘이 믿지 못하겠다는 듯 킥킥거렸다. "너는 후원자한테 아무 이야기도 듣지 못했구나? 네 후원자는 네가 합격하기를 *바라지* 않나 봐."

노엘은 자리를 뜨려고 돌아서다가 어깨 너머로 뒤를 돌아보며 말했다. "그건 그렇고, 저게 네가 탈 동물이니?" 노엘이 앞서 모리건도 보았던 돼지를 가리켰다. 돼지는 먹을 것을 찾아 코를 킁킁거리며 돌아다니고 있었다. "딱 맞네. 생긴 게 어울려."

***

서문에서 원드러스협회 임원이 연단에 올라 지원자들에게 설명을 시작했다.

"이쪽을 봐 주세요. 아니, 일단 함께 온 동물은 놔두고요. 감사합니다. 조용히 해 주세요. *조용!*" 여자가 확성기를 들고 소리쳤다. "지금부터 잘 듣기 바랍니다. 지금 듣지 못하면 더 이상 설명은 없으니까요."

모리건은 심장이 너무 두근거린 나머지 임원의 목소리가 들리지 않을 것만 같았다.

"추격 평가전은 경주가 아닙니다." 여자가 말을 하자 목소리가 쩌렁쩌렁하게 울렸다. "어쨌든 정확히 말하면 그렇습니다. 일종의 전략 경기지요. 여러분은 결승선을 찾는 게 아니라, 표적을 찾아야 합니다."

여자가 다른 임원에게 신호를 보내자, 신호를 받은 임원이 받침목으로 세워 둔 커다란 올드타운 지도의 덮개를 벗겨 냈다. 지도는 모리건이 편지로 받은 것과 똑같았는데 크기만 훨씬 컸다. 수십 개의 표적이 곳곳에 여러 가지 색깔로 표시된 모양이, 마치 케이크 위에 흩뿌린 무지개 장식 같았다.

표적은 나무 등걸처럼 널찍하게 그려 놓은 동심원 아홉 개를 중심으로 올드타운 전체에 흩어져 있었으며, 동심원은 각각 다른 무지개 빛깔로 채색되었다. 외곽의 석벽 바로 안쪽에서 도시를 감싸고 있는 첫 번째 원에는 자주색 표적이 빽빽하게 표시되어 있었다. 표적은 20미터에서 30미터마다 한 개씩 존재했다. 하지만 파란색과 청록색, 초록색, 노란색, 오렌지색, 분홍색, 그리고 빨간색 구역을 지나 도시 중심으로 갈수록 표적의 수는 점점 줄어들어, 드넓은 용기광장을 동그랗게 뒤덮은 마지막 금빛 구역에 들어서면 광장의 정중앙에 불과 다섯 개의 금색 표적만이 있었다.

"이번 시험은 개인전입니다." 확성기를 든 여자가 말했다. "표적 한 개를 손으로 치면 됩니다. 한 사람당 *오직* 한 개만, 손바닥으로 확실하게 치세요." 여자가 자기 손을 들어 시범을 보였다. "표적을 친 지원자는 합격입니다. 다음 평가전으로 진출하게 됩니다."

지원자들이 미심쩍다는 듯 술렁거렸다. 평가전이라고 하기에는 너무 쉬워 보였다. 모리건은 숨겨진 장치가 있을 거라 생각하고 다음 말을 기다렸다.

임원이 말을 이었다. "이제 중요한 문제가 남았습니다. 어떤 표적을 칠 것인가? 지원자는 삼백 명인데, 표적은 백오십 개밖에 되지 않습니다. 올드타운 바깥쪽 원에서 가장 먼저 눈에 띈 표적을 향해 가시겠습니까? 그것도 좋은 선택이지요. 표적의 수도 더 많고, 편하고 찾기 쉬운 곳에 위치해 있으니까요."

물론이지, 모리건은 생각했다. *당연히 거기로 가서 하나를 찍어야지! 원으로 들어가자마자 찾기 쉬운 표적을 쳐서 다음 평가전에 진출할 거야.* 몇몇 지원자들의 혼란스러운 얼굴을 보니 그들도 같은 생각을 하고 있다는 걸 알 수 있었다. *제일 치기 쉬운 표적을 왜 노리지 않겠어?*

"아니면 스스로에게 도전할 기회를 줄 수도 있겠죠." 여자가 얼굴 가득 웃음을 머금으며 지도 중앙을 가리켰다. "이곳, 용기광장 안에는 금빛 표적 다섯 개가 있습니다. 이 표적들 가운데 한 개를 친 지원자는 세 번째 평가전에 진출하게 될 뿐 아니라, 매우 은밀하고 매우 특별한 자리를 경험할 수 있는 초대장을 받게 됩니다. 원로관인 프라우드풋 하우스에서 열리는 원로들과의 비밀 만찬에 참석할 자격을 얻게 되는 것이죠."

충격에 가까운 흥분이 지원자들 사이로 퍼졌다. "원로관 안에 들어간다고?" 모리건과 가까이 서 있던 남학생이 소곤댔다. "거기는 협회 회원만 들어갈 수 있는 곳이야!"

모리건은 노엘을 힐끔 쳐다봤다. 노엘은 앞쪽에 서 있었다. *금빛 표적을 잡겠다*는 말은 바로 이걸 의미한 것이었다. 노엘은 이번에도 손가락으로 금색 리본을 돌돌 말고 있었는데, 그 모습이 참을 수 없을 만큼 의기양양해 보였다. 모리건은 노엘이 이 사실을 어떻게 알고 있었는지 의아했다. 다른 지원자들은 모리건처럼 현장에서 설명을 듣고 놀라는 기색이 역력했다. 어째서 끔찍한 노엘만이 내부 정보를 알고 있었을까?

협회 임원이 두 손을 들어 지원자들을 조용히 시켰다. "금색 표적은 이 외에도, 올드타운 곳곳에 다섯 개가 더 숨어 있습니다. 하지만 함정이 있습니다. 이 다섯 개의 표적은 다른 평범한 표적처럼 보일 겁니다. 일종의 복권 같은 거죠. 눈앞에 금빛 표적이 있어도 손으로 치기 전까지는 금빛 표적이라는 사실을 알 수 없으니까요."

"어떻게 알 수 있나요?" 붉은 머리를 한 여학생이 큰 소리로 물었다.

"알게 될 겁니다."

앞에 서 있던 남학생 한 명이 손을 들고 임원을 불렀다. "흰 옷을 입어야 하는 이유는 뭐죠?"

협회 임원들이 서로 눈을 맞추며 슬며시 웃었다. "보면 알 겁니다." 확성기를 든 여자가 대답했다. "열 명의 지원자와 그들의 후원자만이 원로들과의 비밀 만찬에 참석할 수 있습니다. 여러분이 세 번째와 네 번째 평가전을 치르기 전에 사석에서 원로들을 만날 수 있는 유일무이한 기회죠."

모리건은 노엘이 왜 그토록 금빛 표적을 치겠다고 단단히 마음을 먹었는지 비로소 알 것 같았다. 미리 원로들을 만나 깊은 인상을 심어 준다면, 증명 평가전에서도 몹시 유리할 것이다. 노엘이라면 원로들의 마음을 사로잡을 게 분명했다. 히죽거리며 따라다니는 추종자 무리를 사로잡은 것처럼. "명심하세요. 표적은 *단 한 개*만 칠 수 있습니다. 여러 색깔의 표적을 건너뛰고 불확실한 금빛을 잡아 특별하고 유리한 기회를 거머쥐겠습니까? 아니면 가장 먼저 눈에 띄는 표적을 쳐서 다음 평가전의 출전권을 확보하겠습니까? 여러분은 모험과 포부를 꿈꾸는 사람입니까? 아니면 냉철하고 효율적인 사람입니까? 이제 곧 알게 될 겁니다. 모두 출발선 앞으로 모여 주시기 바랍니다. 정확히 5분 뒤에 추격 평가전이 시작됩니다."

역겨운 바즈 찰턴의 역겨운 지원자가 현장에 도착하기도 전에 평가전에 대해 그토록 많은 정보를 알고 있었다는 사실에 모리건은 잔뜩 약이 올랐다. 하지만 그 덕분에 불안한 마음도 별로 들지 않았다. 아저씨도 알고 있었을까? 알고 있었다면 왜 내게 말해 주지 않았을까? 노엘이 귓가에 소곤댔던 말이 머릿속을 맴돌았다. *네 후원자는 네가 합격하기를 바라지 않나 봐.*

주피터와 피네스트라가 다가왔지만 궁금증을 풀 시간은 없었다.

"모그, 잘 들어." 주피터가 모리건을 출발선으로 데리고 가며 급한 목소리로 낮게 말했다. "비밀 만찬 같은 건 생각하지 마. 그건 중요한 게 아니야. 무조건 표적을 쳐서 다음 평가전으로 가는 거야. *다른 건* 걱정하지 마. 처음의, 핀, 너도 듣고 있어? 처음의 자주색과 파란색 표적은 그냥 지나쳐. 그쪽은 아수라장일 거야. 지원자들 대부분이 제일 처음 눈에 띄는 표적으로 달려들 테니, 거기서 우왕좌왕하느라 뒤처지면 안 돼. 그랜드대로까지 직행해서 메이휴거리로 좌회전하는 게 나아. 거기서부터 초록색 구역이 시작되거든. 그쪽은 표적이 조금 적지만 빨리 도착하기만 하면 경쟁이 훨씬 덜 할 거야. 알겠지?"

모리건은 고개를 끄덕였다. *그랜드로 곧장 내려가서 메이휴로 좌회전.* 그때 협회 임원이 주피터를 출발선 밖으로 인도했다. 주피터는 뒤를 돌아보며 소리 없이 입모양으로 "*행운을 빈다*"라고 말했지만, 모리건은 입을 열면 심장이 튀어나올 것 같아 아무 말도 하지 못하고 처량하게 고개만 끄덕였다. 그리고 마음이 전달되기를 바라며 덜덜 떨리는 엄지손가락을 들여 보였다.

근처에서 노엘도 후원자와 잠깐 이야기를 나누고 있었다. 모리건이 알아들을 수 있는 말은 금빛과 로더릭*Roderick* 정도였는데(로더릭이 누구지? 모리건은 궁금했다), 그때 피네스트라가 쭈뼛거리며 다가와 모리건의 귀에 대고 말했다.

"넌 아무것도 할 필요 없어. 알겠어? 내가 너를 데리고 표적을 찾아갈 테니 내가 치라고 하면 칠 준비나 하고 있어. 방향이든 속도든 조종하는 건 네가 아니야. 그리고 한 번이라도 내 옆구리를 발로 찼다가는, 네 방에 정어리를 날로 숨겨 둘 줄 알아. 어디에 있는지도 모를 정어리 악취가 네 살과 옷에 깊이 배고 한밤중에 꿈속까지 스며들어서 결국 넌 미쳐 버리고 말 거야. 알겠어?"

"알겠어요." 모리건이 말했다. 서문 위에 달린 커다란 시계가 초읽기에 들어갔다. 남은 시간은 60초였다. 불현듯 피네스트라의 거대한 등에 올라갈 방법이 없다는 생각이 머리를 스쳤다. "핀, 어떻게—"

말이 끝나기도 전에 피네스트라의 뜨거운 날숨이 목에서 느껴지고 수염과 털이 간질거리더니, 성묘가 날카로운 누런 이빨로 모리건을 들어 등 위로 툭 던져 올렸다. 모리건은 말을 타듯이 자세를 잡으려고 애썼다. 말을 타 본 적이 없어 어림짐작으로 흉내만 내서 그런지 아무리 해도 균형을 잡고 앉기가 힘들었다. 모리건은 부드러운 잿빛 털을 양손에 한 움큼씩 움켜잡았다.

초읽기가 막바지에 돌입하자, 모리건은 피네스트라의 목 위로 고개를 푹 숙였다. 급작스레 공포가 치솟았다.

"핀, 떨어지면 어떻게 해요?"

"아마 밟혀 죽을 거야. 그러니까 떨어지지 마."

41

모리건은 털을 움켜잡은 손에 힘을 꽉 주고 튀어나오려는 울음을 억지로 삼켰다.

피네스트라가 고개를 돌리더니 조금 누그러진 목소리로 말했다. "좋아, 그렇게 겁이 나면 뒤꿈치로 내 옆구리를 꽉 붙들어. 균형 잡는 데 도움이 될 거야. 그리고 뭘 하든 털은 놓지 마."

"실수로 털을 뽑으면 어떻게 해요?"

"보다시피 털은 많아. 이제 입 닫아. 시간 다 됐어."

시계가 정각을 가리키자 귀청이 터질 듯한 경적 소리가 울리고, 갑자기 온 세상이 요동치면서 정신이 혼미해질 정도로 쿵쿵, 다그닥거리며 땅을 구르는 발소리와 뒤의 어디쯤에서 후원자들이 환호하는 함성 소리가 터져 나왔다. 모리건은 두 눈을 질끈 감고 피네스트라에게 꼭 매달렸다. 피네스트라는 상당히 빠른 속도로 달렸다. 어쩌다 눈을 치켜뜨며 보니 주피터의 예상이 적중했다. 저 앞으로 네버무어 오페라하우스의 대리석 계단 위에 모리건의 머리 크기만 한 자주색 표적이 보였는데, 지원자 절반이 그곳으로 쏜살같이 달려가고 있었다. 저대로라면 끔찍한 충돌이 발생할 게 뻔했지만, 그때 모리건은 그 자리에 없을 것이다. 피네스트라가 오페라하우스를 끼고 빙 돌자 그랜드 대로가 나타났다. 요란한 소동을 벗어나 이미 앞질러 달리고 있었다.

펑!

펑!

펑!

모리건이 뒤를 돌아보자 지원자들의 손이 닿은 자주색 표적이 여기저기서 폭죽처럼 터졌다. 터진 표적마다 밝은 빛깔의 가루가 구름처럼 퍼지면서 지원자의 얼굴과 옷을 자주색으로 물들였다. 가루와 색깔과 소음이 대기를 가득 채웠다.

하얀 옷이 필요한 이유는 *이 때문*이었다. 평가전이 끝나면 무지개 색깔 옷을 입은 백오십 명의 합격자가 탄생하고… 여전히 새하얀 옷을 입은 백오십 명의 슬픈 아이들도 탄생할 것이다.

난 아니야, 모리건은 마음을 굳게 다지며 피네스트라에게 바짝 엎드렸다. *나는 초록색이 될 거야.*

모리건과 피네스트라는 자주색과 파란색 표적 사이를 계속 달렸다. 어떤 표적은 나무와 이정표에 매달려 있고, 어떤 표적은 접근하기 어렵지 않은 건물 측면에 붙어 있었다. 어떤 건 그냥 자갈길에 놓여 있었다. 길은 이내 청록색 구역으로 이어졌다. 청록색 표적은 조금 더 찾기 어려웠지만 눈에 보이는 곳마다 충분히 뿌려져 있었다.

피네스트라는 먼지를 날리며 빠르게 달려 지원자 무리를 절반 이상 따돌렸지만, 몇몇의 집요한 참가자들이 끈질기게 따라붙었다. 모리건은 못마땅했지만 왼쪽에는 노엘 데버루도 있었다. 오른쪽에는 피네스트라의 철천지원수인 게 분명한 코뿔소와 그 등에 올라탄 학생이 있었다. 노엘이 탄 갈색 암말은 바람처럼 달렸다.

한편, 피네스트라가 코뿔소를 경계한 건 옳은 판단이었다. 코뿔소는 골칫덩이였다. 누가 밟히든 말든, 흔들리는 머리에 달린 위험한 뿔에 뭐가 걸리든 말든, 전혀 개의치 않고 방향을 휙휙 바꾸며 우악스럽게 돌격했다. 코뿔소는 단순히 금빛 표적을 향해 달리기만 하는 게 아니라, 용기광장에 도착하기 전에 *경쟁자들*을 나가떨어지게 만들려고 했다.

모리건은 영리하다고 생각했다. 지저분하지만 영리했다. 다섯 개의 금빛 표적을 잡으려는 지원자들은 동문과 북문과 남문에서도 몰려오고 있었고, 아마도 거의 동시에 용기광장에 다다를 것이다. 금빛 표적은 그들 모두가 차지할 수 있을 만큼 많지 않았다. 용기광장은 무질서한 난투의 장이 될 터였다. 모리건은 자신과 피네스트라가 초록색 구역으로 간다는 사실이 기뻤다.

하지만 피네스트라는 초록색 구역에 이르러서도 속도를 늦추지 않았다. 주피터가 알려 준 대로 메이휴거리에서 좌회전을 하지도 않았다. 둘은 직선로를 순식간에 내달려 노란색 구역으로 들어갔다. 표적은 점점 줄어들었고 간격도 드문드문해졌다. 어느 표적이든 치지 않으면 더 이상 기회가 오지 않을 수도 있었다. 하지만 피네스트라는 노란색과 오렌지색 표적을 지나 계속 달렸다. 멈출 기미는 보이지 않았다.

"핀!" 결국 모리건이 소리쳤다. "핀, 멈춰요! 어딜 *가는* 거예요?"

"용기광장." 피네스트라가 큰 소리로 대답했다. "금빛 표적 앞으로 데려갈 거야!"

모리건은 얼굴에서 핏기가 싹 가시는 느낌이었다. 피네스트라는 무슨 *생각*을 하는 거지? 이성을 놓은 게 틀림없었다. 격투기 선수 시절의 승부욕이 발동한 것이다.

"안 돼요, 핀. 아저씨가—"

"주피터는 원래 말이 많아. 내 귀에는 매일 듣는 잔소리일 뿐이야. *꽉 잡아.*"

피네스트라는 속도를 올리며, 모리건이 생각지도 못했던 기품 있는 몸놀림으로 지원자들 사이를 요리조리 누비면서 잽싸게 앞으로 나아갔다. 껑충 뛰어올라 지원자 서너 명을 한 번에 제치고 비좁은 틈새를 찾아 우아하게 착지했다가, 조금의 망설임도 없이 다시 튀어 올랐다. 피네스트라야말로 주피터가 바라던 "전천후 동물"이었다. 땅을 구르고 나무를 탔다가 건물 측벽을 차고 튀어 오르는 완벽한 전천후 동물이었다. 모리건은 필사적으로 매달릴 수밖에 없었다.

뒤를 돌아보니, 통쾌하게도 노엘과 갈색 암말은 없었다. 코빼기도 보이지 않는 게, 뒤따르던 무리에 파묻힌 것 같기도 하고 옆길로 샌 것 같기도 했다.

모리건은 실낱같은 희망을 품었다. 피네스트라의 판단이 옳을지도 몰라. 어쩌면 우리가 금빛 표적을 차지할 수 있을지도 몰라!

하지만 우악스럽게 달리는 코뿔소도 속도를 올렸다. 그제야 코뿔소 등에 올라탄 학생이 제대로 보였는데, 놀랍게도 모리건이 아는 얼굴이었다. 노엘을 따라다니던 끔찍한 친구였다.

다만 윈드러스 환영회 때처럼 하이에나 같은 웃음은 없었다. 책 평가전 때처럼 우쭐하고 거만하지도 않았다. 그 애는… 겁을 먹은 얼굴이었다. 길게 땋은 검은 머리는 반쯤 풀려 있었고 빠져나온 머리카락은 아무렇게나 헝클어졌다. 소리를 지르며 힘껏 고삐를 당겼지만 소용없었다. 아이는 자신이 타고 있는 동물을 전혀 통제하지 못했다. (모리건은 그 기분을 잘 알았다.)

반면 코뿔소는 난폭하고 끈질겼다. 누가 가장 큰 맞수인지 깨닫고 그 상대를 향해 곧장 뿔의 끝을 겨냥했다.

모리건은 털을 세게 잡아당기며 피네스트라의 귀에 대고 간신히 떠오른 단어만 크게 외쳤다. *핀! 코뿔소!*

14장
가장 고귀한 승용 동물

"우리한테 달려오고 있어요!"

피네스트라는 뒤를 돌아보지는 않았지만 속도를 올리고 좌우로 길을 누비며 코뿔소를 따돌리려고 애썼다. 커다란 뿔이 달린 멍청이는 피네스트라와 맞먹는 속도로 달렸지만 품위는 한참 모자라서, 다른 지원자를 들이받고 쓰러뜨리며 연신 시끄럽고 요란하게 울부짖었다. 모리건이 돌아보니, 노엘의 친구는 공포 때문에 휘둥그레진 눈으로 앞을 응시하며, 코뿔소를 조종

할 생각은 하지도 못한 채 필사적으로 고삐만 움켜쥐고 있었다.

피네스트라는 점점 더 속도를 내면서 뒤처진 추격자들과 거리를 벌렸다. 악당 코뿔소만이 피네스트라의 꼬리에 바짝 붙어 있었다.

"그냥 앞으로 보내 줘요!" 모리건이 소리쳤지만 피네스트라에겐 들리지 않았다. 들었지만 신경 쓰지 않는 것인지도 몰랐다. 피네스트라는 제정신이 아니었고 무언가에 홀린 듯 단 하나만을 생각하며 달렸지만… 이제 거칠게 숨을 헐떡이고 체력이 떨어지기 시작했다.

그때 돌연 코뿔소가 쏜살같이 다가와 옆에 나란히 서더니 엄청나게 큰 머리를 흔들어 댔다.

"조심해요, 핀!" 모리건이 외치는 것과 동시에, 코뿔소가 피네스트라를 난폭하게 떠밀었다. 코뿔소에 타고 있던 아이가 비명을 질렀다. 피네스트라의 목 위로 내동댕이쳐진 모리건은 북슬북슬한 털을 꽉 붙잡고 매달렸다. 성묘는 잠깐 휘청거렸지만 얼른 균형을 잡고 코뿔소를 후려쳤다. 피네스트라가 길고 날카로운 발톱으로 얼굴을 할퀴자 코뿔소가 고통스럽게 울부짖었다.

모리건은 코뿔소의 울부짖는 소리와 다른 날카로운 비명 소리에 고개를 들었다. 뒤를 돌아보는 순간 코뿔소가 비틀거리더니 등에 탄 아이를 떨쳐 버렸다. 아이는 어디가 부러져도 이상할 게 없을 정도로 요란한 쿵 소리와 함께 바닥으로 떨어졌다.

코뿔소는 뿔을 발굽 위로 푹 숙였다가 힘들게 똑바로 일어서더니, 가장 가까운 옆길로 꽁무니가 빠지게 달아났다. 금빛 표적을 향한 탐욕은 까맣게 잊은 것 같았다. 시끄럽게 울어 대며 달아난 코뿔소는 가죽으로 덮인 딱딱한 얼굴에 깊은 자상을 입고 피를 흘렸다. 사납게 공격하던 그 위세를, 피네스트라가 강력한 발톱으로 단번에 제압했다. 피네스트라는 앞으로 돌진하여 마침내 추격자를 완전히 따돌렸다.

코뿔소를 탔던 노엘의 친구는 그랜드대로 한복판에 그대로 누워 있었다. 머리를 흔들고 있는 얼굴이 멍해 보였다. 다른 지원자들이 곧 이곳까지 몰려올 것이다. 뒤에서는 여기저기에서 표적이 터지며 밝은 분홍색과 빨간색의 먼지 구름을 하늘로 쏘아 올렸다. 먼지 구름은 여자아이가 움직임 없이 누워 있는 그랜드대로로 점점 가까이 다가왔다.

모리건은 앞을 봤다. 불과 100여 미터 앞에, 그랜드대로가 드넓게 자갈이 깔린 용기광장으로 이어지고, 그 한가운데에 있는 정교한 조각 분수대 가장자리에 균일한 간격을 두고 네 개의 금빛 표적이 위치해 있었다. 그리고 분수 중앙, 조각상 꼭대기에 다섯 번째 표적이 있다는 걸 간신히 알아볼 수 있었다. 다섯 번째 표적은 콘크리트로 된 물고기 조형물의 입속에서 햇빛을 받아 희미하게 빛을 발했다.

금빛 표적이 가까이, *아주 가까이 있었다.* 모리건과 피네스

49

트라의 앞에는 아무도 없었다. 용기광장은 텅 비어 있었다. 모리건은 이번 평가전에 분명히 합격할 수 있었다. 저 금빛 표적을 손에 넣을 수 있었다—

하지만 모리건은 다시 뒤를 돌아봤다.

여자아이가 아직 그 자리에 있었다. 마치 얼어붙은 것처럼, 자신을 향해 전력으로 달려오는 발굽들과 색 먼지를 빤히 쳐다보고 있었다.

모리건은 가슴이 내려앉았다.

"핀, 돌아가야 해요! 저 애가 밟혀 죽을 거예요." 모리건이 외쳤다.

핀은 듣지 못했거나, 들었더라도 그 말을 무시했다. 모리건이 피네스트라의 귀를 힘껏 잡아당겼다. "핀! 저 애가 죽게 생겼다고요!"

피네스트라가 으르렁거렸다. "이게 경쟁이라는 걸 알고는 있지?" 그렇게 말하면서도 피네스트라는 걸음을 돌려 여자아이가 맥없이 앉아 있는 곳으로 달려가 아이의 다리를 와락 움켜잡았다.

"빨리요, 핀!"

피네스트라는 급가속을 하며 간신히 여자아이를 이빨로 채서 달려드는 지원자들을 피해 껑충 뛰어올라 그랜드대로 곁길에 착지했다. 몇 초 전까지 여자아이가 앉아 있던 텅 빈 대로 위로 지원자들이 우르르 지나갔다.

피네스트라는 고개를 거칠게 젖혀 여자아이를 모리건의 앞자리로 던졌다. 아이는 몸을 떨며 울었다. "휴우, 훌쩍거리지 좀 마." 성묘가 으르렁거렸다.

모리건은 덜덜 떨리는 아이의 손을 이끌어 피네스트라의 목을 수북이 덮은 털을 잡게 하고 꼭 매달릴 수 있도록 도왔다. 모리건은 얼마 남지 않은 마지막 지원자들이 각자의 동물을 타고 먼지 구름을 일으키며 옆을 빠르게 스쳐 지나가자 깜짝 놀라 몸을 움츠렸다. 이제 모리건과 피네스트라와 코뿔소를 탔던 여자아이는 손쓸 도리 없이 꼴찌 신세가 됐다. 가망이 없었다. 금빛 표적은 몇 초만 지나면 누군가의 차지가 될 터였다.

"어쩌면." 모리건이 숨 쉬기도 힘들 만큼 격한 좌절에 휩싸여 말했다. "어쩌면 다시 돌아가서 초록색 표적이나, 아니면 노란색—"

"정신 차려." 핀이 말했다.

"이렇게 포기할 수 없어요, 핀! 어딘가 한 개 정도는 남아 있을—"

"그게 아니고, 이 멍청아, *정신 바짝 차리고 털 꽉 잡으라는* 말이야." 모리건은 피네스트라가 시키는 대로 했고, 피네스트라는 몸을 활처럼 휘며 앞다리를 번쩍 들어 올렸다. "우리는 계속 금빛을 향해 가는 거야!"

용기광장 분수에서는 세상의 종말을 앞둔 전투라도 벌어지는 것 같았다. 분수를 둘러싸고 있던 금빛 표적 네 개는 이미 누군가가 차지한 뒤였지만… 마지막 한 개는 몇 미터 위 물고기 조형물의 입안에서 여전히 희미하게 반짝거리며 누구의 손도 닿지 않은 채 남아 있었다. 조형물 아래에서는 수십 명, 아니 거의 백 명은 될 듯한 아이들이 타고 온 동물을 버려둔 채 첨벙거리며 허리까지 차는 물을 휘젓고 다녔다. 아이들은 소리를 치며 필사적으로 표적에 다가가기 위해 서로를 물속에 밀어넣었다. 몇몇 아이들은 벌써 조형물에 다다라, 지느러미와 꼬리를 잡고 기어오르면서 밑에서 끌어내리려는 다른 지원자들을 걷어찼다. 악몽 같은 광경이었다. 그 안에 뛰어들어야 한다고 생각하니 모리건은 숨이 막힐 정도로 싫었다.

하지만 피네스트라는 멈출 생각이 없었다. 앞발을 들고 도움닫기를 하듯 뛰어오르더니 분수대 주변에 버려진 말과 타조와 얼룩말의 등을 징검돌처럼 건넜다. 피네스트라는 강인한 뒷다리를 힘껏 구르며 지원자들의 머리 위로 날아올라 조형물 꼭대기에 내려앉아서 갈고리처럼 발톱을 세워 물고기 머리를 끌어안았다.

"*지금 쳐!*" 피네스트라가 외쳤다.

모리건이 있는 힘껏 팔을 뻗자 손끝이 닿을락 말락 했다. 조

금만 더… 조금만 더…….

하지만 모리건보다 노엘의 친구가 더 가까웠다. 아이는 코뿔소에서 떨어진 충격을 이제 다 회복한 듯, 거대한 고양이의 어깨뼈 사이를 무릎으로 거칠게 밀치면서 피네스트라의 목을 기어올랐다. 여자아이가 손을 뻗을 때 모리건도 뒤에서 손을 뻗었고, 두 사람이 거의 동시에 표적을 쳤다.

펑!

표적이 터지면서 금빛 가루가 여자아이의 얼굴과 하얀 옷과 길게 흔들리는 땋은 머리를 승리의 색으로 뒤덮고……

… 그리고 모리건에게는 한 톨의 가루도 묻지 않았다.

"한 명씩이라고. *한 명씩!*" 협회 임원이 잔뜩 시달린 얼굴로 소리쳤다. "자, 누가 표적을 만졌지? 저 커다란 고양이를 타고 온 사람이 누구니?"

"저예요." 모리건과 여자아이가 동시에 대답했다. 그러고는 고개를 돌려 서로를 노려보았다.

"*저예요.*" 모리건이 다시 말했다. "제가 저 큰 고양이를 타고 왔어요."

"그럼 네 이름은?"

"케이든스입니다." 여자아이가 대답을 가로챘다. "제 이름은 케이든스 블랙번이에요. 제가 저 큰 고양이를 탔어요. 제가 표적을 쳤고요."

"아니에요, *제가* 표적을 쳤어요! 저는 모리건 크로우고, 성묘는 제가 *타고* 온 동물이에요. 케이든스는 자기 동물의 등에서 떨어졌다고요. 코뿔소를 타고 있었거든요. 고양이와 제가 이 아이에게 돌아가―"

"제가 앞에 앉아 있었어요." 케이든스가 말을 잘랐다. "제가 앞에 앉았으니, 당연히 제가 표적을 칠 수밖에 *없잖아요*. 저를 보세요. 온통 금색이라고요!"

협회 임원은 모리건을 보다가 케이든스를 보고 다시 모리건을 쳐다봤다. "저 말이 사실이니? 저 아이가 앞에 앉았어?"

모리건은 기가 막혔다. 실제로 케이든스가 앞에 앉았고, 그래서 금가루를 뒤집어썼다는 사실을 부인할 수 없었다. 하지만 이건 말도 안 되는 결과였다. 바보 같은 규정을 기준으로 삼아서는 안 된다. 단순하게 *그럴 수는 없다.* 그건 부당한 일이었다.

"맞아요, 네. 하지만… 그건 단지 우리가 돌아가서 저 애를 태워 줬기 때문이에요. 안 그랬으면 거기서 밟혀 죽었을 거예요!"

임원이 코웃음을 쳤다. "그렇게 하면 원드러스협회에 자리가 생길 줄 알았니?" 남자 임원은 고개를 흔들었다. "어째서 모두들 *용기*와 *스포츠맨 정신*만 있으면 호감을 살 거라고 생각하는 거지? 우리가 검증하려고 하는 건 불굴의 끈기와 포부지, 끝내 주게 착한 심성이 아니야."

"하지만 중요한 건 그게 아니에요." 모리건은 필사적인 심정으로 말했다. "성묘는 제가 타고 온 동물이고, 나를 위해 조각상 위로 올라갔어요. 케이든스가 아니라요. *내가* 표적을 쳤고요! 이건 그저—"

"헛수작이에요." 케이든스가 말벌이 윙윙거리듯 낮은 목소리로 말했다. 케이든스는 임원에게 가까이 다가가 그를 쳐다봤다. "저 고양이는 *내* 동물이에요. 나는 금빛 표적을 쳤고, 다음 평가전에 *진출할* 거예요."

임원은 케이든스에게 작은 금색 봉투를 건넸고, 케이든스는 봉투를 주머니에 넣고는 의기양양한 표정으로 그 자리를 떠났다.

모리건은 부당한 판정에 비명이라도 지르고 싶었지만, 아무 말도 나오지 않았다. 별 수 없이 비난 섞인 차가운 시선으로 협회 임원을 응시할 뿐이었다.

"고양이는 저 학생이 타고 온 동물이었어." 임원이 어깨를 으쓱였다. "저 학생이 금빛 표적을 쳤고. 저 학생이 다음 평가전에 진출하게 될 거다."

모리건은 구멍 난 자전거 바퀴처럼 축 처졌다. 평가전에서 탈락했다. 경기는 끝났다.

그때 친구들에게 둘러싸인 노엘이 느긋하게 지나갔다. 노엘

역시 반짝이는 금가루에 뒤덮인 채 금색 봉투를 트로피처럼 들고 있었다. "로더릭 거리 모퉁이에서 분홍색 표적을 보고 그냥 그리고 가야겠다고 마음을 먹었어. 나도 왜 그랬는지 모르겠어. 내가 제일 좋아하는 색이라서 그랬나 봐." 노엘이 발랄하게 말했다. "치고 보니까 그게 숨겨 놓은 금빛 표적이었다니, 내가 얼마나 놀랐겠어! 있잖아, 난 정말 운이 좋아." 모리건을 돌아본 노엘은 여전히 하얀 옷이 만족스럽다는 듯이 씩 웃었다.

로더릭 거리, 모리건은 씁쓸하게 노엘의 말을 곱씹었다. 노엘의 후원자가 출발선에서 소곤대던 말이 떠올랐다. *로더릭!* 그건 사람의 이름이 아니라, 금빛 표적의 위치를 가리키는 말이었다. 노엘은 운 따위가 좋았던 게 아니라, 바즈 찰턴의 도움을 받아 사기를 친 것이었다! 바즈 찰턴이 노엘에게 숨겨 놓은 금빛 표적이 어디에 있는지 *귀띔*해 주었다.

지원자들 가운데 유일하게 노엘만 비밀 만찬에 대해 알고 있었다는 사실도 전혀 놀랄 일이 아니었다! 바즈 찰턴은 노엘에게 온갖 비밀을 말해 주며, 평가전에 합격하는 데 필요한 모든 정보를 건넸다.

모리건은 케이든스와 노엘이 저지른 부정행위에 대한 분노와 평가전 탈락에 대한 참담한 고통으로 분수대 언저리에 털썩 주저앉았다. 자신이 너무 바보 같았다. 게다가 앞으로 일어날 일에 엄청난 공포를 느꼈다. 이제 당연히 네버무어에서 쫓겨날 것이고, 그러면… 그다음은…….

상상 속에서 연기와 그림자 사냥단이 거대한 검은 곤충 떼처럼 우뚝 일어서며 햇빛을 가로막아, 저물어 가던 오후를 암흑 천지로 만들었다.

소식을 들은 주피터는 너무 놀란 나머지 할 말을 잃었다. 피네스트라는 사납게 화를 냈다.

"그 임원 어디 있어?" 피네스트라가 누런 이를 드러내고 씩씩대며 앞뒤를 왔다 갔다 했다. "그 자식 클립보드를 빼앗아서 그걸로 그냥 콱—"

"가야겠어." 주피터가 불쑥 말을 꺼내며 뒤를 힐끔거렸다. "우리 당장 나가야 돼. 그 자가 왔어."

"누가, 아." 모리건은 심장이 발밑으로 뚝 떨어지는 기분이었다. 지원자와 후원자 사이로 잠입하여 비집고 돌아다니는 사람들은 분명 갈색 제복을 입은 경찰 부대였다. 모리건이 네버무어에서 세 번째로 싫어하는 사람(케이든스 블랙번과 노엘 데버루 다음으로)이 인솔하는 경찰인 듯했다.

주피터가 모리건의 팔을 잡고 반대 방향으로 성큼성큼 걷기 시작했지만, 더 많은 수의 갈색 제복들에게 가로막혔다. 주피터와 모리건의 주변을 스팅크들이 에워쌌다.

"이제 서면에 인쇄된 활자들을 봐야겠소, 노스 대장." 플린트록 경위가 독선이 번득이는 얼굴로 손바닥을 내밀었다. "내 놔 보시지."

모리건은 숨을 죽였다. 강제 추방을 당하기 전에 듀칼리온에 들를 겨를이 있을지 궁금했다. 호텔 사람들과 작별 인사를 나눌 수 있을까? 짐을 싸고, 참, 호손! 친구와 마지막 인사를 할 시간도 주지 않고 나가라고 하는 건 너무하잖아. 모리건은 정신없이 용기광장을 두리번거리며, 마지막으로 한 번만 호손이 눈에 띄기를 바랐다. 호손은 표적을 잡았을까?

그리고 연기와 그림자 사냥단은, 겁에 질린 마음속 목소리가 작게 말했다. *경계선 앞에서 나를 기다리고 있을까?*

"서면에 인쇄된 활자라니, 뭘 말씀하시는 건지요, 플린트록 경위님?" 주피터가 사근사근하게 웃으며 물었다. "혹시 조간신문 말인가요? 그건 지금쯤 고양이 배변통에 깔거나 감자칩을 곁들인 생선튀김 요리를 포장하는 데 썼을 텐데. 시사 문제에 뒤처지지 않으려고 노력하는 모습이 정말이지 *대단해요,* 플린티. 잘하고 있어요. 어려운 문자 읽을 때 도움이 필요하면 말해요."

플린트록은 턱을 실룩거렸지만, 여전히 웃는 얼굴이었다. "재치가 넘치시는군, 노스. 진짜 재미있어. 내가 말하는 건 당연히, 당신이 데려온… 지원자였던 아이의 여권과 7포켓 영주권 서류와 네버무어에서의 교육 허가증이오. 그 서류들만 한 번 보면 당신의 지원자였던 아이가 자유주 1포켓에 거주할 수 있는 흠결 없는 권리를 가지고 있으며, 깜깜한 밤을 틈타 반역적인 공화국에서 몰래 들어온 더러운 불법체류자가 아니라는 사실까지 더 이상 뒷말이 나지 않게 확인할 수 있잖소."

"아, 그 서류들." 주피터가 말했다. "처음부터 그렇게 말을 해야죠."

주피터는 과장되게 큰 한숨을 쉬며 재킷을 툭툭 더듬더니, 주머니를 뒤집어 빼고 풍성한 턱수염까지 뒤적거리며 존재하지도 않는 서류를 찾는 척했다. 평소라면 웃음을 터뜨렸겠지만, 그날은 모리건의 인생에서 가장 재미없는 날이었다.

"참는 것도 한계가 있소, 노스."

"그래요, 미안해요. 서류가 여기에, 아니네. 미안해요. 손수건이었어요. 조금만 참아 봐요."

모리건은 이쯤에서 달아나야 하는 건지 고민했다. 스팅크들이 다른 데 정신을 팔고 있는 동안 그 옆을 몰래 지나갈 수만 있다면, 가까운 원더철역까지 갈 수도 있을 것 같았다.

모리건은 시험 삼아 태연스레 한 걸음 옆으로 옮겨 보았다. 붙잡는 사람은 없었다. 주위를 둘러보니 스팅크들은 모두 주피터가 선보이는 서류 찾기 서커스 공연에 완전히 몰입했다. 모리건은 호손이 두꺼비를 쏟아부은 뒤 범죄 현장에서 빠져나가던 모습을 떠올리면서, 한 걸음씩 내딛었다. 몇 걸음만 더 가면 인파에 묻혀 도망갈 수 있는 거리였다.

"모리건 크로우!" 우렁찬 목소리가 들렸다. 모리건은 얼어 붙었다. 다 끝났다. 이제 체포될 일만 남았다. 안녕, 네버무어. *"모리건 크로우! 고양이를 탔던 여학생! 어디 있니? 고양이를 타고 왔던 모리건 크로우 본 사람 없어요?"*

추격전의 진행을 맡았던 협회 임원이었다. 임원은 모리건을 보고는 어기적어기적 다가오며 상아색 봉투를 흔들었다. "거기 있었구나! 찾아서 다행이야. 받아라. 이건 네 거다."

모리건은 봉투를 받았다. "이게 뭐예요?"

"뭐로 보이니? 당연히 다음 평가전 초대장이지."

모리건이 번개처럼 고개를 돌려 주피터를 쳐다봤다. 주피터 도 모리건만큼이나 놀란 얼굴이었다. 플린트록이 할 말을 잃은 듯 입을 벌렸다가 그냥 다물었다. 어항에서 카펫 위로 떨어져 숨을 쉬려고 가쁘게 입을 뻐끔거리는 금붕어 같았다.

모리건은 제대로 들은 게 맞는지 의심스러웠다. "하지만… 하지만 아까는… 하지만 케이든스가—"

"그래, 그랬지. 하지만 일이 조금… 있었단다. 사실 약간 당 혹스럽구나. 빌어먹을 유니콘 한 마리가 알고 보니 페가수스였 어. 날개를 감쪽같이 숨겨 놓고 아이스크림콘을 뒤집어서 뿔처 럼 머리에 붙였지 뭐냐. 진작 알아채지 못했다니, 믿기지가 않 아. 불쌍한 짐승에게 잔인한 짓을 한 건 물론이고, 규정에도 정 면으로 반하는 행위야. 날개를 *사용하지* 않았다고 해도, 규정

집에는 추격 평가전에 날짐승을 동반할 수 없다고 명확히 명시가 되어 있거든. 어쨌든, 그 지원자가 자격을 박탈당하는 바람에 한 자리가 났는데, 그런데, 그…" 남자는 약간 멋쩍어하는 것 같았다. "네가 처한, 음, 그 특수한 상황 때문에, 그러니까 너의 그, 음, 글쎄다, 이게 공정하다고 판단했단다. 축하한다."

남자는 모리건에게 기쁨을 안겨 주고 발을 질질 끌며 자리를 떴다. 모리건은 손안에 든 봉투가 다이아몬드 조각이라도 되는 것처럼 소중하게 바라보았다. 봉투는 금빛이 아니었다. 봉투를 받았다고 해서 원로들과의 비밀 만찬에 참석할 수 있는 것도 아니었다. 하지만 그런 건 전혀 상관없었다. "나 통과했어요." 모리건은 조그맣게 소곤거리다가 조금 더 소리 높여 말했다. "다음 평가전에 나가게 됐어요!"

모리건은 봉투를 뜯어 안에 적힌 내용을 큰 소리로 읽었다.

지원자에게 축하를 전합니다.
학생은 자신의 끈기와 포부를 증명하여, 원드러스협회 919기의 다음 평가전에 참가할 자격을 획득하였습니다. 공포 평가전은 첫해 가을에 열리며, 일시와 장소는 미정입니다.

주피터가 웃음을 터뜨렸다. 기분 좋은 화통한 웃음소리가 모리건의 귀를 울렸다. 피네스트라조차 가르랑거리며 만족한 미소를 지었다. 모리건은 팔짝팔짝 뛰고 싶었다. 이렇게 행복하고 이렇게 후련했던 적이 없었다.

"훌륭해, 모그. 훌륭해. 미안해요, 경위님. 조금 전에 말했던 서류는 더 기다려야 되겠군요. 현재, 모리건 크로우의 시민권 문제는 원드러스협회 관할 내부의 일이라서요. 하하하!"

플린트록 경위는 입에 거품을 물 지경이었다. "이게 끝이 아니오." 경위는 으름장을 놓으며, 화를 참지 못하고 그 말을 강조하듯 경찰봉으로 자신의 허벅지를 철썩 때렸다. 모리건은 움찔 놀랐다. *분명히 아플 텐데.* "어디서 뭘 하든 나는 다 볼 수 있어, 모리건 크로우. 눈여겨보겠어. 두 사람 다 말이야. 일거수일투족 모두."

경위는 휙 돌아서더니 성큼성큼 물러갔고, 그 뒤를 갈색 제복의 동료들이 바짝 뒤따랐다.

"음흉한 놈." 피네스트라가 경위의 등 뒤에 대고 말했다.

15장

검은 퍼레이드

1년, 가을

"퀸이 있어야 돼, 정말로."

"그게 왜?"

"얼른. 그거 줘 봐."

호손은 잔뜩 힘이 들어간 한숨을 보란 듯이 크게 내쉬면서 다이아몬드 퀸을 찾을 때까지 카드 한 벌을 모두 뒤적였다. "그렇게 하는 거 아닌 것 같아."

두 사람이 추격 평가전을 통과한 뒤(호손은 치타가 *아닌* 낙타를 타고 오렌지색 표적을 차지했다) 할로우마스(* Hallowmas 모든 성인의 축일 – 옮긴이)에 듀칼리온에서 밤새 놀고 싶다고 하자, 주피터는 이를 허락하는 조건으로 취침 시간을 지키지 않고 사탕을 많이 먹고 못된 짓을 하겠다는 약속을 받아 냈다. 약속에 충실한 호손과 모리건은 이미 사탕 한 줌을 해치우고 음악 살롱에서 포커 게임을 독학하며 피네스트라를 기다렸다. 두 사람은 피네스트라를 따라 자정에 열리는 **검은 퍼레이드**를 구경 갈 계획이었다.

살롱은 할로우마스를 기념하여 호박 초롱을 씌운 촛불로만 불을 밝혔다. 흡혈난쟁이 프랭크는 무시무시한 적들의 목을 베어 그 피를 마신다는 몹시 기분 나쁜 곡을 노래하고 있었다. 청중은 무시무시하든 말든 자그마한 남자가 누군가의 목을 벤다는 것에 매료되어 열광적으로 박수를 보냈다.

모리건이 탁자 위에 부채 모양으로 카드를 펼쳤다. "포커!"

호손이 모리건의 카드를 검사했다. "그건 포커가 아니야."

"포커 맞아. 봐. 다이아몬드 퀸이 어느 날 공원에 나가서, 강아지인 다이아몬드 잭을 산책시키고 있었어. 퀸은 하트 킹을 만나서 사랑에 빠졌어. 둘은 6(하트)주 뒤에 결혼식을 올렸고 아이 셋(다이아몬드)을 낳고 오래오래 행복하게 살았어." 모리건이 의기양양하게 활짝 웃었다. "포커야."

호손이 신음을 흘리며 들고 있던 카드를 탁 내려놓았다. "포커 맞네. 또 네가 이겼어." 호손이 탁자 위에 쌓여 있던 할로우마스 사탕 한 무더기를 모리건 쪽으로 밀었다.

"감사합니다. 감사합니다, 여러분." 흡혈난쟁이가 큰 소리로 말했다. "자 이제, 할로우마스 밤이군요. 우리가 잃어버린 이들에게 가장 가까이 있다고 느끼는 이 밤, 고인이 된 나의 사랑하는 어머니를 추모하며 그분이 즐겨 부르시던 애창곡을 여러분께 들려드리겠습니다." 청중 사이에서 동정 어린 한탄이 새어 나왔다. 프랭크는 피아노 연주자에게 손짓을 보냈다. "윌버, 괜찮다면 〈나의 연인은 교살자〉를 D단조로 부탁하네."

"핀은 어디 갔어?" 호손이 쉴 새 없이 카드를 섞으며 물었다. "이제 10시 반이야! 얼른 출발하지 않으면 좋은 자리를 다 뺏기고 말 거야."

"*나의 연인은 교살자라네. 나의 연인은 목 조르기를 사랑하지. 그녀의 손이 내 목을 감싸 오면, 내 심장은 혼란으로 뒤엉켜……*."

호손은 가을이 시작되면서부터 **검은 퍼레이드** 이야기뿐이었다. 주피터는 원드러스협회 회원들과 함께 퍼레이드에 참가해야 하기 때문에 피네스트라를 설득하여 모리건과 호손을 데리고 와 달라고 부탁했다. 피네스트라는 극렬히 항의했지만, 두 사람이 버릇없이 굴면 모리건의 침대 시트 밑에 간지럼을 유발하는 가루를 한 달 동안 매일 밤 집어넣어도 좋다는 약속을 받아 낸 다음 부탁에 응했다.

"피네스트라는 자기만의 시간에 따라서 움직여." 모리건이 시큼한 해골 사탕을 덥석 입에 물며 말했다.

"*그녀가 건장한 팔로 나를 옥죄면 별들은 반짝이기 시작하지. 나의 앙상한 목은 오로지 그녀의 것이나, 그녀의 난폭한 심장은 내가 가졌네!*"

프랭크가 크고 과장된 몸짓으로 고음을 내지르며 노래를 끝내자 모리건과 호손은 흠칫 놀라며 몸을 움츠렸다. 다른 투숙객들에게 박수갈채가 터져 나오자 흡혈난쟁이는 허리를 숙여 인사했다.

"신청곡 있나요?" 프랭크가 물었다.

"무서운 노래 불러 주세요!" 젊은 남자가 소리쳤다.

"아하, 목을 베고 조르는 것도 별로 무섭지 않았다 이거죠?" 프랭크의 눈이 번득였다. "그렇다면 아마 청중 분이 만족할 만한 노래는… 원더스미스쯤은 다루어야겠군요?"

투숙객들은 깜짝 놀라 일제히 숨을 죽였다가, 이내 소심한 웃음을 터뜨렸다. 탁자 맞은편에 앉아 있던 호손은 미동도 없이 얼어 버렸다. "로비에서 기다릴까?"

"핀이 여기서 기다리랬어." 모리건이 말했다. "여기에 없으면 짜증 낼 거야. 왜 그래?"

"그냥…" 호손이 침을 꿀꺽 삼키더니 목소리를 낮췄다. "저

흡혈난쟁이가 원더스미스 노래를 하지 않았으면 좋겠어."

"또 원더스미스." 모리건이 눈을 굴렸다. "대체 원더스미스가 뭐야? 모두들 왜 저렇게 겁을 내는 거야?"

호손은 눈알이 튀어나올 만큼 눈이 커졌다. "너 설마 *원더스미스*를 몰라?"

살롱 맞은편에서 피아노가 달가닥거리며 멈추었다. "저 말이 *사실일까요?*" 프랭크가 큰 소리로 외쳤다. 그는 모리건을 똑바로 쳐다보고 있었다. "과연 저 아이는 정말 *원더스미스* 이야기를 한 번도 들어 본 적이 없을까요?"

프랭크의 노래를 듣던 청중이 충격을 받은 표정으로 모리건을 향해 고개를 돌렸다. "그게, 들어 보기는 했지만…" 모리건은 당혹감에 어깨를 으쓱이고는 유령 젤리의 머리를 물어뜯었다.

"저 아이가" 프랭크가 목소리를 높여 말을 이었다. "네버무어의 도살자라 불리는 존재를 전혀 모른다는 게 가능할까요? 수도의 저주를? 검은 입과 텅 빈 눈을 한 저 사악한 악마를 모른다고요?"

호손이 목 안쪽에서 숨이 막히는 듯한 소리를 냈다. 모리건은 한숨을 뱉었다. "그래서 그 사람이 뭔데요?" 몹시 화가 치밀었다.

"아이야, 어둠 속의 아이야." 흡혈난쟁이가 연극을 하듯 망토를 홱 잡아당겨 몸을 감쌌다. "어쩌면 모르는 게 나을지도……."

청중은 프랭크의 꾀에 넘어갔다. "그 애에게 말해 줘요, 프랭크" 사람들은 잔인한 즐거움에 박수를 치며 외쳤다. "원더스미스가 누군지 말해 줘요!"

"정 그러시다면." 프랭크는 꺼림칙하지만 어쩔 수 없다는 듯이 말했다. 피아노 연주자가 큰 소리로 극적인 화음을 넣자, 모리건은 피식 웃음이 나왔다. 모든 게 너무 장난 같았다.

"원더스미스는 누구일까? 아니, 무엇일까?" 프랭크가 시작했다. "그는 사람일까, 아니면 괴물일까? 그는 우리의 상상 속에만 존재할까, 아니면 그림자 속에 몸을 웅크린 채, 언젠가… *덮쳐들 날을… 기다리고 있을까?*" 프랭크가 모여 앉은 여자들을 덮치는 시늉을 하자, 여자들이 자지러질 듯 비명을 지르고 다음 순간 웃음을 터뜨렸다. "그는 인간일까, 아니면 *우리 모두를 먹어 치울 때까지 발톱과 이빨로 이 땅을 찢어발길 무자비한 짐승일까?*" 이 대목에서 프랭크가 말을 멈추고 날카로운 송곳니를 드러내자, 살롱 여기저기서 헉 하고 숨이 막히는 소리와 킥킥거리는 웃음소리가 퍼졌다.

"원더스미스는 그 모든 것. 어둠 속에 사는 유령이지. 언제나 우리를 주시하며 때를 기다려. 우리의 경계가 느슨해지는 날, 그가 올까 더 이상 걱정하지 않는 날, 그라는 존재를 까마득히 잊는 날." 프랭크가 촛불을 들어 자신의 턱 밑으로 가져가

자 얼굴에 오싹한 그림자가 드리웠다. "그런 날에 그는 돌아오
겠지."

"헛소리." 구석에서 조용한 목소리가 들렸다. 모리건은 챈
더 여사가 총괄 관리자인 케저리 번스와 체스를 두고 있는 쪽
을 돌아보았다. 두 사람은 체스판만 빤히 쳐다보며 깊이 몰입
한 채, 살롱 반대편에서 음악을 타고 일어나는 일은 거의 무시
하고 있었다.

케저리가 흥얼거리며 맞장구를 쳤다. "그러문입죠. 순 엉터
리죠."

"그래요?" 모리건이 말했다. "그럼 원더스미스는 진짜가 아
니에요?"

챈더 여사가 한숨을 지었다. "오, 원더스미스는 진짜야. 하
지만 나 같으면 뾰족 이를 한 연극쟁이에게 그런 걸 묻지는 않
을 거야." 챈더 여사가 고갯짓으로 프랭크를 가리키며 중얼거
렸다. 프랭크는 피아노 간주에 맞춰 탭댄스를 추고 있었다. "저
친구는 화분에 아가판투스 꽃을 심어 놓고 원더스미스라고 해
도 그런 줄 알걸. 그저 사람들을 겁주는 게 재밌을 뿐이야."

모리건이 미간을 찌푸렸다. "하지만 왜 다들 저렇게 원더스
미스를 두려워하고 있죠? 그게 뭔데요?"

"아주 좋은 질문이야." 챈더 여사가 말했다. 케저리가 경고
하듯이 고개를 흔들었지만 챈더 여사는 그에게 손을 저었다.

"아니에요, 리리, 모리건도 조만간 알게 될 거예요. 우리가 있는 그대로 말해 주는 게 낫지, 다른 얼간이들이 쓸데없는 소리를 하게 둬야겠어요?"

케저리가 못 이기겠다는 뜻으로 두 손을 들었다. "알았어요. 하지만 노스가 탐탁지 않게 생각할 거예요."

"그렇다면 노스 자신이 직접 말을 했어야죠." 챈더 여사는 숨을 돌리며 케저리의 나이트를 잡고 브랜디를 한 모금 마셨다. "자, 프랭크가 유치하게 군 건 *맞지만*, 역사적으로 흥미로운 질문을 던졌어. 윈더스미스는 사람일까, 괴물일까? 한때 사람이었던 건 확실해. 한때는 사람처럼 *보였지*. 젊은 시절의 사진과 초상화는 거의 파손됐지만 말이야. 어떤 사람들은 그의 안팎이 뒤집어져서, 내면의 어둠이 밖으로 드러나는 바람에 이제 누구나 그를 훤히 알아볼 수 있다고 말해. 소름 끼칠 정도로 흉측해져서 이와 입과 눈이 거미처럼 검게 변했다고 해. 살은 잿빛이 되어 부패한 그의 영혼처럼 썩고 있다고들 하지."

"그는 정말 네버무어에서 추방당했어요?" 호손이 물었다.

"그래." 챈더 여사가 심각한 표정으로 말했다. "백 번의 겨울이 지나는 동안 추방자가 되어, 네버무어와 자유주의 일곱 포켓 전체에 출입을 금지당했지. 지금도 그 자를 막기 위해 이 위대한 고대 도시가 가진 힘을 총동원하고 있어. 국립마법위원회와 초자연현상연맹이 힘을 합쳐 그를 감시하지. 지상군이 엄호하고 천공군이 하늘에서 내려다보며, 스팅크가 순찰을 돌고 스텔스Stealth가 첩보를 모으며 국경을 지켜. 그것 말고도 오로지 원더스미스에게서 우리를 지키려는 목적 하나로 존재하는 비밀 조직이 수십 개는 될 거야. 백 년이 넘는 시간 동안 수천 명에 달하는 사람들이 일주일 내내, 하루 24시간을 쉬지 않고 일하고 있단다. 한 사람을 막기 위해서 말이야."

모리건이 침을 삼켰다. 수천 명이… 단 한 *사람* 때문에? "왜요? 그 사람이 무슨 짓을 했는데요?"

"그는 괴물이 되었단다, 아가. 그게 그 사람이 한 일이지." 케저리가 말했다. "그 자는 괴물이 되어 자기 수하가 될 괴물들을 만들었어. 아주 영리했지. 재능은 특출한데 마음이 *비뚤어져* 스스로 신 노릇을 하겠다고 마음먹은 게지. 그는 무시무시한 괴물들로 거대한 군대를 일으켜 네버무어를 정복하고 우리 도시의 시민들을 노예로 만들 계획을 세웠단다."

"왜요?"

케저리가 눈을 깜빡였다. "권력 때문이겠지. 그 자는 도시를 손에 넣고, 도시를 통해 모든 영토를 차지하려고 했어."

"앞에 나서서 그를 막으려는 사람들도 있었어." 챈더 여사가 덧붙여 말했다. "학살당하고 말았지만. 자기 몸을 사리지 않고 용감하게 나섰던 이들이 원더스미스와 그가 만든 괴물 군대에게 짓밟혔어. 여기서 그다지 멀지 않은 올드타운 시내에서 벌어졌던 일이야. 그들이 죽은 장소는 용감했던 사람들을 기리는 의미에서 이름을 바꿨지. 용기광장이라고 말이야."

"우리도 간 적 있어요. 추격 평가전이 그곳에서 끝났거든요." 모리건이 말하자 호손이 숙연한 얼굴로 고개를 끄덕였다. 자갈로 덮인 양지바른 광장이 피로 물든 대학살의 현장이었다는 게 잘 상상이 되지 않았다. "그리고, 아! 책에서 **용기광장 대학살**에 대해서 읽었어요, 그렇지 호손? 책 평가전을 준비하면서 공부할 때 말이야. 『네버무어의 *야만 행위 대백과*』에는 원더스미스에 관한 언급은 하나도 없었는데."

"물론, 나오지 않겠지." 케저리가 챈더 여사를 향해 한쪽 눈썹을 추어올리며 말했다. "역사책에서도 원더스미스에 대한 언급은 하고 싶지 않은 게지."

"그날 원더스미스에게 무슨 일이 있었는지 아무도 정확히는 몰라." 챈더 여사가 케저리의 의견을 무시한 채 말을 이었다. "원더스미스가 공격을 받아 약해졌다고 하는 사람도 있어. 그래서 괴물들이 그를 떠났다고 말하기도 해. 죽음이란 걸 맛보고 즐기게 된 괴물들은 네버무어에서 가장 어둡고 구석진 곳으로 물러났지만, 여전히 그곳에 숨어 사람들을 하나씩 죽이면서 자신들의 주인이 돌아와 도시를 장악할 날을 기다리고 있다는 거야."

"챈더…" 케저리가 의미심장한 눈길로 챈더 여사를 쳐다봤다.

"왜요? 그렇게 말하는 사람들도 있어요."

"그건 사실이 아니란다, 얘들아. 끔찍한 낭설일 뿐이야." 케저리가 말했다.

"사실이라고 말한 적 없어요, 리리. 그런 말이 있다는 거예요." 챈더 여사가 불편한 심기를 보였다. "어쨌든, 그날 이후 네버무어는 그가 돌아오지 못하도록 영원히 문을 잠갔어. 물론 주술사와 마법사와 스팅크와 스텔스 등등이 잠긴 문을 더 견고하게 지키고 있지만, 우리는 누구나 알고 있지. 진정으로 원더스미스를 거부하며 가로막고 있는 건 네버무어 그 자체라는 걸 말이야."

"어떻게요?" 모리건은 질문을 하면서 호손을 흘깃 쳐다봤다. 호손은 침을 꿀꺽 삼켰다. 모리건은 호손이 약간 축축해 보인다고 생각했다. "원더스미스가 들어오는 길을 찾으면 어떻게 해요?"

"이곳은 아주 오래된 강력한 도시란다, 얘들아." 케저리가 말했다. "아주 오래된 강력한 마법이 이 도시를 보호하고 있지. 어떤 원더스미스보다도 더 강력하니, 너희들은 걱정하지 않아도—"

"핀, 여기!" 호손이 냉큼 외쳤다. 그는 모리건의 팔을 붙잡고 성묘가 서 있는 문 앞으로 달려갔다. 원더스미스에 관한 이야기에서 한시 바삐 벗어나고 싶은 게 분명했다.

73

﹡

네버무어에 유령이 가득했다.

흡혈귀, 늑대인간, 공주 그리고 코에 무사마귀가 잔뜩 난 마녀도 있었다. 요정도 꽤 많았다. 이따금 호박도 보였다. 수천 명에 달하는 인파가 갖가지 분장을 하고 중심가에 길게 늘어서서 네버무어의 할로우마스 축제가 시작되길 기다리고 있었다.

모리건은 시린 손을 맞비벼 열을 내고 목에 두른 스카프를 좀 더 단단히 조였다. 모리건이 호손과 마주 보며 활짝 웃자, 들뜬 입김이 상쾌한 가을 공기 속으로 안개처럼 퍼졌다. 그들은 가득 몰려나온 사람들 사이를 헤쳐 주피터가 퍼레이드를 보기 위한 최적의 장소라고 장담했던 곳을 찾아갔다. 그곳은 디컨거리Deacon Street와 맥라스키가로수길McLaskey Avenue이 만나는 모퉁이였다.

주피터의 설명에 따르면, 윈드러스협회가 퍼레이드를 시작한 건 수백 년 전이었다고 했다. 퍼레이드는 원래 전년도에 세상을 떠난 회원들을 기리기 위한 행사였다. 검은 제복을 갖춰 입고 목 부분에 금빛 W 배지를 단 협회 회원들은 대열을 지어 조용히 행진했다. 그들은 할로우마스 밤에 아홉 열을 지어 거리를 걸었는데, 이때가 산 자와 죽은 자 사이에 세워진 벽이 가장 얇아지는 시간이었다.

세월이 흐르면서 네버무어의 시민들도 침묵 행진을 지켜보며 경의를 표하기 시작했다. 행진은 도시에서 가장 성스러운 전통 중 하나가 되었고, 사람들은 이 행진을 **검은 퍼레이드**라고 불렀다. 연대가 바뀌는 동안 퍼레이드는 훨씬 더 시끌벅적하고 화려한 행사로 변모했지만, 원드러스협회는 여전히 전통을 고수하며 행렬의 선두에서 첫 번째로 행진했다.

선두의 아홉 줄이 지나가는 동안 군중은 으스스할 정도로 조용했다. 자갈 위를 지나는 발소리 외에는 어떤 소리도 들리지 않았다. 모리건은 주피터의 커다란 생강 머리를 본 것 같았지만, 너무 많은 협회 회원들이 너무 빠른 속도로 지나가는 바람에 확신할 수는 없었다. 그들은 정면을 똑바로 응시한 채 침통한 표정을 하고 있었다. 군데군데 빈자리가 있었고, 촛불을 들고 걷는 이들도 있었다. 촛불 하나하나가 각각의 고인을 기리는 것이라고 주피터가 미리 알려 주었다. 모리건과 비슷한 또래로 보이는 가장 어린 회원이 맨 앞줄에서 행진했다. 모리건은 그 사람이 틀림없이 918기일 거라고 생각했다.

모리건과 호손도 내년 퍼레이드에서 행진할 수 있을까? 모리건은 궁금했다. 호손이 저렇게 오랫동안 무표정을 유지하는 모습은 쉽게 상상이 되지 않았다.

반갑지 않은 다른 모습 또한 모리건의 머릿속에 불쑥 떠올랐다. 상상 속에서 호손은 노엘과 나란히 서서 행진했다. *그럴 가*

능성이 더 크지, 모리건은 처량하게 생각했다. 재능 많은 회원들과 함께 대열을 이루어 네버무어 거리를 행진하는 용의 기수와 천사의 목소리를 가진 소녀. 신났던 마음이 살짝 수그러들었다.

원드러스협회가 마지막 경로에 다다르자, 마침내 "제대로 된 퍼레이드(호손의 표현에 따르면)"가 시작됐다. 어디선가 음악이 흘러나오고 군중들 사이로 기대감이 물결처럼 퍼져 나갔다.

"이렇게 앞에서 가까이 보는 건 처음이야!" 호손이 말했다.

"핀이랑 같이 온 게 처음이니까 그렇지. 사람들이 겁을 먹고 다들 멀찍이 물러섰어." 모리건은 성묘를 흘낏 올려다봤다. 피네스트라는 두 사람 뒤에 버티고 서서 지나가는 행인들을 불안에 떨게 만들었다.

피네스트라는 보모 역할을 별로 좋아하지 않았지만, 자신이 맡은 책임에는 매우 진지하게 임했다. 누가 가까이 오기라도 하면 화를 내며 이를 드러내는 바람에, 눈이 휘둥그레진 사람들이 점점 물러서서 모리건과 호손 주변의 비좁던 공간이 기적처럼 점차 넓어졌다. 피네스트라는 마치 보이지 않는 장벽을 만들어 내는 심술궂고 털 많은 힘의 중심 같았다.

퍼레이드 선두에는 악마처럼 분장한 악단이 앞장을 섰는데, 환영처럼 가물가물한 유령이 악단을 지휘했다. 그 뒤로 정원의 울타리처럼 보이는 행렬이 뒤따랐다. 동물 모양으로 다듬어진

관목들은 인형극 기술과 기계 장치의 불가사의한 조합을 통해 살아 움직이듯 행진했다. 관목 매머드는 거대한 상아를 앞뒤로 흔들었고, 잎이 무성한 초록색 사자는 으르렁거리며 꺅꺅대는 아이들에게 포효했다.

모리건과 호손도 퍼레이드 차량이 지나갈 때마다 목이 쉬도록 소리를 지르고 웃음을 터뜨렸다. 밑에서 사람들이 긴 나무 막대기를 이용해 조종하는 3층 높이의 무시무시한 늑대인간 인형도 지나갔다. 늑대인간은 입을 탁 다물기도 하고 노란 눈을 껌벅거리기도 했다.

하지만 모리건이 제일 마음에 들었던 행렬은 네버무어마녀 연맹이었다.

"올해는 진부하다고 했던 걸 시도했네?" 피네스트라가 인정하기는 싫지만 괜찮다는 투로 말했다. 마녀들은 끝이 뾰족한 검은 모자를 쓰고 코에 가짜 무사마귀를 붙이고 등장했다. 검은 고양이를 안고 있거나, 엔진이 달린 나무 빗자루를 탄 마녀도 있었다. 낄낄거리는 웃음소리가 사방에 울렸다. "보통은 죄다 '우리를 정형화하지 마세요. 그저 평범한 사람입니다' 일색인데, 이건 좀 봐 줄만 하네. 거기 처자들, 더 마녀답게 해 봐!"

어른들도 아이처럼 신이 나서 퍼레이드 차량이 지나갈 때마다 환호를 보냈다. 그런데 한 차량만은 예외였다. 망토를 두른 노인의 모습을 한 거대한 꼭두각시 인형이 절규하듯 날카로운 바이올린과 으스스한 오르간 소리를 흘리며 등장하자, 구경꾼들은 깜짝 놀라 숨을 죽이거나 못마땅한 눈길로 노려보았다. 그건 늑대인간 인형보다 작았고, 모리건의 생각으로는 결코 분위기를 해칠 만해 보이지 않았다. 하지만 인형이 느릿느릿 지나가는 동안 부모들은 매우 불쾌해 보였고, 아이들은 얼굴을 가렸다. 피네스트라마저 인상을 썼다. 물론 모리건은 그게 평소처럼 성질을 부리느라 인상을 쓰고 있는 것인지, 특히 기분 나쁜 경우라서 인상을 쓰고 있는 것인지 분간이 가지 않았다.

"꼭 이렇게 분위기를 망쳐야 하나?" 가까이에 서 있던 여성이 어린 아들의 눈을 가리며 말했다. "아무리 검은 퍼레이드라도 너무 무섭잖아. 정말, 원더스미스라니!"

"저게 원더스미스라고?" 모리건이 웃음을 터뜨리며 돌아보니, 호손이 경계의 눈빛으로 꼭두각시 인형을 쳐다보고 있었다.

인형은 무섭게 보이지 않았다. 그저 등이 굽은 노인의 얼굴에 날카로운 검은 이와 검은 눈을 붙여 놓고, 펄럭이는 망토와 기다란 손톱을 달아 놓은 것뿐이었다. 어쩌다 한 번씩 손과 눈에서 불꽃이 번쩍였고, 입안에 장착된 스피커에서 미치광이 같은 유치한 웃음소리가 흘러나왔다. 모리건은 어쩜 저렇게 어설픈 인형을 보고 겁을 먹을 수 있을까 의아했다가, 용기광장 대학살 이야기가 기억났다. 그리고 챈더 여사가 들려주었던 말이 떠올랐다. 그는 괴물이 되었단다.

"저거야!" 호손이 원더스미스 인형 뒤를 바라보며 결연히 외쳤다. "모덴 묘지MORDEN CEMETERY(* morden은 독일어로 '학살하다'라는 뜻 - 옮긴이) 행렬이야. 저게 최고라고."

진짜 공동묘지처럼 만들어진 퍼레이드 차량은 하얀 안개에 덮인 채 좀비로 가득했다. 초록색 분장을 보면 그저 좀비처럼 꾸민 사람들이라는 걸 알았지만, 신음 같은 소리를 흘리며 갓 파 놓은 무덤에서 허우적거리며 나오는 모습을 보자 모리건은 기분이 오싹해졌다. 좀비들은 퍼레이드 차량을 둘러싼 철제 울타리 사이로 팔을 쭉 뻗으며 즐겁게 웃을까 비명을 지를까 망설이는 아이들을 놀라게 했다.

호손이 옳았다. 묘지 행렬은 최고였다. 사람들도 그렇게 생각하는지, 조금이라도 더 가까이 다가가려고 몸을 앞으로 내밀거나 까치발을 딛고 서서 구경했다. 모리건과 호손의 앞에 서 있던 남자가 아들을 어깨 위로 들어 올려 시야를 가렸다.

호손이 끙끙거리며 투덜댔다. "가자. 저 뒤에 쓰레기 수거함이 있어. 그 위로 올라가면 행렬이 보일 거야."

모리건은 주저했다. "하지만 핀이—"

"금방 오면 돼. 빨리, 핀이 다른 데 정신이 팔려 있을 때 가야 해!" 호손이 피네스트라를 향해 고갯짓을 하며 말했다. 피네스트라는 난간 사이로 몸을 빼는 좀비들을 후려치려 하고 있었다.

"좋아." 모리건이 툴툴거리며 대답했다. "하지만 침대 시트에 간지럼 가루가 뿌려지는 상황이 오면 그땐 반드시……."

골목은 더럽고 쓰레기 수거함은 냄새가 지독했다. 호손이 먼저 끙끙대고 올라가 모리건에게 손을 내밀었다.

"도와줘요." 골목 끝에서 목소리가 들렸다. 그곳에는 아무도 없었다.

"제발 누가 좀 도와줘요. 여기 떨어졌어요." 쇠약하고 겁에 질린 노파의 목소리였다. 모리건과 호손은 서로를 흘깃 쳐다보았다. 호손은 간절하고 아쉬운 눈으로 모덴 묘지 쪽을 한 번 바라보더니 쓰레기 수거함 밑으로 뛰어내렸다.

"저기요?" 모리건이 말했다. "거기 누구예요?"

"오, 정말 다행이야! 제발, 나를 도와다오. 내가 여기 떨어지는 바람에… 여기는 어둡고 축축하고, 나는 무릎을 다쳤단다."

두 사람은 좁은 골목길 안쪽으로 조심스럽게 걸어 들어갔다.

"어디 계세요? 우린 안 보이는데요." 호손이 물었다.

"여기 아래에 있어."

목소리는 두 사람의 발밑에서 올라왔다. 모리건이 뒤로 물러섰다.

"맨홀이야, 호손." 불안감이 모리건을 엄습했다. 정말 누가 저 아래 갇혀 있는 걸까?

둘은 손으로 맨홀 뚜껑을 더듬어 힘껏 들어 올렸다. 안을 들여다봤지만, 모리건은 어둠 때문에 아무것도 보지 못했다. "여보세요. 그 아래 있어요?"

"아, 고맙게도 내 목소리가 들렸구나. 실수로 떨어졌는데… 발목이 부러진 것 같아. 혼자서는 올라갈 수가 없단다."

"알겠어요. 겁, 겁내지 마세요! 우리가 내려가서 도와드릴게요." 모리건이 소리쳤다.

호손이 모리건을 한쪽으로 잡아당기더니 불안한 목소리로 속삭였다. "나도 잘은 모르겠지만, 하수도 안에서 어떤 목소리가 내려와 달라고 부탁할 땐… 내려가지 않는 게 낫다고 생각하지 않아?"

"저 사람은 그냥 할머니야." 모리건은 호손만큼이나 스스로가 이해되지 않았다. 상황이 뭔가 *기이했다.* "언제부터 할머니를 그렇게 무서워했어?"

"하수구 안에서 나를 부를 때부터."

"할머니는 병원에 가셔야 해."

"핀에게 가서—"

"아, 그래. 핀에게 가서 우리끼리 캄캄한 골목으로 내뺐다고 말해 봐." 모리건이 화난 목소리로 낮게 말했다. "참 좋은 생각이네."

호손이 마음에 들지 않는다는 듯이 말했다. "알았어. *알았다고.* 하지만 우리가 거대한 쥐한테 산 채로 잡아먹히거나 **네버무어 하수구 비늘괴물**에게 갈기갈기 찢겨 죽는다면 엄마가 진

짜 화낼 거야."

두 사람은 모리건이 아래로 내려가서 노파를 도와 사다리를 타고 올라오면, 용의 기수로 훈련한 덕분에 상체 힘이 센 호손이 위에서 당겨 올리기로 결정했다.

불안한 마음으로 사다리를 밟은 모리건은 두 계단, 세 계단 어둠 속으로 내려가면서 완전히 겁에 질렸다. 모리건은 위를 쳐다보며 호손이 그 자리에 있는지 확인했다.

"너 자신 있는 거지?" 호손이 물었다.

밑에서 울음소리가 올라왔다. "제발 서둘러 다오. 서 있는 것도 힘들단다."

모리건은 침을 삼켰다. 맥박이 목을 찌를 듯이 고동쳤다. 한 발씩 사다리를 딛는 데에만 집중하며 내려가다 보니 어느덧 딱딱한 바닥에 발이 닿았다.

그곳은 생각보다 더 깜깜했다. 모리건은 눈을 깜박이며 어둠이 시야에 익숙해질 때까지 기다렸다.

"저, 저기요? 아무것도 안 보여요. 어디 계세요?"

대답이 없었다. 심장 박동이 빨라졌다. "*여보세요?*" 모리건은 다시 불러 보았다. 목소리가 메아리쳐 돌아왔다. "괜찮으세요?"

모리건은 위를 올려다보았다. 골목길에서 들어오던 빛이 사라지고, 호손도 보이지 않았다. 모리건은 숨이 막힐 정도로 놀라 어둠 속으로 손을 뻗어 사다리를 찾기 위해 허우적댔다. 하지만 사다리 역시 사라졌다.

"어떻게 된 거예요?" 모리건이 대답을 재촉했다. 강한 어조로 말하려고 했지만 끙끙거리는 목소리밖에 나오지 않았다. "이런 거 *재미없어요*."

노파가 키득거리며 웃었다.

성냥에 불을 붙이는 게 분명한 소리가 들렸다. 어둠이 가시며 희끄무레한 노란 불이 켜지고, 모리건은 갑작스러운 불빛에 눈을 깜박였다. 눈이 적응된 다음에 보니, 모리건과 노파가 있는 곳은 하수구 안이 아니었다.

그리고 노파는 혼자가 아니었다.

16장

불빛을 따라서

그들은 촘촘하게 원을 그리며 모리건을 둘러쌌다. 촛불 때문에 얼굴 위로 기괴한 빛이 어른거렸다.

모리건은 비명을 지르며 달려가 호손에게 소리치고 싶었지만, 공포로 몸이 움직이지 않았다.

"우리는 코븐서틴Coven Thirteen의 마녀들이다. 보이지 않는 것을 보았던 눈이요, 말하지 않는 이들의 목소리다. 유순한 이들 가운데 대담한 사람을 가려내리라."

그들은 일곱 명이었지만 한 명처럼 말했다. 그중에는 나이가 많아 보이는 마녀도 있고 어려 보이는 마녀도 있었지만, 끝이 뾰족한 검은 모자를 쓰거나 코에 무사마귀가 난 마녀는 없었다. 소매가 길고 목 끝까지 단추가 달린 검정 드레스를 입은 마녀들은 머리를 뒤로 빈틈없이 당겨 묶고, 검은 망사로 어둡고 무자비한 얼굴을 덮고 있었다. *진짜* 마녀는 이렇게 생겼구나, 모리건은 깨달았다. 마녀가 예전만큼 좋지 않았다.

"원하는 게 뭐예요?" 마녀들 중 누구에게서도 눈을 떼기가 두려웠던 모리건은 원을 그리며 돌았다.

"두 개의 공포가 모든 성인의 축일 전야에 그대에게 닥치노라." 마녀들이 한목소리로 말했다. "하나는 보일 것이요, 하나는 믿을 것이니. 피해야겠다면 피하라. 맞설 테면 맞서라. 그러나 불빛을 따라가면 기도를 만나리라."

마녀 한 명이 모리건에게 작은 상아색 봉투를 건넸다. 봉투 속 카드에는 이렇게 적혀 있었다.

공포 평가전에 오신 것을 환영합니다.

원한다면 지금 원드러스협회 입회 시험을 중단하고 돌아가도 좋습니다.

시험을 지속할 경우, 협회는 결과에 책임을 지지 않습니다.

현명한 선택을 바랍니다.

"공포 평가전." 모리건이 중얼거렸다. 안심을 해야 할지 무서워해야 할지 갈피가 서지 않았다. 일단 마녀들이 모리건을 가마솥에 넣어 삶거나 도마뱀으로 만들어 버리려고 이곳에 온 게 아닌 것은 분명했다. 하지만… 아저씨가 뭐라고 했더라? 혼비백산 평가전이라고 했나? *지원자 몇 명은 끝내 정신을 차리지 못했다니까.* 주피터는 새로운 최고원로위원회에서 공포 평가전을 부활시켰다는 소식을 듣고 핏기가 싹 가실 정도로 충격을 받았다.

모리건은 침을 삼켰다. 코븐서틴 마녀들은 차갑고 음울한 눈으로 모리건을 가만히 내려다보았다.

"우리는 그대의 운명을 정할 마녀들이다." 마녀들이 노래하듯 읊조렸다. "그대를 기다리는 공포와 두려움을 안다. 지혜가 있다면 돌아가라. 아직 늦지 않았으니. 허나 자신이 있다면, 문을 열어라."

돌풍이라도 분 것처럼 촛불이 꺼지고, 마녀들도 사라졌다.

어둠 속에서 두 개의 불빛이 나타났다. 모리건의 오른쪽으로 다시 돌아온 사다리에도 환한 불빛이 쏟아졌다. 머리 위로 열린 구멍에서 들어오는 거리의 불빛이었다. 위를 올려다보니, **검은 퍼레이드**를 기념하는 시끌벅적한 소리가 아련하게 들렸다. 그곳으로 간절히 돌아가고 싶었다.

"호손?" 모리건이 주춤거리며 불렀다. "거기 있니?"

하지만 호손은 가고 없었다. 모리건은 속이 울렁거렸다. 피네스트라를 찾으러 갔을까? 아니면 다른 곳에서 혼비백산 평가전을 치르고 있을까?'

왼쪽 방향으로 저 멀리 어둠 깊숙한 곳에, 반쯤 드러난 나무 아치문이 보였다. 문 위에는 녹아내린 양초 토막이 희미하게 빛을 발하며 모리건을 이끌었다. *불빛을 따라가면 기도를 만나리라.*

모리건은 사다리를 오르고 싶은 마음이 간절했다.

하지만 어떻게 여기서 평가전을 멈출 수 있을까? 모리건은 주피터와 플린트록 경위, 호손과 호텔 듀칼리온을 생각했고, 무엇보다 네버무어에서 쫓겨나 다시 연기와 그림자 사냥단을 마주해야 할 상황을 떠올렸다. 공포 평가전도 그보다 무섭진 않을 것이다.

주먹을 꼭 말아 쥔 모리건은 마음이 바뀌기 전에 문을 밀쳐 열었다.

———◆———

싸늘한 밤공기에 목이 오싹했다. 모리건이 나온 곳은 다시 밖이었다.

그러나 골목은 아니었다.

보름달이 밝게 비치는 완만한 산등성이는 들쭉날쭉한 묘비와 콘크리트로 만든 천사 조각상, 그리고 거대한 무덤으로 뒤덮여 있었다. 모리건의 머리 위쪽에 있는 석조 아치에는 **모덴 묘지**라고 적혀 있었다.

판지로 묘비를 세우고 주름 종이로 나무를 만든 퍼레이드용 장식 차량이 아니었다. 이곳은 진짜 모덴 묘지였다… *그게 뭔지는 모르지만.*

반가운 상황은 아니었다.

더 달갑지 않은 사실은, 모리건이 혼자가 아니라는 것이었다.

발 딛고 선 땅에서 신음 소리가 올라왔다. 모리건이 서 있는 곳은 무덤 위였다. 무덤 속에는 시체가 있고 시체에는 머리가 달려 있기 마련인데, 그 머리가 신경을 긁는 괴상한 신음 소리로 가득한 땅속에서 솟아 올라왔다.

모리건은 비명을 질렀다. 땅에서 빠져나오려고 몸부림을 치던 시체가 다 썩어 앙상하게 뼈만 남은 손으로 모리건의 발목을 움켜잡았다. 넘어진 모리건은 손과 무릎으로 기어가려 했지만 앙상한 손은 발목을 꽉 붙잡고 놓지 않았다.

시체는 그것만이 아니었다. 여기저기서 영면을 깨고 올라오는 소리가 들렸다. 모리건은 벗어나기 위해 거칠게 발을 차고 잔디를 할퀴었다. 발을 확 비틀며 뿌리치자 좀비의 팔이 몸에서 떨어져 나오고 머리는 묘지 한가운데로 날아갔다. 모리건은 비틀거리며 일어섰다. 혐오감이 파도처럼 밀려왔다. 아직도 발목을 붙잡고 있는 좀비의 팔을 떼어 냈다.

"윽, 역겨워." 모리건은 투덜대면서, 손에 묻어 번들거리는 잿빛 살점을 닦아 냈다.

이제는 수십 마리의 좀비가 굶주린 하얀 눈을 모리건에게 고정한 채 해일처럼 빠르게 달려들었다. 뼈에 붙은 피부와 근육이 썩어서 덜렁거렸다. 낡은 수의는 찢어지고 빛바랬다. 일부러 찢어진 옷을 입고 초록색 화장품을 떡칠한 **검은 퍼레이드** 차량의 좀비와는 조금도 닮은 구석이 없었다. 진짜 죽은 자들이 되살아난 것이다. 그리고 모리건에게 달려들었다.

"*으아아아아아아악!*"

곱슬머리에 가는 팔다리를 가진 누군가가 불과 주먹을 휘두르며 목이 쉬어라 괴성을 지르면서 폭풍처럼 좀비 무리를 가르고 달려왔다. 시체들이 비틀거리며 물러섰다. 무서워하는 것 같지는 않았지만 약간 놀란 듯했다.

"*이거*나 받아라, 썩은 내들!"

호손은 옷이 찢어지고 머리에는 나뭇잎과 잔가지가 엉켜 있었다. 양손에는 횃불을 하나씩 들고서 닥치는 대로 좀비들에게 사납게 흔들어 댔다. 모리건도 불덩이를 피하기 위해 머리를 숙여야 했지만, 덕분에 좀비가 접근하지 못하는 것 같았다.

"너 어디 *갔다 왔어?*" 모리건은 살면서 누군가가 이렇게 반가운 건 처음이었다.

"나 말이야?" 호손이 말했다. "*너야말로* 어디 있었는데? 나는 목이 터져라 너를 부르다가 하수구 밑으로 내려갔는데 골목이 사라지고 어떤 마녀들이 나타나서—"

"코븐서틴!" 모리건이 말했다. "나도 만났어. 정말 무시무시하더라. 마녀들이 앞으로 우리에게—"

"공포가 두 번 닥칠 거라고 했잖아." 호손이 저녁 식탁에 오르는 접시만큼이나 눈을 크게 뜨고 돌진하며 검처럼 횃불을 앞뒤로 찔러 댔다. *휘익, 획.* 하수구에서 출몰하는 쥐처럼 죽은 자들이 계속해서 무덤 밖으로 기어 나왔다.

모리건이 몸서리를 쳤다. "어떻게 하면 나갈 수 있을까?"

"모르겠어." *휘익.*

"그럼, 올 때는 어떻게 왔어?"

"몰라. 터널 같은 데였는데 한쪽 끝에는 **검은 퍼레이드**가 보였고 반대쪽 끝에는 초밖에 없었어. 그런데 퍼레이드를 보러 돌아가면." *획, 휘익, 획.* "평가전은 끝이겠구나 느낌이 오는 거야. 그래서 그냥⋯⋯."

"불빛을 *따라갔구나?*" 모리건이 놀라서 숨을 죽이며 호손의 어깨를 붙잡았다. "호손, 촛불이야! 불빛을 *따라가라*, 마녀들이 그렇게 말했잖아. 나도 초가 켜진 곳을 따라 가서 문으로 나왔다가—"

"저놈들이 점점 가까이 오고 있어!" 호손이 숨 쉴 틈도 없이 소리치며 계속 횃불을 흔들어 댔다. *휘익, 휙.* "빨리 도망치자." *휘익.*

"바로 이렇게, *조심 좀 해!*" 모리건이 몸을 휙 수그리며 머리 위로 지나가는 횃불을 아슬아슬하게 피했다. "그건 어디에서 구했어?"

"지하 묘지 밖에 걸려 있었어. 저기, 천사…" 호손이 말끝을 흐리더니 갑자기 눈을 반짝였다. 호손의 시선이 멈춘 곳은 완만하게 경사진 언덕 꼭대기 묘지에서 가장 큰 대리석 무덤이었다. "… 천사 밑에. 천사 조각상 있잖아. 지하 묘지에 있는, 그 천사가 촛불을 쥐고 있었어. *확실해.*"

모리건은 심장이 마구 두근거렸다. 희망과 공포가 어지럽게 뒤섞인 기분으로 호손과 함께 묘지를 가로질러 달려갔다. *불빛을 따라가면 기도를 만나리라.* 천사는 기도하는 자였고, 그게 단서였다! 만일 어딘가에 이곳을 빠져나갈 길이 있다면, *지하 묘지*가 틀림없이 그 통로일 거라고 모리건은 생각했다. 곧 두 사람은 이 악몽을 빠져나가거나, 문을 때려 부수는 좀비 떼와 함께 대리석 관 안에 갇히게 될 터였다.

호손은 마치 칼을 휘두르며 밀림을 헤쳐 나가는 탐험가처럼 앞장서서 횃불로 길을 내며 좀비들을 헤쳐 나갔다. 불을 겁내던 좀비들은 몸을 숙이고 휘청거리다가 차츰 사라졌다.

언덕마루에서 신호를 보내는 것처럼 작고 밝은 불빛이 두 사람을 앞으로 이끌었다. 이제 조금만 더 가면 끝이었다! 지하 묘지까지는 금방이었다. *금방이라도 열릴 듯* 가까워져, 이제 손만 뻗으면―

"잠겼어." 호손이 숨을 헐떡였다. 그는 횃불을 내려놓고 온 힘을 다해 철문을 당겼다. 모리건도 힘을 보탰지만, 두 사람이 힘을 합쳐도 문은 꿈쩍하지 않았다.

뒤에서 다시 신음 소리가 들렸다. 살덩이와 뼛조각들이 자갈 바닥에 끌리는, 신경을 긁는 소리도 함께였다. 모덴 묘지의 우울한 주인들이 포위망을 좁혀 오고 있었다. 횃불을 다시 잡아챈 호손은 겁에 질린 나머지 몹시 세차게 흔들었다. 포물선을 그리며 공기를 가르는 *휘익* 소리를 마지막으로, 불꽃이 꺼졌다.

망했다, 모리건은 생각했다. *우리는 끝났어.*

절망에 빠진 모리건은 고개를 들어 조각상을 쳐다보았다. 조롱하듯 아래를 내려다보고 있는 천사의 통통한 손에는 타고 남은 양초 토막이 있었다.

그런데… 잠깐만.

모리건은 눈을 깜박였다. 천사의 다른 손이 두 사람의 왼쪽 바닥을 가리키고 있었다. 그곳에는 땅을 파낸 뒤 아무것도 매장하지 않고 흙도 덮지 않은 빈 무덤이 있었다. 180센티미터 깊이의 구덩이였다.

온갖 두려움이 새록새록 모리건을 사로잡았다.

호손은 좀비 무리를 겨누며 꺼져 버린 횃불을 계속 흔들어 댔지만, 좀비들은 불이 없는 숯덩이 따위는 개의치 않는 것 같았다. 마지막으로 죽을힘을 다해 잘 차려입은 시체의 머리를 겨누어 숯덩이를 던졌지만 모자만 벗겨지고 별 소득은 없었다.

"다른 방법이 없을까?"

"딱 하나 있어." 모리건은 호손의 팔을 붙잡고 좀비들을 견제하며 조금씩 무덤 쪽으로 다가갔다.

"그건 괜찮은 방법이야?"

"그래." 거짓말이었다. 형편없는 방법이었다. 생각만 해도 끔찍했다. 하지만 지금 모리건이 생각할 수 있는 방법은 그것뿐이었다.

"그게 뭔지 말해 줄 거야?"

"아니."

모리건은 무덤 안으로 뛰어내리며 호손을 끌어당겼다. 혹시 모를 충격 때문에 몸에 힘이 잔뜩 들어갔다. 낭패스럽게 무덤 바닥에 떨어지게 된다면 좀비들에게 머리통을 내어 주어야 하는 끔찍한 상황이 펼쳐질 것이다.

하지만 그 순간은 오지 않았다. 둘은 쉼 없이 비명을 지르며 떨어졌다. 차갑고 어두우며 끝이 없을 것만 같은 시간이었다. 마침내 닿게 된 바닥은 부드럽고 축축한 풀밭이었다. 둘은 꼬박 1분 동안 그 자리에 앉은 채 숨을 돌리고 나서 바보처럼 활짝 웃으며 안도했다.

"그렇게 하면" 호손이 숨을 몰아쉬었다. "된다는 건 어떻게 알았어?"

"몰랐어. 건너짚어 본 거야."

"잘 짚었어."

모리건은 일어나서 몸에 묻은 흙을 털었다. 두 사람이 떨어진 곳은 6미터 높이의 울타리로 둘러싸인 정원이었다. 나뭇잎 사이로 금싸라기 같은 빛이 반짝거렸다. 정원 한쪽의 가장자리에는 경쾌하게 물이 차오른 연못이 있었다. 반대편 끝에는 빨갛게 익은 과실을 땅에 떨어뜨린 사과나무 한 그루가 있었다. 왼쪽에는 생나무 울타리로 만든 아치길 뒤로 어둑하니 안개가 낀 좁은 길이 이어졌다. 오른쪽에는 나무로 된 문이 있었는데, 살짝 열린 문틈으로 새어 나온 희미한 빛이 정원을 은빛으로 비추었다.

"여긴 어딜까?" 호손이 물었다.

대기에서 가을의 냄새가 물씬 풍겼다. 비 냄새와 굴뚝에서 피어오르는 연기 냄새와 나뭇잎이 부식되는 냄새가 났다. 사과와 밀랍의 향도 있었다. 이곳에서는 달도 더 환하고 노랗게 보였다. 마치 누군가 가을밤을 가져와서 한참이나 깊이를 더해 놓은 것 같았다. 모든 게 조금… *더 그랬다.*

"원협 날씨야." 모리건이 중얼거렸다. "호손, 우리 원드러스 협회의 정원에 온 것 같아."

"아!" 호손이 깜짝 놀라 말했다. "이제 끝난 거야, 그럼? 우리가 합격한 거야?"

"잘 모르겠어. 공포가 두 *번* 닥친다고 하지 않았어?"

호손이 우거지상을 썼다. "그 마녀들도 하나로 쳐주면 좋겠다."

모리건이 미간을 찌푸렸다. 정말 이렇게 쉽게 끝난다고? 마녀들도 충분히 *오싹했고*, 묘지에도 두 번 다시 발을 들이고 싶지 않았지만, 그렇다 해도… 이 평가전을 왜 혼비백산 평가전이라고 부르는지 이해되지 않았다. 아마 모리건은 다른 사람들보다 두려움을 잘 느끼지 않는 모양이었다.

정원은 평온하고 안전하게 느껴졌다. 모리건은 서둘러 떠나려고 하지 않았다. 곧 누군가 다가와 두 사람에게 축하 인사를 건네며 최종 평가전에 진출했다고 말해 줄지도 몰랐다. *어쩌면,* 모리건은 생각했다. *여기서 잠시 기다리기만 하면…….*

모리건은 찰랑거리는 경쾌한 소리에 이끌려 연못으로 다가갔다. 마치 연못이 이리 오라며 모리건을 줄에 묶어 당기는 것 같았다.

그때 무언가 눈에 띄었다. 찰랑이는 수면 위에 있는 금색 불빛이었다. 연못 중앙의 돌 위에 촛불이 하나 놓여 있었는데, 초에서 녹아내린 촛농이 물속으로 흘러 들어가고 있었다. 모리건이 막 호손을 부르려고 할 때였다.

"모리건, 이것 봐!" 호손이 반대편에서 외쳤다. "찾았어! 다음 촛불을 찾았어!"

그쪽으로 달려가니 호손이 나무 밑에 서서 나뭇가지가 뻗어 있는 곳을 가리켰다. 가장 위의 가지 꼭대기에 촛농이 넓게 퍼지며 흘러내린 반 토막 난 초가 있었다. 주변을 휙 훑어보니 나무 문의 손잡이 위에 녹아내린 세 번째 초가 있었고, 아치길 그림자 밑 잔디 위로 촛농을 흘리고 있는 네 번째 초가 있었다.

"어떤 초를 따라가야 하지?" 모리건이 말했다.

"그야 너무 분명하지 않아?" 호손이 무슨 소리냐는 듯 대답했다.

"연못이지." 모리건이 대답하는 순간, 동시에 호손이 "사과나무지"라고 답했다.

"아니야, 연못이야." 모리건이 완강하게 말했다. "모르겠어? 저기로 뛰어들어야지! 불빛이 나무 위에 있으면 어떻게 불빛을 *따라*갈 수 있겠어?"

"올라가면 되지! 나 참."

"그리고 내려올 때 다리라도 부러지라고?"

어떻게 사과나무 위에 있는 초를 따라가는 게 *가능하다*고 생각할 수가 있지? 당연히 연못 가운데 놓인 초를 따라가야 했다.

모리건은 뼛속 깊이 느낄 수 있었다. 초가 모리건을 큰 소리로 불렀다.

"밤새 여기 있을 수는 없어. 제비뽑기를 하자." 호손이 말했다.

"아무것도 없는데 어떻게 제비뽑기를 해."

"그럼 가위바위보로 정해."

모리건은 화가 치밀어 투덜거렸다. "좋아."

"너희 둘 다 돌대가리니?" 어둠 속에서 목소리가 들렸다.

소리가 나는 쪽을 돌아보니 여자아이 한 명이 생울타리에 기대어 다리를 쭉 뻗은 채 바닥에 앉아 있었다. 길고 숱 많은 머리를 두 갈래로 땋은 아이는 플란넬 잠옷과 실내용 가운을 걸쳤으며 줄무늬가 있는 모직 양말을 신고 있었다. 침대에 누워 있다가 코븐서틴 마녀들에게 불려 나온 게 분명한 모양새였다.

그 얼굴을 알아본 모리건은 갑자기 불쾌해졌다.

"네가 여기서 뭘 하는 거야?"

"뭘 하는 거겠니?" 케이든스 블랙번이 눈을 굴리며 말했다. "공포 평가전을 치르는 중이지. 너희처럼."

모리건이 케이든스를 노려봤다. "너는 도둑이야, 케이든스."

"너—" 시큰둥하던 케이든스의 표정이 불안하게 흔들리더니, 순간적으로 놀라는 기색이 스쳤다. "너 나를 기억해?"

"기억하고말고." 모리건은 화가 치밀었다. "넌 추격 평가전에서 내 자리를 훔쳤어. *그리고 원로들과의 비밀 만찬에 참석*

할 자격도 도둑질했어."

조용히 바라보던 케이든스가 무슨 말을 하려는 듯 입을 살짝 움직였다. 모리건은 혹시 사과를 하려는 걸까 생각했지만, 케이든스는 금세 정신을 차렸다. "그게 뭐? 너 여기 왔잖아. 안 그래?"

"만찬은 도둑질한 보람이 있었기를 바란다." 모리건이 불만스럽게 말했다. "지금쯤 퀸 원로와 둘도 없는 친구가 되었겠네?"

"그렇지도 않아." 케이든스는 자리에서 일어서서 가운을 바짝 당겨 단단히 몸을 감쌌다. 가운에는 흙 자국이 길게 묻어 있었고, 머리에는 나뭇잎과 잔가지들이 달라붙어 있었다. 모리건은 케이든스가 첫 번째 공포로 무엇을 만났는지, 마찬가지로 좀비에게 쫓겼는지 궁금했지만… 선뜻 물을 수가 없었다. "굳이 알고 싶다면, 형편없었어. 노엘이 쉼 없이 자기 얘길 해 댔고, 다른 사람들은 한마디도 할 틈이 없었지. 원로들은 내가 거기 있는지도 알지 못했어." 케이든스는 갑자기 말을 멈췄다. 모리건은 케이든스가 친구에 대해 그런 식으로 말하는 게 놀라웠다. 케이든스는 연못가로 걸어갔다. "그건 그렇고, 아직 이해를 못한 거니, 멍청이들?"

"뭘 이해하라는 거야?" 호손이 물었다.

"너희 둘이 같은 초를 골라야 하는 게 아니라고." 케이든스는 당연하다는 듯이 인상을 썼다. "다른 애들은 전부 곧장 아치 길로 달려가거나 저 재수 없는 나무를 기어올랐어. *제비뽑기*를 하자는 애들은 너희밖에 없어."

"다른 애들이라고? 여기 왔던 애들이 몇 명이나 되는데?" 호손이 말했다.

"한 트럭은 지나갔지. 우리는 전부 이곳으로 던져졌어. 애들은 제각각 어느 한 촛불을 보고 얼이 빠져 따라갔어. 이것도 시험의 일부야. 마음이 가는 쪽을 따라가면 되는 거야. 어쨌든." 케이든스가 관심 없다는 듯 어깨를 으쓱였다. "내 생각은 그래."

"그렇게 잘 알면서 너는 왜 안 갔어?" 호손이 물었다. "무서워서?"

케이든스가 호손을 보며 인상을 찌푸렸다. "당연히 난 *무섭지* 않아. 나는 그냥, 아직 연못에 뛰어든 사람이 없어서. 애들은 전부 다른 세 곳으로 갔어. 내가 기다리는 건……."

모리건이 야유하듯 말했다. "아아, *그렇겠지.* 어떻게 되는지 보려고 기다리고 있었던 거구나! 뭔가 좋지 않은 일이 일어날 수도 있으니까 네가 첫 번째로 뛰어들기는 싫은 거야. 너는 도둑질만 하는 게 아니라 겁도 많구나. 뭐, 상관없어. 나는 무섭지 않거든." 거짓말이었다. 모리건은 연못가로 걸어가면서, 손이 떨리는 걸 멈추기 위해 치맛단을 꽉 움켜쥐었다. "호손" 눈을 질끈 감은 모리건이 목소리만큼은 자신감이 넘치기를 바라며 말했다. "너는 나무를 타. 나는 물속으로 뛸게."

"너 자신 있는 거야? 혹시—"

"셋을 센다." 모리건은 호손에게 설득당하기 전에 말을 이었다. "하나—"

"*셋!*" 케이든스가 버럭 외치고는 뒤에서 모리건을 밀쳤다.

물살을 튀기며 연못으로 고꾸라진 모리건은 밑으로, 밑으로, 밑으로 계속해서 가라앉다가 더 이상 숨을 참기 어려운 순간에 이르렀다. 모리건은 발을 굴러 위로 올라가려고 버둥대며 컴컴한 물속에서 눈을 떴다. 위에 촛불 같은 건 보이지 않았다. 모든 것이 암흑이었다. 폐가 타들어 갔다. 모리건은 물에 빠져 죽는 중이었다. 죽음이 눈앞으로 다가왔다. 그러고 나서—

조용해졌다.

어두웠다.

물기가 말랐다.

땅이었다.

모리건은 차갑고 상쾌한 공기를 텅 빈 폐 속으로 깊이 들이마셨다.

바닥은 딱딱하고 울퉁불퉁했다. 모리건은 손을 짚고 무릎으로 몸을 지탱하며 힘겹게 앉았다가 일어섰다. 살짝 비틀거렸지만 곧 중심을 잡았다.

사방이 조용했다. 서늘한 산들바람이 목을 쓸고 지나갔다.

모리건은 도로 표지판을 찾아냈다. 그곳은 디컨거리와 맥라스키가로수길이 만나는 길모퉁이였다. 머리 위의 금빛 가스등만이 자갈길 위에 덩그러니 선 모리건의 주위를 동그랗게 밝히고 있었다. 조금 전까지, 어쩌면 몇 시간 전까지, 아니 며칠 전인가? 아무튼 분장을 하고 흥청거리며 축제를 즐기는 사람들과 유치한 퍼레이드 차량으로 가득했던 곳이었다.

피네스트라가 있던 곳이 어디지? 모리건은 생각했다. 호손은 어디에 있지?

거리에는 생명의 흔적이 없었다.

"여보세요?" 모리건은 어떤 대답이 돌아올지 불안해하며 조심스럽게 불러 보았다. 아무 대답도 듣지 못할까 봐 두려웠다.

아무 일도 일어나지 않은 건 아니었다. 무언가가 가볍게 파닥였다.

위를 쳐다보니, 작은 박쥐나 큰 나방처럼 생긴 검은 물체가 보였다. 그 물체는 파닥파닥 가스등 불빛 안으로 들어오더니 미풍에 팔랑대며 정확히 모리건의 발 앞에 내려앉았다.

겉에 모리건의 이름이 적힌 검은 봉투였다.

모리건은 허리를 굽혀 봉투를 집었다.

안에는 쪽지가 있었다.

당신은 탈락입니다.

그들이 옵니다.

피하세요.

다리의 모든 근육이 긴장되는 게 느껴졌지만, 모리건은 어쩐 일인지 움직일 수가 없었다. *그들이 온다.* 이 말이 머릿속에 맴돌았다.

모든 게 끝났다. 모리건은 공포 평가전에서 탈락했다. 1년 내내 저주를 따돌렸지만, 결국 저주가 모리건을 따라잡았다.

고요한 공기를 가르며 사냥꾼의 뿔피리 소리가 우렁차게 터져 나왔다. 자갈돌 위로 말발굽이 다그닥거리는 소리가 들렸다. 들고 있던 쪽지가 손에서 미끄러져 느린 화면처럼 팔랑팔랑 바닥으로 떨어졌다. 뒤집어진 쪽지 뒷면에 적힌 글은 단 한마디였다.

도망쳐.

하지만 도망갈 곳은 어디에도 없었다. 연기와 그림자 사냥단이 사방의 어둠 속에서 천천히 모습을 드러내며, 모리건을 둥글게 비추던 가스등의 불빛을 가장자리부터 집어삼켰다. 빛이 물러서며 어둠이 점점 조여들었다……

머리의 뒷골 어디쯤에서 예상치 못한 목소리가 울렸다.

그림자는 그림자란다, 크로우 양.

그들은 어둠이 되고 싶어 하지.

"빛이야." 모리건이 떨리는 목소리로 중얼거렸다. "빛을 벗어나면 안 돼." 빨갛게 타오르는 사냥단의 눈에서 억지로 시선을 돌려, 고개를 들고 머리 위를 비추는 금빛 등을 바라보았다. 모리건은 손을 뻗어 가스등의 쇠기둥을 붙잡고 오르기 시작했다. 평가전은 실패했을지 모른다. 네버무어에서 쫓겨날 수도 있다. 하지만 이대로 사냥단에게 잡혀갈 수는 없다. 그렇게 되지 않을 것이다.

"빛을 벗어나면 안 돼." 다시 한번 나직이 읊조리자 힘이 솟았다. 모리건은 한 손을 다른 손 위로 올렸다. 발이 미끄러졌지만 필사적으로 매달려 가로등 기둥을 두 다리로 감고 온몸으로 기어 올라갔다. 불빛이 점차 가까워졌다. 늑대 무리가 으르렁거리는 소리와 소총 격발장치를 당기는 소리가 밑으로 멀어졌다. 점점 더 빛에 가까이, 조금 더, 조금만 더, 한 손, 한 손, 번갈아 잡고 한 계단, 두 계단 올라 사다리 위로… *사다리 위로…* 맨홀을 통해 들어오는 동그란 빛을 향해, 하수도 밖, 저 위로, 위로, 위로 올라가 골목으로, 그리고 마침내… *마침내…* 안전한 곳에 다다랐다.

모리건은 골목의 벽에 기대앉아 건너편 거리를 바라보았다.

그곳이었다. **검은 퍼레이드**를 장식하는 모든 살아 있는 생명과 온갖 빛깔이, 마치 계속 그 자리에서 지켜본 것처럼 그대로 있었다. 연기와 그림자 사냥단은 어디에도 없었다. 악몽이 끝난 것이다. 모리건은 한숨을 뱉으며 눈을 감았다.

모든 것이 공포 평가전의 한 과정이었다. 얼마나 마음이 놓였는지 울음이 터져 나올 지경이었다.

"다리 같은 거 없어도 너랑 싸우는 건 문제없어!" 격분에 찬 호손의 목소리였다. 모리건이 눈을 뜨자, 호손은 상반신의 힘만을 이용해 하수도를 기어 올라오고 있었다. "돌아와, 이 겁쟁이야! 다리 없이 너와 싸워 주마!"

"호손!" 모리건은 벌떡 일어나 호손이 맨홀 밖으로 나오도록 도왔다. "호손, 그건 진짜가 아니야. 평가전은 끝났어. 너는 다리가 있다고!"

호손은 허우적거리던 움직임을 멈췄지만, 여전히 가쁜 숨을 내쉬며 탐색하듯이 좌우를 재빠르게 두리번댔다. 그러다가 잠시 후 아래를 내려다보며 정신을 차린 듯 발가락 끝까지 두 다리를 툭툭 두드렸다. "있어. 다리가 있어!" 신이 난 호손은 웃으며 펄쩍펄쩍 뛰고 소리쳤다. "*하!* 다리가 있다고!"

모리건도 같이 웃었다. "다리가 어떻게 된 줄 알았던 거야?"

"용이 뜯어먹었어." 호손은 빙긋 웃었지만, 얼굴은 아직 하얗게 질려 있었다. 머리카락을 쓸어 넘기는 손도 여전히 떨렸다. "크고 흉악한 놈이었어."

"그럼 너 용하고… 싸우려고 했어?" 모리건이 씩 웃으며 물었다. "다리도 없이?"

호손이 대답하기 전에 또다시 밤이 어둡고 고요해졌다. **검은 퍼레이드**의 모든 소음과 빛이 어디론가 빨려 들어간 듯했다. 달이 완전히 사라져 버린 것 같았다.

어둠 속에서 누군가 성냥을 긋더니, 베일 속에서 촛불을 밝힌 코븐서틴의 마녀들이 홀연히 나타나 모리건과 호손을 빙 둘러섰다.

호손이 모리건의 팔을 손톱으로 후벼 파듯이 잡았다. "다 끝난 줄 알았는데?" 그가 귓속말로 속삭였다.

"동감이야." 모리건도 귓속말로 대답했다.

일곱 마녀에게서 하나의 소리가 흘러나왔다.

"우리는 코븐서틴의 마녀, 아비가일, 아미티, 스텔라, 나딘, 조에, 로사리오, 그리고 어머니 넬이다. (어머니 넬이 하수구에 빠진 척했던 늙은 마녀였다.) 그대들은 선택받았다, 어린 스위프트와 어린 크로우여. 그대들은 증명 평가전으로 나아갈 것이다. 그대들은 이 할로우마스 밤에 공포와 대면하여 용기와 담력을 발휘하였다. 그러니 우리의 축복을 가져가고 화를 두고 갈 것이며, 콜드런저러스에서 10퍼센트 할인을 누리거라."

마녀들은 두 사람에게 마법용품상점 할인권과 상아색 봉투를 한 개씩 건넸다. 상아색 봉투 안에는 첫해 겨울 다섯 번째 토요일에 트롤경기장에서 열리는 마지막 평가전, 그러니까 증명 평가전의 초대장이 들어 있었다.

코븐서틴은 바람을 불어 촛불을 끄고 사라졌다. 마치 누군가 다이얼을 돌리기라도 한 것처럼 퍼레이드의 광경과 소리가 서서히 돌아와 주변에서 되살아났다. 마침내, 드디어 *마침내* 공포 평가전이 끝났다.

모리건의 다리가 젤리처럼 흐느적거렸다. 해냈다. 주피터가 모리건의 몫이라고 말했던 세 개의 평가전을 모두 통과한 것이다. 이제는 주피터의 약속을 믿는 일만 남았다. 주피터는 모리건을 증명 평가전에 합격시켜 원드러스협회에 들여보내는 게 후원자인 자신이 할 일이라고 했다.

모리건이 주피터를 믿는 일은 어렵지 않았다.

두 사람이 돌아오자마자 퍼레이드가 끝이 나는 바람에 호손은 무척 실망했다. 모리건과 호손은 흩어지는 인파 사이를 비집고 다니며 피네스트라를 찾았지만, 피네스트라는 털끝도 보이지 않았다.

"우리를 잡아 죽이려 들 거야." 모리건이 신음하듯 투덜댔

다. "서둘러. 원더철로 가자. 우리를 찾으러 그리로 갔을지도
몰라."

"우리가 잘못한 게 아니잖아?" 호손이 속도를 내며 말했다.
"엄마한테 좀비 떼를 만난 이야기를 하고 싶어서 못 *기다리겠
어.* 엄마가 엄청 부러워하실 거야."

"케이든스가 그 정원을 벗어났을지 궁금하다."

"케이든스가 누군데?"

"연못에서 나를 밀쳤던 여자애 말이야. 그 애 이름이 케이든
스 블랙번이야." 모리건은 할로우마스를 마무리하며 유종의 미
를 장식하고자 머리 위를 급습하는 박쥐를 피해 몸을 수그렸
다. "그 애가 연못에 뛰어들긴 했는지 궁금해. 아마 아직도 그
자리에 앉아 있을 거야. 겁쟁이."

호손은 어리둥절해 보였다. "지금 무슨 얘기를 하는 거야?"

"내가 들어간 다음에 어떻게 됐어? 그 애도 연못에 들어갔
어? 아니면—"

"누가 어딜 들어갔다는 거야?"

"재미없어, 호손, *으악!*" 호박 분장을 한 여자가 모리건에게
와서 부딪혀 바닥에 나동그라지게 하더니 급히 도망가 버렸다.

"저런, 정말 예의가 없군." 머리 위에서 누군가 말했다. "괜
찮아요? 도와줄게요." 모리건이 약간 어안이 벙벙한 채로 위를
쳐다보니, 회색 코트를 입고 은색 스카프를 목에 둘러 얼굴을

반쯤 가린 남자가 보였다. 남자는 장갑 낀 손을 내밀었지만, 호손이 한 발 빠르게 자갈돌 위에 엎어져 있던 모리건을 일으켜 주었다.

"괜찮아요. 고맙습니다."

"이런, 너로구나." 남자가 스카프를 내려 낯익은 창백한 얼굴을 드러내며 어리둥절한 미소를 지었다. "또 보네, 크로우 양."

"존스 아저씨!" 모리건이 손과 바지에서 먼지를 털며 말했다. "네버무어에는 어쩐 일로 돌아오셨어요?"

존스 씨가 눈을 깜박였다. "그냥 옛 친구들이나 몇 만나려고. 친구들이 퍼레이드에 참여해서, 조금 도와주자고 생각했지."

"호텔 듀칼리온에서는 안 보이시던데. 다른 곳에 묵고 계세요?"

존스 씨는 어렴풋이 놀라는 기색이었다. "맙소사, 아니야. 여태 듀칼리온 말고 다른 숙소는 가 본 적이 없어. 이번에는 고용주가 휴가를 길게 주지 않을 것 같아서. 오늘 저녁 퍼레이드만 보러 온 거란다."

"딱 하루 저녁 때문에 오기에는 먼 거리인데. **검은 퍼레이드**를 정말 좋아하시나 봐요."

그가 싱긋 웃었다. "그런가 보다."

"그럼… 할로우마스 즐겁게 보내세요." 모리건은 존스 씨의 어깨 너머로 원더철역 쪽을 쳐다봤다. 피네스트라가 거기 있다면 솜털로 덮인 귀가 사람들 머리 위로 삐죽 솟아올라 눈에 띌 거라고 생각했다. "우리는 가 봐야 해요. 만나서 반가—"

"여기는 후원자와 같이 왔니?"

"아니요, 친구랑 왔어요. 이쪽은 호손이에요."

존스 씨는 호손을 보고 친근하게 고개를 끄덕여 인사했는데, 눈은 품평을 하듯 아주 살짝 가늘어졌다. "반갑다."

호손은 마음이 다른 데 가 있는 얼굴로 그를 얼핏 쳐다봤다. "고맙습니다. 아니, 아저씨도요. 아니, 그러니까, 좋았다고요. 모리건, 얼른 가야 돼. 핀이 펄펄 뛸 거야."

"맞아. 다시 만나서 반가웠어요. 존스 아저씨."

"잠깐만. 협회 시험은 어떻게 되고 있는지 물어보고 싶었어."

"재미있더라고요!" 모리건은 흥분된 마음을 감출 수가 없었다. "방금 하나를 끝냈어요. 공포 평가전을요."

"그럼 통과했구나?"

"간신히요." 모리건이 활짝 웃었다. 불현듯 사냥단이 거리를 좁혀올 때 머리 뒤쪽에서 존스 씨의 목소리가 들렸던 기이한 순간이 떠올랐다. *그림자는 그림자란다, 크로우 양.* 이 얘길 하면 이상하게 생각할까?

"축하한다!" 존스 씨가 미소를 되돌려 주며 말했다. "세 개는

109

마치고, 하나가 남았구나. 아주 뿌듯하겠다. 그럼 이제 네 비기가 무엇인지 알겠네?"

모리건은 심장이 철렁했다. 웃음이 흐려진 얼굴로 아직 모른다고 대답하려던 순간이었다.

"모리건." 호손이 성마른 목소리로 불렀다. *"간지럼 가루."*

"가 보는 게 좋겠어, 크로우 양. 친구가 급해 보이는구나. 증명 평가전 잘 치르고." 존스 씨가 모자를 썼다. "두 사람 다."

———◆———

천만뜻밖에도 피네스트라는 무심하게 꼬리를 한 번 휙 휘둘러, 구구절절 끈질기게 설명을 늘어놓으며 사과하는 모리건과 호손의 입을 막았다.

"그래, 알아. 안다고. 공포 평가전. 주피터한테 들었어."

"*알고 있었다고요?*" 호손이 말했다.

"당연히 알았지." 피네스트라가 한심하다는 듯이 눈을 굴렸다. "작고 못된 망아지 같은 녀석들이 허둥지둥 달아나는데 내가 다른 데 정신 팔린 척했던 이유가 뭐라고 생각해? 어서 서둘러. 마지막 기차를 놓치면 너희 둘이 나를 집까지 들고 가야 할 거야."

피네스트라를 따라 한치 앞도 알 수 없는 답답한 미로 같은 계단과 터널들을 지나가다가 호손이 모리건을 돌아보며 물었다. "회색 코트를 입고 있던 그 이상한 사람은 누구야?"

"존스 아저씨야." 모리건은 스카프를 풀어 주머니에 쑤셔 넣었다. "그분은 이상한 사람이 아니야, 좋은 분이야."

"질문을 백만 개는 하더라. 갈 생각이 없어 보였어. 그런데 어떻게 아는 사람이야?"

"비드데이 때 나한테 입찰을 넣었어."

호손이 눈을 휘둥그렇게 떴다. "입찰을 두 개 받았다고? 나는 한 *개*만 받고도 신이 났었는데."

"네 개 받았어." 모리건은 얼굴이 빨갛게 달아올랐다. 서둘러 말을 이었다. "하지만 두 개는 가짜였어. 장난 같은 거였거든."

호손은 무언가를 골똘히 생각하는 얼굴로 승강장에 도착할 때까지 아무 말도 하지 않았다. 피네스트라와 두 사람은 마지막 열차를 보고 뛰어가 문이 닫히기 전에 간신히 탑승했다.

"너 아직 그거 뭔지 몰라?" 호손은 마지막으로 비어 있던 두 좌석에 모리건과 함께 앉으면서 물었다. 피네스트라는 바로 옆에 엉덩이를 깔고 앉아, 다른 승객들을 향해 특유의 도끼눈을 치떴다.

"뭐?" 모리건은 호손이 무엇을 물어보는지 정확히 알아챘다.

"네 비기 말이야. 진짜 좋은 게 틀림없어. 입찰을 네 개나 받다니."

"두 개라니까." 모리건은 자신의 신발만 뚫어지게 내려다보며 호손의 말을 바로잡았다. "그리고 뭔지 알지도 못하는 걸 보면 그렇게 좋은 비기일 리 없어."

남은 일곱 개의 역을 지나는 동안 아무도 말을 꺼내지 않았지만, 호손이 묻고 싶은 게 많아 안달이 나 있다는 걸 모리건도 알고 있었다. 목적지에 도착해 차가운 밤공기 속으로 들어서자 이윽고 호손이 침묵을 깨고 입을 열었다.

"그런데 그 회색 또라이는 어느 학교에서 온 거였어?" 호손이 팔꿈치로 모리건을 쿡 찔렀다.

모리건이 인상을 찌푸렸다. "학교에서 온 게 아니라 스콜인 더스트리스라는 기업에서 왔어. 그리고 그분을 그런 식으로 부르지 마."

"그 존스라는 사람이 너한테 입찰한 거야?"

"아니." 모리건이 말했다. "입찰을 청한 사람은 그 사람의 고용주였어. 에즈라 스콜이라는."

"에즈라 스콜." 호손은 이름을 되뇌며 깊은 주름을 만들었다. "나도 전에 어디서—"

"너희 둘 정말 계속 꾸물댈래?" 피네스트라가 한 블록 앞에서 고함을 질렀다. 모리건과 호손은 피네스트라가 있는 곳까지 달렸다. "뒤에서 뭘 그렇게 소곤거리고 있었던 거야?"

"아무것도 아니에요." 모리건이 숨을 헐떡이며 말하는 순간,

호손이 피네스트라에게 대답했다. "에즈라 스콜 얘기를 했어요."

"*에즈라 스콜?*" 피네스트라는 숨이 막힌 듯이 놀랐다. "진짜 오랜만에 듣는 두 단어네. 너희 둘이 에즈라 스콜이라는 이름을 어떻게 알지?"

"그러는 *핀*은 에즈라 스콜을 어떻게 알아요?" 모리건이 물었다. "그 사람하고 친구예요?"

피네스트라가 몹시 기분 나쁜 얼굴을 했다. "그걸 재미있으라고 하는 말이니? 아니야. 유사 이래 가장 사악한 그 자는 *내 친구가 아니야.* 참 고맙기도 하구나." 피네스트라가 쏘아붙였다.

"*유사 이래 가장 사악한 자라고요?*" 모리건이 물었다. "지금 무슨—"

"에즈라 스콜 얘기는 좀 닥쳐 줄래?" 피네스트라가 목소리를 낮추며 주변을 휙 훑었다. 모리건은 피네스트라가 이렇게 심각하고 불안한 모습을 보이는 걸 처음 봤다. "원더스미스와 친구니 어쩌니 하는 농담은 재미없어. 누가 네 말을 듣기라도 하면—"

"원… 원더스미스라니요?" 모리건은 걸음을 멈췄다. "에즈라 스콜이, *원더스미스라고요?*"

"그 얘기는 *닥치*라고 했을 텐데." 피네스트라가 먼저 캐디스 플라이앨리로 유유히 걸어가 버리고, 모리건과 호손은 할 말을 잃은 채 멍하니 서 있었다.

———•———

모리건의 방에 들어가 침대(이날 밤은 옆으로 흔들리는 해먹 두 개)에 자리를 잡고 난 뒤에야 두 친구는 마침내 말문이 트였다.

"그 스콜이 아니겠지."

모리건이 콧방귀를 뀌었다. "그래. 에즈라 스콜이란 이름이 태산처럼 많기도 하겠다."

아무 말 없이 몇 분이 흐르고 나서—

"나는 멍청이인가 봐." 모리건이 담담히 말했다. "존스 아저씨가 나한테 말했어. 분명히 그랬어. 에즈라 스콜이 생존 인물 중 원더를 통제할 수 있는 유일한 사람이라고 *말이야.* 바로 그거야. 안 그래? 그게 원더스미스를 말하는 거잖아."

"그런 것 같네."

"당연히 그 말이지. 나는 정말 *멍청해.*" 모리건은 일어나 앉아 다리를 해먹 옆으로 걸쳤다. "유사 이래 가장 사악한 자가 왜 *나*를 제자로 삼고 싶어 할까? 그 사람은…" 모리건은 말을 멈추고 침을 삼켰다. "나도 사악해질 수 있다고 생각하는 걸까?"

"그렇게 말하니 *진짜* 멍청이 같다." 호손도 일어나 앉았다. "사악해지는 재주라면 너는 꽝이야. 너는 그럴 마음이 없잖아. 나라면 몰라도. 내 사악한 웃음소리는 멋지거든. 음-*하-하-하-하!*"

"그만둬."

"*음와아-하-하-하—*" 호손이 웃음을 그치더니 캑캑 기침을 해 댔다. "아우, 정말로 목을 조금 다친 것 같아. *음-하-하—*"

"호손, *그만둬.*" 모리건이 벌컥 화를 냈다. "네가… 네가 보기에도 내가…….."

"뭐, 사악해질 것 같으냐고? 너 농담 아니구나?" 호손이 앞으로 몸을 내밀며 달빛에 비친 모리건을 쳐다봤다. "아니! 모리건, 넌 절대 악하지 않아. 말도 안 되는 소리 마."

"저주하고 관계가 있는 거야. 나는 알아. 사람들 말이 맞았어."

"누구?"

"모두 다. 아버지, 아이비, 저주받은 아이 등기소 모두. 공화국 전체가 다! 나는 저주받았어, 그래서 아마—"

"하지만 주피터 아저씨가 그랬다며. 저주는 사실—"

모리건은 듣지 않고 있었다. "—아마 내가 사악해지나 봐."

"너는 *사악하지 않아!*"

"그런데 유사 이래 가장 사악한 자가 왜 나를 제자로 삼으려고 할까?"

호손이 입술을 질근질근 씹으며 잠시 생각하더니, 조용히 말했다. "주피터 아저씨는 알지도 몰라."

"주피터 아저씨." 모리건의 심장박동이 빨라졌다. "그럼 너는… 너는 아저씨에게 말해야 한다고 생각하는 거지?"

호손이 모리건을 보며 미간을 모았다. "글쎄, 응. 그래, *당연히* 말해야지. 말해야만 해! 원더스미스 문제잖아."

"하지만 나는 그 사람을 본 적도 없어!" 모리건은 억울했다. "그 사람 비서만 만났을 뿐이야. 너도 챈더 여사와 케저리 아저씨가 말할 때 들었잖아. 원더스미스는 혼자 힘으로는 절대 네버무어로 돌아오지 못해. 도시가 그 사람을 받아 주지 않는다고 말이야."

"그 자가 방법을 찾으면 어떻게 할래?" 호손이 물었다. 모리건은 호손의 얼굴에서 두려움이 점점 짙어지는 게 싫었다. 그게 자신 때문이라는 게 몹시 싫었다. "그 일 때문에 존스라는 사람이 여기 있는 거라면 어떻게 할 거야? 이건 *심각한* 일이야, 모리건."

"심각한 일이라는 건 나도 *알아!*" 몹시 격하게 몸을 앞으로 내미는 바람에 모리건은 해먹에서 거의 떨어질 뻔했다. "핀이 하는 말 못 들었어? '원더스미스와 친구니 어쩌니 하는 농담은 재미없어'라고 했잖아. 아저씨가 나하고 에즈라 스콜이 *친구*라고 생각하면 어떻게 해? 이제부터 내 후원자가 되기 싫다고 하면 어쩌고? 또 스팅크가 알게 되기라도 하면…" 모리건은 플린트록 경위가 떠올라 잠시 말을 멈추었다. 마치 플린트록이 모리건을 공화국으로 돌려보내는 데 다른 이유가 더 필요한 것처

116

럼. "호손, 내가 협회에 들어가지 못하면 사람들은 나를 네버무
어에서 쫓아낼 거야." *그리고 연기와 그림자 사냥단이 나를 맞
이하겠지,* 모리건은 이 말을 차마 입 밖으로 뱉지 못했다.

호손은 낯빛이 변할 만큼 놀란 얼굴이었다. "너 정말로 사람
들이… 정말 주피터 아저씨가 너를—"

"모르겠어." 모리건이 솔직하게 말했다. 주피터는 저주받은
아이였음에도 모리건을 선택하고 구출하고 지켜 주었다. 하지
만 유사 이래 가장 사악한 자 역시 자신을 선택했다는 사실을
알게 된다면… 결국 주피터의 마음이 바뀌게 될까? 모리건은
알고 싶지 않았다.

호손이 자리에서 일어나 불안한 기운을 잔뜩 흘리며 천천히
방 안을 서성였다. "사람들이 너를 쫓아내도록 우리가 내버려
둘 리 없어. 나는 그렇게 두지 않을 거야. 하지만 우리에게는
계획이 필요해."

"이렇게 하면 어떨까. 네가 존스 아저씨를 한 번 더 만나게
되면, 그때 주피터 아저씨에게 모든 걸 얘기하는 거야. *전부 다*
말이야. 만나지 못하면, 마지막 평가전이 *끝날 때*까지만 기다
리자. 우리 둘 다 원드러스협회 회원이 돼서 아무도 너를 공화
국으로 돌려보낼 수 없게 될 때까지만 말이야. *그때* 아저씨에
게 말하는 거야. 어때?"

"좋아." 모리건이 말했다. 이토록 엄청난 일을 주피터에게

비밀로 하는 것도 모자라 호손까지 끌어들여 죄책감이 들었지만, 친구에게서 *너*가 아닌 *우리*라는 말을 들으니 몹시 위로가 되었다. 모리건은 숨을 크게 들이마셨다. "그래, 좋아. 그럼 그때까지는—"

"아무에게도 말하지 않을게." 호손이 걱정과 결심이 뒤섞인 얼굴로 새끼손가락을 내밀었다. 모리건도 새끼손가락을 펴 고리를 걸었다. "약속해."

17장

크리스마스이브의 결투

1년, 겨울

12월은 호텔이 가장 바쁜 달이다. 큰 도시의 크리스마스를 느끼기 위해 자유주 전역에서 몰려든 투숙객들이 줄지어 수속을 밟느라 로비는 쉴 새 없이 북적였다.

겨울이 시작되는 어느 쌀쌀한 아침, 잠에서 깨어나 보니 모리건의 새로운 집은 밤새 동화 속에나 나올 법한 크리스마스 풍경으로 바뀌어 있었다. 홀은 리본과 상록수 가지로 장식되었고, 로비는 은색의 장식용 방울이 점점이 매달려 희미한 빛을 발하는 전나무로 꾸며져 있었다. 스모킹팔러에 가면 아침에는 에메랄드처럼 선명한 진녹색 연기가 소나무 향을 풍기며 피어 올랐고, 오후에는 빨간색과 하얀색의 줄무늬가 들어간 사탕 지 팡이 연기가, 밤에는 톡 쏘는 생강쿠키 향의 연기가 뿜어져 나 왔다.

샹들리에마저 계절에 몸을 맡겼다. 1년 동안 조금씩 자라난 샹들리에는 마침내 다시 원래의 크기로 돌아왔지만, 아직 최종 적인 모양을 결정하지 못했는지 지난 두 달간 며칠에 한 번씩 모양을 바꾸었다. 아른아른 빛나는 북극곰이 되었다가, 어마어 마하게 큰 초록빛 크리스마스 화환이 되고, 모래알처럼 반짝반 짝 빛나는 파란 방울을 거쳐, 지금은 금빛으로 번쩍이는 썰매 가 되었다.

예전에 자칼팩스에서 지낼 때, 크리스마스는 크기가 적당한 나무를 장식하고 가끔 꼬마전구가 달린 전선줄을 거는 날이었 다(할머니가 특별히 크리스마스 기분을 낼 때 그랬는데, 대개는 그런 기분이 아니었다). 이따금 커버스가 총리 공관에서 열리는 크리 스마스 파티에 모리건을 끌고 가기도 했는데, 그런 곳에 가면 재미없는 정치인과 그 가족들이 모리건을 두고 속닥거렸다.

하지만 네버무어에서는 한 달 내내 멈추지 않고 크리스마스 를 기념했다. 거의 매일 밤마다 파티를 열고 크리스마스 분위 기를 살린 저녁 식사를 준비했다. 합창단과 관악대가 도시 곳곳의 원더철역에 모여 캐럴 공연을 펼쳤다. 구불구불 도시를 가로지르는 주로강River Juro이 꽁꽁 얼면 차가 다니지 않는 고속도로가 되어 수많은 사람들이 스케이트를 타고 강 위로 학교와 일터를 오갔다.

곳곳에서 호의가 넘쳐 났지만, 친구와 이웃에게 경쟁심이 발동하여 누구보다 크리스마스를 잘 보내겠다고 갖은 애를 쓰는 사람들도 많았다. 집집마다 앞다투어 환하게 불을 밝히고, 거리마다 화려한 장식을 볼품없이 주렁주렁 매달고, 아까운 원드러스 에너지를 쏟아부어 반짝반짝하고 번쩍번쩍한 빛을 쏘아대느라 1킬로미터 밖에서부터 눈이 멀 지경이었다. 현란하고 허황됐다. 모리건은 그게 참 좋았다.

하지만 그 누구보다 치열하게 경쟁을 벌이는 두 존재가 있었다. 이들은 네버무어에서 크리스마스 시기를 대표하는 간판선수였다.

"도저히 모르겠어." 어느 날 오후, 모리건이 호손과 함께 낚싯줄에 팝콘과 크랜베리 열매를 꿰면서 말했다. "어떻게 모든 영토를 하룻밤 사이에 다 돌아다닐 수 있어? 그건 불가능해."

호손이 전통적으로 크리스마스트리를 장식하는 법을 보여준다며 모리건을 집으로 초대한 날이었다. 비가 내리는 쌀쌀한 12월이었지만, 스위프트가의 거실에는 캐럴이 흘러나오는 라디오와 따끈한 코코아가 있었고, 난로 위에 얹어 놓은 냄비에서는 옥수수 알갱이가 경쾌하게 튀어 올랐다.

"불가능한 일이 아니야. 아야." 호손은 바늘에 찔린 손가락에서 피를 빨아내면서 말했다. "원드러스잖아."

"하지만 정말 썰매가 난다고? 사슴이 끌고?"

"순록이야." 호손이 바로잡았다.

"미안, 순록. 어떻게 날아? 순록은 날개도 없잖아. 마법을 걸었나?"

"몰라. 뭘 그렇게 심각하게 생각해?"

모리건은 이상한 점을 정확히 짚어 말하기가 어려워 인상을 찡그렸다. "그냥… 앞뒤가 안 맞아. 그래서 그래. 코가 빨갛고 빛이 난다는 순록은 어떻게 생각해? 왜 그렇게 된 거야?" 네 번째 화환을 완성한 모리건은 감아 놓은 낚싯줄을 가져와 다섯 번째 화환을 만들기 시작했다. "*실험이었을까? 그런 거면 토할 것 같아.*"

"태어날 때부터 그랬을 거야."

"성탄 여왕이라는 사람은 어떻고? 이런 여왕은 처음 들어봐. 성 니콜라우스는 탄산음료나 초콜릿 광고에 많이 나오기라도 하지."

호손은 계속해서 팝콘을 입으로 가져갔다. 호손은 자기 몫의 화환을 다 만들고 이제는 그 화환들을 야금야금 망가뜨리고 있었다. "아빠는 사람들이 성탄 여왕을 과소평가한다고 생각해.

크리스마스 연극 같은 데도 등장한 적이 없으니까. 하지만 크리스마스에 눈이 내리지 않으면 그건 크리스마스가 아니잖아. 넌 눈이 어디서 내리는지 알아? 하늘에서 저절로 떨어지는 건 아닐 거 아냐."

"눈을 성탄 여왕이 만든다는 말이야?"

"물론 그건 아니야. 맹꽁이처럼 굴지 좀 마." 호손이 세상 물정 모르는 사람을 대하듯 말했다. "눈은 눈지기 개가 만들지. 하지만 성탄 여왕이 명령하지 않으면 눈지기 개도 굳이 만들지 않을걸."

모리건은 뭐가 뭔지 하나도 알아들을 수가 없었다. "그래서… 이 두 사람, 성 니콜라우스하고 성탄 여왕이 서로를 죽여야 한다고?"

"뭐라고? 아니야. 너 진짜 답 없다." 호손이 큰 소리로 웃었다. "성 니콜라우스하고 성탄 여왕이 크리스마스이브에 누가 더 투철한 크리스마스 정신을 갖고 있는지 겨룬다고. 성탄 여왕이 이기면, 크리스마스 아침에 온 세상을 눈으로 뒤덮고 집집마다 축복을 내린다고 공약을 걸어."

"그럼 성 니콜라우스가 이기면?"

"모든 양말 안에 선물을 넣어 주고 난로마다 불을 지펴 주는 거야. 너도 한쪽을 선택해. 우리 집은 대대로 니콜라우스 편이야. 아빠는 내심 성탄 여왕 쪽으로 살짝 기울어 있어서 예외지

123

만. 옆집 캠벨 씨네는 열렬한 성탄 여왕 지지자들이야. 온통 초록색으로 도배된 걸 보면 알 거야." 호손이 창가를 가리켰다. 옆집은 초록색 깃발, 담쟁이덩굴, 반짝이는 녹색 꼬마전구로 장식되어 있었다.

"왜 초록색으로 장식하는 거야?"

"성탄 여왕 지지자들은 초록색으로 옷을 입거나 장식하고, 성 니콜라우스 지지자들은 빨간색이야. 자, 이거 달아." 호손이 스위프트가의 장식함에서 무언가를 꺼내 툭 던졌다. 모리건은 얼결에 그것을 받았다.

"이건 뭘 하는 건데?"

"그걸로 성 니콜라우스를 지지할 수 있지. 나처럼." 호손이 어깨를 으쓱였다. "선물과 난로면 충분하지 않아?"

호손이 준 건 빨간색 리본이었다. 모리건은 리본을 주머니에 집어넣었다. "생각해 볼게."

"아저씨는 누구를 지지해요?" 모리건은 그날 밤 저녁 식사 자리에서 주피터에게 물었다. "성 니콜라스예요, 아니면 성탄 여왕이에요?"

"성탄 여왕이지." 잭이 으깬 감자 요리를 접시로 가져가며 말했다. "물으나 마나야."

모리건이 도끼눈을 떴다. "너한테 물어본 거 아니야."

잭은 크리스마스 연휴를 보내기 위해 며칠 일찍 호텔로 돌아와서, 그 어느 때보다 최선을 다해 모리건을 약 올리고 있었다.

"알아. 주브 삼촌에게 물었잖아. 하지만 삼촌이 성탄 여왕 편이라는 걸 모른다면 머리가 둔한 거지. 너 *정말* 바보야?"

"진정해라, 잭." 주피터가 잭에게 힐끗 시선을 던지며 주의를 주었다.

"왜 그런 건데?" 모리건이 쏘아붙였다. "아저씨 옷에는 초록색이 전혀 없잖아. 이번 주 내내 초록색이라고는 걸치지 않으셨어. 눈이 둘 다 어떻게 된 거야?"

"그건 예의가 아니야, 모그." 주피터의 말에 깜짝 놀란 모리건은 낙담했다. 죄책감이 끓어올라 잭에게 사과하려고 했지만, 모리건의 심술에 전혀 동요하지 않은 잭이 미안하다는 말을 꺼내기도 전에 먼저 선수를 쳤다.

"당연히 삼촌은 초록색 옷을 입은 모습을 *보일* 수가 없지." 잭이 말했다. "중요한 위치에 있는 공인은 크리스마스에 중립을 지켜야 하니까. 그게 바로 예의라는 거야. 하지만 너도 머리가 있으면 주브 삼촌과 내가 소비 지상주의를 요란하게 전시하는 쪽보다 우아한 기교와 품격을 더 선호한다는 걸 알아챌 수 있을 텐데. 성 니콜라우스는 포장이 잘된 살찐 자본가야. 성탄 여왕은 *기품이* 있거든."

잭이 무슨 말을 하는지 하나도 알아들을 수 없었지만, 모리건은 누구를 지지해야 할지 그 자리에서 결정할 수 있었다. 모리건은 주머니에서 빨간 리본을 꺼내, 하나로 묶은 머리 옆에 단단히 고정하고 도전하듯 잭을 쳐다보았다.

"지금 나한테 엄포 놓는 거야?" 잭이 웃음을 터뜨렸다. "누가 저녁 식탁을 차지할지 나한테 결투라도 신청하려고? 새벽에는 디저트 숟가락 가지고 싸우겠네?"

"그만해, 너희 둘……."

모리건은 우쭐대는 얼굴에 디저트 숟가락을 던져 볼까 생각했다. "성탄 여왕이 그렇게 대단하다면, 성탄 여왕이 나오는 크리스마스 연극은 다 어디에 있는 거야? 왜 광고에는 코빼기도 안 보이는데? 성 니콜라우스의 얼굴은 홀리졸리 사탕에도 나오고 닥터브링클리스 홀리데이 피즈에도 나오고 또 트리스탄 르페브르 겨울용 털방울 양말에도 나오거든. 성탄 여왕은 길거리 광고판에서도 본 적이 없어. 길에서 부딪혀도 그 사람이 성탄 여왕인지 못 알아볼 거야."

주피터가 의자에 털썩 주저앉았다. "왜 다 같이 사이좋게 지내질 못하니?"

"그건 여왕이 지닌 완전무결함 때문이야." 잭은 들고 있던 포크를 모리건에게 겨누며 삼촌의 말을 무시했다. "너의 비만

친구와 날아다니는 더러운 짐승 무리, *그들*에겐 백 번을 보여
줘도 모르는 개념이지."

"성 니콜라우스는 관용과 박애와⋯ 즐거움의 화신이야!"

"라디오에서 들은 말을 뜻도 모르고 따라하는 거잖아." 잭이
투덜거렸다. (그 말은 *거의* 사실이었다. 신문을 읽다가 상자에
성 니콜라우스 그림이 있는 아침 식사용 달콤한 맛 시리얼 광
고에서 봤던 내용이었다.) "다음번엔 성 니콜라우스가 역겨운
인공 생체 발광 실험을 한 덕분에 순록이 더 *신비*해졌다고 말
하겠네."

모리건 식탁을 쾅 내리쳤다. "순록은 *진짜* 신비해. 코도 그렇
고." 모리건은 접시가 쨍그랑거리도록 홱 밀어내고는 식당을
뛰쳐나가며 어깨 너머로 소리쳤다. "그리고 어쨌거나 그 순록
은 *태어날 때부터 그런 거야!*"

주피터가 한숨을 쉬는 소리가 복도까지 들렸다. "정말이지,
잭, 너하고 모그는 왜 그렇게 서로 보기만 하면 으르렁거리는
거니? 나는 중간에서 심판 노릇하는 거 질색이다. 내가 어른이
된 기분이 든다고." 주피터는 어른이라는 단어를 맛이 형편없
는 음식이라도 되는 것처럼 뱉어 냈다. "왜 친구로 지내질 못하
는 거야?"

"치, 친구요?" 잭이 씩씩거리며 말을 더듬었다. 마치 저녁을
먹다 뭔가 목에 걸린 듯한 소리였는데, 모리건은 상상만으로도

고소했다. *"쟤 하고요? 돈을 준다고 해도 싫어요."*

주피터의 목소리는 매우 조용했다. "모리건은 집에서 멀리 떨어져 있어, 잭. 그게 어떤 건지 너는 알잖아."

모리건이 인상을 구겼다. *잭은 어디에 살았을까?* 궁금했다. 잭의 부모님은 어디에 계셨을까? 물어볼 생각도 못 했지만… 잭도 꼬치꼬치 캐묻는 걸 좋아하지 않았다.

"하지만 저 애는 *정말 짜증나요,* 삼촌. 그리고 솔직히 말하면, 어떻게 삼촌이 쟤가 원드러스협회에 들어갈 거라고 생각하는지 이해가 안 돼요. 그러니까, 저 애한테 무슨 비기 같은 게—"

더 듣고 싶지 않았다. 모리건은 귀를 막고 복도를 달려, 나선형 계단을 오르고 또 올라 곧장 침실로 들어가서, 침대(이번 주는 크리스마스용 은색 반짝이로 만든 화환을 둘러놓은, 네 모서리에 커다란 기둥이 달린 침대)에 털썩 몸을 던지고 베개 밑으로 머리를 파묻었다.

———◆———

모리건은 깜짝 놀라 눈을 떴다. 또 증명 평가전 꿈을 꾸었다. 이번에는 원로들 앞에서 노래를 부르려고 하는데, 입에서 앵무새가 꽥꽥 우는 소리만 나왔다. 청중이 모리건에게 으깬 감자

세례를 퍼부었다.

모리건은 잠에서 깬 채로 누워, 듀칼리온이 내는 소리에 귀를 기울였다. 한 층 위에서 프랭크가 나직이 코를 고는 소리가 들리고 복도 건너편에서 피네스트라가 답가처럼 쌕쌕거리는 소리가 들렸다. 아래에서는 배관이 툴툴거리는 소리도 들렸다. 난로 안에서는 불이 타닥거리며 타고 있었다. 모리건이 잠든 뒤에 마사가 들어와 불을 지폈을 것이다.

모리건은 이런 것들에 의지하게 되었다는 게, 이런 생활이 으레 그랬다는 듯이 여겨진다는 게 놀라웠다. 몇 주 뒤 증명 평가전에서 떨어져 네버무어를 나가게 될 상황을 생각하면 가슴이 아프다는 사실도 놀라웠다.

하지만 창피를 당하거나 호텔 듀칼리온을 떠나는 것보다, 훨씬 더 암울한 상상은 공화국에서 모리건을 기다리고 있을지 모를 일을 생각하는 것이었다. 연기와 그림자 사냥단은 아직도 그 자리에서 때를 기다리고 있을까? 내가 살아 있다는 걸 알게 되면, 집으로 돌아갔을 때 가족들이 반갑게 맞아 줄까? 사냥단이 찾아와 나를 없애려고 할 때 가족들이 지켜 줄 수 있을까?

복도에서 시끄러운 소리가 들리는 바람에 모리건은 생각에서 깨어났다. 누군가 걷다가 넘어져 쿵 부딪히는 소리. 찰싹, 물 같은 것을 쏟는 소리. 나직이 욕설을 내뱉는 소리. 모리건은 이불을 확 젖히고 일어나 까치발로 걸어가 문을 열었다.

복도에 걸린 어둑한 등불 밑으로 빈 유리잔 하나와 쏟아진 우유가 고여 있는 광경이 눈에 들어왔다. 손과 무릎으로 바닥을 짚고 앉은 잭이 헐렁한 잠옷 셔츠 끝자락으로 우유를 닦아 보겠다고 헛수고를 하고 있었다. 모리건은 말없이 욕실에서 수건을 가지고 나와 도와주기 위해 무릎을 꿇고 앉았다.

"괜찮아." 잭이 중얼거리며 말했다. "내가 할 수 있어. 수건이 더러워지잖아."

"너는 셔츠가 더러워지잖아." 모리건이 받은 말을 그대로 돌려주며 잭의 손을 탁 쳐서 물러나게 했다. 잭은 몸을 일으켜 앉아 모리건이 일을 마무리하기를 기다렸다.

"저기." 모리건이 바닥을 닦은 뒤에 조용히 말했다. "이건 네가 세탁실에 가져다 두면… 뭐해? 뭘 빤히 보는 거야?"

잭이 짓고 있는 표정은 모리건에게 익숙한 것이었다. 자칼팩스에서 살던 시절에 내내 마주했던 표정이었다. 두려움과 불신, 꺼림칙하지만 감출 수 없는 호기심과 경악의 기운까지 뒤섞인 그 표정. 하지만 모리건이 잭의 얼굴을 보고 정말 놀란 이유는 표정 때문이 아니었다.

"너 눈이 멀쩡하잖아!" 모리건은 벌떡 일어서서, 속삭여야 한다는 것도 잊고 크게 외쳤다. 잭도 따라서 엉거주춤 일어섰는데, 입을 떡 벌린 채 모리건을 뚫어지게 쳐다보느라 다시 넘어질 뻔했다. 갈색의 두 눈을 크게 뜬 잭은 모리건에게서 시선을 떼지 못했다. "이 사기꾼. 한쪽 눈이 안 보이는 게 아니었어. 왜 지금껏 연기를 한 거야? 아저씨도 알고 계셔?"

잭은 말이 없었다.

"그만 쳐다보고 대답해, 잭!"

갑자기 계단을 오르는 발소리가 들리더니 주피터가 자다 일어나 부스스한 얼굴로 나타났다. "이게 무슨 소란이냐? 지금은 투숙객들이—" 주피터는 잭을 쳐다봤다. 잭은 여전히 모리건에게서 눈을 떼지 못했다. "잭?" 주피터가 조심스럽게 조카를 불렀다.

"아저씨도 아셨어요?" 모리건이 따졌다. "잭이 안대를 할 필요가 없다는 걸 알고 계셨어요?"

주피터는 모리건이 묻는 말에 대답하지 않았다. 그가 조카의 어깨를 살짝 흔들자 그제야 잭은 정신이 돌아온 듯했다. 잭은 손가락을 떨며 모리건을 가리켰다. 주피터가 그 손가락을 감쌌다.

"차 한잔 하는 게 좋겠다. 가자." 주피터가 잭을 데리고 계단을 내려갔다. "돌아가서 자라, 모그."

모리건은 입이 떡 벌어졌다. "나요? 왜 내가 가서 자야 해요? 한쪽 눈이 안 보이는 척한 건 잭인데."

숨을 크게 들이쉰 주피터의 얼굴이 순간 험악하게 일그러졌다. "모리건!" 그가 낮게 잠긴 목소리로 말했다. "침대로 돌아가. 이 일에 대해서는 더 이상 한마디도 듣고 싶지 않구나. 알겠니? 입도 달싹하지 마."

모리건은 놀라서 몸을 움츠렸다. 주피터는 모리건에게 이렇게 엄하게 말한 적이 없었다. 마음 한편은 잭의 행동을 설명해 달라고 화를 내며 따지고 싶은 심정이었지만, 풍랑이 일 것 같은 후원자의 얼굴을 보니 하고 싶었던 말도 어디론가 사라졌다.

잭은 계단을 반쯤 내려가다가 뒤를 돌아보았다. 눈에는 혼란이 서려 있었다.

너나 나나, 비참한 기분으로 문을 닫은 모리건은 우유에 흠뻑 젖은 수건을 욕조에 던져 버리고 다시 침대로 올라갔다.

———◆———

크리스마스이브는 맑고 선선했으며, 두근거리는 상기된 공기가 감돌았다. 호텔 듀칼리온은 투숙객이며 직원 할 것 없이 올드타운 중심의 용기광장에서 벌어질 결투에 갈 준비를 하느라 생기가 넘쳤다.

"행복한 크리스마스예요, 케저리 아저씨." 모리건이 벨을 두 번 울리고 안내 데스크를 지나가며 말했다.

"행복한 크리스마스다, 모리건. 연말연시도 즐겁게 보내거라!"

로비는 온통 시끌벅적하고 따뜻했다. 투숙객들은 럼볼 초콜릿과 에그노그(* eggnog, 맥주나 포도주 등에 달걀과 우유를 섞어 만든 칵테일 음료 – 옮긴이)를 먹어 치우며 주피터에게서 출발 신호가 떨어지기를 기다렸다.

"리본 한 개뿐이니, 모리건?" 챈더 칼리가 물었다. 챈더 여사는 머리를 초록색 고리 모양으로 말고, 에메랄드 귀걸이와 그에 어울리는 에메랄드 초커 목걸이를 착용하고, 숲과 같은 빛깔의 벨벳 망토를 걸쳤다. 챈더 여사는 입술을 꽉 깨물고 모리건의 검은 원피스와 검은 코트와 검은 부츠를 죽 훑어보았다. "나한테 굉장히 멋진 진홍색 샤포 모자가 하나 있는데, 네 작은 머리에도 딱 맞을 거야. 아니면 홍옥 목걸이는 어떠니? 나는 열두 개나 있어. 한 개 가져도 돼!"

"괜찮아요, 챈더 여사님." 모리건은 리본으로 충분히 크리스마스 분위기를 냈다고 생각했다.

모리건은 아침부터 벌써 몇 번째 호손이 결투를 보러 오면 좋겠다고 아쉬워했다. 스위프트가는 한 해 건너 한 번씩 하일랜드에서 크리스마스를 보냈기 때문에, 호손은 전날 에즈라 스콜에 대해 아무 말 하지 않겠다는 약속을 마지막으로 남기고 네버무어를 떠났다. 모리건은 스콜인더스트리스 후계자 수업이라는 수수께끼에 대해 혼자 근심하지 않고 크리스마스를 즐기겠다고 맹세했다. 그래도 마음 한구석에는 증명 평가전 이전에 존스 씨와 마주치지 않길 바라는 희망을 고이 간직하고 있었다.

모리건은 계단 위에서 아래를 내려다보며 모두들 크리스마스 분위기가 물씬 풍기도록 한껏 치장했다는 사실을 알아차렸다. 흡혈난쟁이 프랭크는 손톱을 빨갛게 칠해 망토의 붉은 안감을 좀 더 돋보이도록 했고, 케저리는 빨간 타탄 무늬와 반짝이 장식을 겹겹이 둘렀다. 마사는 깔끔한 초록색 코트에 스카프를 조화시켜 성탄 여왕에 대한 충성을 드러냈다. 호텔 운전기사 찰리는 두꺼운 연두색 모직 재킷을 입고 기사 모자를 썼지만, 밤 근무는 쉬는 날이었다.

시계가 울리기 시작하자 주피터는 사람들을 정문 밖으로 안내했다. 앞마당에는 이들을 대결투가 벌어지는 곳으로 실어다줄 화려한 마차들이 대기하고 있었다. 주피터는 모리건을 보더니 한 눈을 찡긋하며 눈짓을 보내고 모리건이 지나갈 때는 스스럼없이 팔꿈치로 쿡 찔렀다. 잭과 그런 일이 있고 나서 사흘이 지났지만 주피터는 아직 그때의 일을 입에 올리지 않았다. 모리건은 주피터가 이끄는 대로 따랐지만, 잭의 안대에 대해 묻고 싶어 안달이 나 있었다.

하지만 오늘 밤은 아니었다. 크리스마스이브를 망칠 생각은 없었다.

모리건은 용기광장이 빨강과 초록의 물결로 뒤섞여 소용돌이치는 바다가 펼쳐질 것을 기대했지만, 현장은 소용돌이가 아닌 커다란 두 집단으로 나뉘어 같은 색끼리 무리를 이루고 구호를 외치며 상대편보다 더 큰 소리로 노래를 부르려고 악을 쓰고 있었다. 〈행복한 뚱보 할아버지에게 부치는 노래〉나 〈즐겁고 소탈한 크리스마스를 보내요〉 같은 합창 소리가 빨간 집단에서 터져 나오면, 바로 옆에 있는 초록 집단이 목청을 더 높여 〈성탄절 찬가〉나 〈초록색은 나의 갈채〉 같은 노래를 불렀다. 주피터가 두 집단 사이에 자리를 잡은 덕에 모리건은 빨강 편에 서고 잭은 초록 편에 설 수 있었다. 주피터는 두 사람의 주먹다짐을 막기 좋게 가운데 설 수 있었다.

"누가 보면 브로콜리인 줄 알겠어." 잭의 머리에 솟아오른, 폭발하는 모양을 작고 예술적으로 정교하게 디자인한 초록색 모자를 보며 모리건이 인상을 찌푸렸다. 그러고는 뜻을 확실히 하기 위해 덧붙였다. "진짜 멍청한 브로콜리 말이야."

"적어도 내가 성탄 여왕을 지지한다는 건 누구나 알 수 있지." 잭이 안대를 바로잡으며 말했다. 잭은 다시 왼쪽 눈을 안대로 덮고 있었다. 모리건은 두 눈이 다 멀쩡히 잘 보이면서 그런 건 도대체 왜 하고 다니는지 묻고 싶은 걸 참느라 혀를 깨물어야 했다. 복도 사건 이후 잭을 거의 마주치지 못했다. 잭이 모리건을 피해 다녔던 건지, 주피터가 의도적으로 두 사람을 떨어뜨려 놓았던 건지는 가늠하기 힘들었다. "넌 그 작고 초라한 리본뿐이더라. 가택 침입자에다 요정을 홀려서 부려 먹는 심각한 비만 환자를 지지하는 티를 내려니 민망해서 그런 건가?"

"여기서 보여 주기 민망한 건 비위 상하는 그 모자밖에 없어."

"*땡, 땡, 땡.*" 주피터가 두 손을 T 자 모양으로 만들었다. 그는 잭에게 의미심장한 표정을 지어 보였다. "시간 초과야. 제발, 오늘만이라도, 어어! 시작한다."

침묵이 내려앉았다. 사람들이 북쪽 하늘을 가리켰다. 어두운 하늘에서 거대한 형체가 나타났다. 모리건은 숨을 죽였다. 비로소 흥분다운 흥분이 몰려오기 시작했다. 빨간 집단의 환호를 받으며 성 니콜라우스가 용기광장을 덮치듯이 내려왔다. 하늘을 나는 아홉 순록은 눈부시게 멋진 곡예비행을 하며 광장 가운데 높이 솟은 무대 위에 가지런히 착륙했다. 요정 한 쌍이 썰매에서 뛰어내리더니 군중에게 열광적으로 손을 흔들기 시작했다. 두 요정은 트롤 격투기 기획자처럼, 관중이 흰 수염의 쾌활한 주인공을 위해 점점 더 큰 함성을 지르도록 들들 볶았다. 그러는 사이 반질반질한 마호가니 나무와 빨간 벨벳으로 장식된 썰매에서 주인공이 무거운 몸을 이끌고 내렸다.

모리건은 활짝 웃었다. 성 니콜라우스를 지지하기로 한 결정에 크게 만족했다. 장엄한 순록 무리가 발을 쿵쿵 구르고 커다란 뿔을 이리저리 흔들면서 하얗게 언 콧김을 자욱하게 뿜었다. 요정들이 위아래로 뛰어다니는 동안 군중은 성 니콜라우스를 응원하는 함성을 질러 댔고, 성 니콜라우스는 사람들에게 손을 흔들면서 닥치는 대로 아무나 골라 오랜 친구라도 되는 양 손가락을 겨누었다. 성 니콜라우스에게 지목당한 한 남자는 그가 아는 체를 했다는 사실에 정신을 잃고 까무러쳤다. 모리건의 눈에 비친 성 니콜라우스는 인기 스타였다.

모리건이 만족한 마음으로 잭을 돌아봤지만, 잭은 그저 어깨만 으쓱일 뿐이었다.

"기다려 봐." 잭이 능글맞게 웃으며 광장 남쪽을 가만히 바라보았다.

오래 기다릴 필요는 없었다. 몇 초 후, 인파가 둘로 갈라지더니 언뜻 서리에 덮인 산처럼 보이는 것이 나타났다. 넋을 잃은 군중 사이로 걸어 들어온 것은 3미터 남짓한 키의 눈지기 개였다. 개의 등에 아름다운 여자가 위풍당당하게 올라서서 숨죽인 광장을 바라보았다.

모리건은 *와아* 하고 감탄하고 싶은 충동을 애써 눌러야 했다. 잭이 성탄 여왕에 대해 말했던 것은 전부 사실이었다. 성탄 여왕은 모리건이 지금껏 보았던 그 누구보다 우아했다. 성탄 여왕에게는 *기품*이 있었다.

여왕이 입은 투명한 담록색 드레스는 우아하게 펄럭이며 물에 잠긴 비단처럼 늘어졌다. 빛이 일렁이듯 부드럽게 물결치는 머리카락은 허리 아래까지 내려왔고, 아름다운 사냥개의 털과 마찬가지로 금방 내린 눈과 같은 빛깔이었다. 입술은 혈색 없이 창백했고, 미소를 지으면 빛나는 하얀 치아와 반짝이는 두 눈이 눈부신 조명처럼 주변 모든 것에 그림자를 드리웠다. 용기광장에 운집한 수많은 사람들은 성탄 여왕이 모습을 드러내며 미끄러지듯 무대로 향하자 단체로 기쁨에 겨운 한숨을 토해냈다.

잭을 쳐다볼 필요도 없었다. 잭에게서 뿜어져 나오는 우쭐한 기분을 보지 않고도 느낄 수 있었다.

성탄 여왕이 무대에 올라서서 성 니콜라우스에게 고개를 끄덕여 인사하자, 성 니콜라우스가 허리를 숙여 답례했다. 잠깐 동안은 아무 일도 일어나지 않았다. 그때 성탄 여왕이 고개를 들어 하늘을 마주 보더니 그대로 미동도 없이 멈추었다.

"시작이야." 주피터가 속삭였다.

처음에는 희미한 소리가, 그저 멀리서 딸랑거리는 풍경 소리나 쨍그랑거리는 유리잔 소리처럼 들렸다. 모리건이 놀란 눈으로 지켜보는 가운데, 네버무어 하늘에서 밝게 빛나던 별이 점점 더 환해지더니 모양과 자리를 바꿔가며 도시의 빛을 반사하는 수십억 개의 작은 은종으로 변했다. 복잡한 종소리의 교향곡이 하늘을 가득 채웠다. 모리건은 그 광경에 마음을 빼앗겨 숨도 쉬지 못하고 별의 종을 가만히 응시했다. 그러는 사이 별의 종은 딸랑딸랑 마지막 소리를 울리고 다시 제자리로 돌아갔다.

이 놀라운 공연을 지켜본 관중은 경외감에 아무런 반응도 보이지 못했다. 3초쯤 흐른 뒤에야 초록색 지지자들로부터 열렬한 박수갈채가 쏟아졌다. 빨간색 쪽에서도 마지못해 박수를 치는 사람들이 있었다. 성탄 여왕이 보여 준 마법이 무척 즐거웠던 모리건도 큰 소리로 환호하고 싶었지만, 차마 잭에게 만족감을 줄 수는 없었다. 모리건은 조용히 있었다.

이제 모든 이목이 성 니콜라우스에게 쏠렸다. 성 니콜라우스는 두 손을 마주 비비고, 용기광장을 탐색하며 한 바퀴를 빙 돌았다. 그는 손가락으로 아무 데나 내키는 대로 가리켰다. 모리건은 성 니콜라우스가 또 인기 스타처럼 군다고 생각했다. 그런데 관중이 서 있던 자리에서 꺄악 소리가 터져 나오고 사람들이 휘청거리기 시작했다. 그가 가리킨 자리마다 땅에서 거대한 전나무가 빠르게 자라나면서, 서 있던 사람들을 주변으로 밀어냈다. 나무는 계속 자라 2미터가 되더니 4미터, 6미터, 12미터를 넘어, 어느새 광장에는 18미터 남짓한 상록수 열두 그루가 우뚝 솟아 있었다.

모리건은 활짝 웃으며 박수를 치기 시작했지만, 성 니콜라우스는 거기서 끝내지 않았다. 그가 뭉툭한 손가락으로 탁 소리를 내자, 빨간색과 금색의 반들반들한 장식용 방울이 가지에서 튀어나오고, 수천 개의 꼬마전구가 잎 사이사이에서 반짝거렸다. 빨간색 지지자들이 열광했다.

잭은 무반응이었다. 성탄 여왕에게 시선을 고정한 채, 여왕의 응전만 기다리고 있었다.

여왕은 성 니콜라우스의 작품에 조용히 미소 짓고, 크리스마스트리 하나하나에 차례대로 손짓을 보냈다. 그러자 나뭇가지에서 여왕의 부름을 받은 새하얀 비둘기 수십 마리가 나타나더니 날아올라 한 쌍의 거대한 날개 모양으로 대형을 갖추었다. 비둘기들은 경이로운 편대비행을 선보이며 눈송이, 별, 종, 나무 모양을 만들다가 마지막으로 평화의 사인을 그리고 우레와 같은 박수를 받으며 멀리 날아갔다.

성 니콜라우스가 손짓을 보내자, 요정들이 썰매로 뛰어 올라갔다. 썰매 위에는 위험해 보이는 커다란 대포 두 대가 각각 반대 방향으로 군중을 겨누고 있었다. 모리건은 이게 법적으로 괜찮은 건지 몰라 주피터를 슬쩍 쳐다봤지만, 주피터는 걱정하는 기색이 전혀 없었다. 오히려 지루해하는 것 같았다.

"이건 작년에 하지 않았어?" 주피터가 조카를 쿡 찌르면서 물었다.

잭이 코웃음을 쳤다. "너무 뻔해요. 대중의 탐욕에 영합하는 거죠."

"쉿." 모리건이 말했다. 모리건은 팔꿈치로 잭의 옆구리를 찔러 주의를 줬다. 두 사람은 이 결투를 본 적이 있을지 모르지만, 모리건은 단 1초도 놓치고 싶지 않았다.

펑 하고 크게 울리는 소리와 함께 대포를 연달아 발사하면서, 요정들은 색색으로 포장된 사탕을 용기광장 위로 연신 쏘아 올렸다. 아이와 어른 모두 앞다투어 땅을 짚고 펄쩍 뛰어오르며 사탕을 잡았다. 이내 모두가 사탕을 입에 물고 찬사를 보냈다. 모리건도 예외가 아니었다.

여왕이 눈지기 개에게 몸을 돌렸다. 눈지기 개는 머리를 꼿꼿하게 들고 선명한 푸른빛 눈을 주인에게 고정한 채 무대를 향해 조용하고 당당하게 걸어갔다. 여왕이 손을 뻗어 귀 뒤를 긁어 주자 개는 고개를 들고 달을 보며 으르렁거렸다. 길게 이어진 으스스한 울음소리는 곧 네버무어의 모든 개들에게 전염되어, 마치 기괴한 늑대들의 합창을 듣는 것 같았다. 머리카락에 무언가 팔락이는 게 닿았다.

"눈이다." 모리건이 나직이 중얼거렸다.

하얀 얼음 입자가 하늘에서부터 너울너울 소용돌이를 그리며 떨어져 모리건의 코와 어깨와 손바닥 위로 사뿐히 내려앉았다. 진짜 눈을 보는 건 처음이었다. 모리건의 가슴속으로 행복이 번지더니 풍선처럼 부풀어 가득 찼다. 기쁨에 겨워 둥실 날아갈까 걱정돼 하마터면 주피터의 코트를 붙잡을 뻔했다.

한참 동안 침묵을 깨지 못한 관중은 작게 숨을 몰아쉬거나 귓속말만 소곤댔다. 그러다가 곧 광장 가득 와 하는 함성과 박수갈채가 터져 나왔다. 빨강 팀과 초록 팀 모두 경쟁심을 곱씹는 사람 없이 함께 환호했다.

성 니콜라우스도 박수를 치고 미소를 지으며, 혀를 내밀어 눈송이를 받아먹었다. 성탄 여왕이 웃음을 터뜨렸다.

"대단원을 맞이할 시간이야. 초를 꺼내." 주피터가 말했다.

모리건과 잭은 외투 주머니 안에서 주피터에게 미리 받았던 하얀 양초를 꺼냈다. 모리건은 잭이 하는 대로 초를 머리 위로 높이 들었다. 똑같이 움직이는 사람들 사이로 상기되어 속살거리는 소리가 광장 안에 물결처럼 퍼졌다.

모두들 이제부터 일어날 일을 잘 알고 있는 듯했다. 성 니콜라우스가 턱수염을 긁으면서 과장된 손짓과 발짓으로 결투에 진 행세를 하며 이제 뭘 해야 할지 모르겠다는 듯이 연기하자 어린 아이들이 킥킥 웃으며 서로를 쿡쿡 찔렀다.

성 니콜라우스는 무언가 생각난 것처럼 흥겹게 박수를 치고는 군중을 향해 두 팔을 내밀고 빙글빙글 돌았다. 하나, 둘, 초가 켜졌다. 안에서부터 밖을 향해 나선을 그리며 끊이지 않고 점점 더 빠른 속도로 피어올라, 마침내 용기광장을 웃음과 황금의 불빛으로 가득 채웠다.

성 니콜라우스와 성탄 여왕은 오랜 친구처럼 포옹하고, 웃으며 서로의 뺨에 입을 맞추었다. 순록들이 눈지기 개에게 모여 들어 목을 비비며 인사하자, 눈지기 개는 뿔을 무는 시늉을 하며 장난을 치다가 순록의 얼굴을 핥았다. 요정들은 성탄 여왕의 다리로 날아들었다.

빨강 팀과 초록 팀 인파가 부산스럽게 자리를 이동하며 서로 섞여 들었다. 성 니콜라우스와 성탄 여왕의 지지자들은 차려입고 온 것을 서로 교환했다. 진홍색 벙어리장갑을 준 사람이 암록색 스카프를 받고, 자홍색 후크시아 꽃을 건넨 사람이 선녹색 비니 모자를 갖게 되었다. 결국 누가 누구를 지지하는지 알수 없게 되어 버렸다. 마사는 무릎을 꿇고 앉아 프랭크에게 스카프를 건넸고, 프랭크는 답례로 마사의 어깨에 기다란 반짝이 장식을 둘러 주었다. 챈더 여사가 케저리가 맸던 타탄 무늬 나비넥타이를 가져가고, 대신 자신의 에메랄드 초커 목걸이를 목에 휘감자 케저리는 얼굴을 붉혔다.

잭은 우스꽝스러운 모자를 벗어 모리건에게 주며 어깨를 으쓱였다. "초는 꽤 괜찮았던 것 같아."

"그래." 모리건도 같은 생각이었다. "하지만 눈이 내릴 때가 제일 좋았어." 모리건은 머리에 묶었던 새빨간 리본을 잡아당겨 잭의 손목에 나비 모양으로 묶었다. 잭이 리본을 내려다보고는 싱긋 웃었다. "잠깐." 모리건이 말했다. "누가 누구가 이긴 거야?"

"누구를 이겼냐고 물어야지. 누구도 이기거나 지지 않았어."
주피터가 잭과 모리건을 광장 밖으로 데리고 나가면서 말했다.
"두 사람은 매년 그랬던 것처럼 휴전을 선언했고, 이제 각자 일
을 보러 갈 거야. 선물도 나눠 주고, 자유주 구석구석에 눈도 내
려 주고. 일이 있다는 건 좋은 거지. 자두절임 먹을 사람?" 주피
터는 설탕에 절인 자두를 파는 가판대로 달려가서 열두 개가 든
자두절임 두 봉을 갈색 종이봉투에 담아 달라고 주문했다.

"그럼 이긴 사람이 없다고요?" 모리건이 물었다. 거스름돈을
약간 덜 받은 느낌이 드는 건 어쩔 수 없었다.

"장난치지 마요. 선물도 받고 눈도 내리는데?" 잭이 웃으면
서 눈을 뭉쳐 주피터의 등에 던졌다. "모두 다 이긴 거죠."

주피터와 잭과 모리건은 집까지 걸어가기로 하고 마차를 보
낸 다음 서로에게 눈덩이를 퍼붓다가 옷이 축축해지고 진이 다
빠질 때쯤 눈싸움을 멈췄다. 주피터가 모리건을 업고 남은 길
을 걷는 동안 잭은 빙판길을 비틀비틀 신나게 미끄럼 타며 나
아갔다. 새콤달콤한 자두절임 한 봉지를 순식간에 해치운 세
사람은, 40분 뒤 손가락은 얼고 혀는 자주색이 되어서 듀칼리
온에 도착했다.

"성 니콜라우스는 아직 안 왔을까?" 무거운 다리로 힘겹게 계단을 오르면서 모리건이 잭에게 물었다. 모리건은 자주색 설탕 맛이 남아 있는 입가를 핥았다.

"안 왔어. 그 할아버지는 우리가 잠들어야 와. 너무 바빠서 우리랑 떠들 시간이 없거든. 그러니까 얼른 가서 자." 잭이 모리건을 복도 건너 쪽으로 밀면서 능청스럽게 웃었다. "잘 자라."

"잘 자, 브로콜리 송이."

잭이 큰 소리로 웃으며 자기 방으로 모습을 감추었다.

18장

거의 행복했던 휴일

크리스마스 아침에 눈을 뜨자 계피 향, 감귤 향과 함께 장작 타는 냄새가 날아들었다. 난로에서는 기분 좋게 불이 타올랐고, 침대 머리맡에는 선물을 너무 많이 채워 넣어 불룩한 빨간 양말이 걸려 있었다.

양말을 뒤집자 무릎 위로 금화 초콜릿 한 개와 귤 몇 개, 생 강쿠키, 윤기 흐르는 분홍빛 석류, 여우 모양으로 뜨개질한 목 도리, 빨간 벙어리장갑 한 쌍, 금색과 자색으로 포장된 파쿨스

키의 설탕절임 자두 피클 통조림, 자그마하게 천으로 장정한
『피네건 동화』, 뒷면을 은으로 덧댄 카드 한 벌, 그리고 손잡이
에 발레리나 그림이 그려진 나무 솔빗 한 개가 우르르 쏟아졌
다. 이 모든 게 전부 모리건 것이었다! 성 니콜라우스가 평소보
다 무리한 게 틀림없었다.

　모리건은 부드러운 털장갑을 들어 얼굴에 가져다 대고, 이
런 충만감과는 거리가 멀었던 지난 크리스마스를 떠올렸다. 크
로우 가족은 결코 선물을 즐기지 않았다. 예전에 한 번, 용기
를 내서 커버스에게 그해 크리스마스에 깜짝 선물을 받고 싶다
고 말한 적이 있는데, 기쁘게도 커버스는 알겠다고 대답했다.
기대에 부푼 몇 주가 지난 뒤 크리스마스 아침에, 모리건은 침
대에서 뛰어 일어나 밤사이에 아버지가 어떤 선물을 놓고 갔을
지 신이 나서 찾아보다가, 침대 발치에 놓인 봉투를 발견했다.
봉투 안에 든 것은 커버스가 모리건을 대신하여 저주받은 아이
등기소에 배상금을 지불하느라 한 해 동안 지출한 금액을 항목
별로 나누어 잔돈까지 상세히 기록한 명세서였다.

　어쨌든 커버스는 거짓말을 하지 않았다. 깜짝 선물은 깜짝
선물이었으니까.

　모리건이 초콜릿의 금박 포장을 이로 물어뜯어 벗기고 있는
데, 침실 문이 벌컥 열리더니 잭이 양손에 각각 종이 한 장과
빨간 양말을 들고 어슬렁거리며 들어왔다.

"즐거운 크리스마스야!" 모리건은 그렇게 말하고 나서 하마터면 *이제 다시 나가서 노크부터 해*, 라고 덧붙일 뻔했지만, 크리스마스 분위기에 흠뻑 취해 사실 그다지 거슬리지 않는다고 생각을 고쳐먹었다.

"성탄절 희소식을 가져왔어." 잭이 모리건의 침대에 털썩 주저앉아 쪽지를 건네고는 편한 자세로 양말에 가득 찬 물건을 수북이 쏟아 냈다. 그리고 강아지 모양 생강쿠키를 집어 머리를 부러뜨렸다. "희소식만 있는 건 아니지만. 주브 삼촌이 호출을 받고 나갔거든."

"크리스마스 아침부터?" 모리건은 그렇게 물으며 쪽지를 읽었다.

> 급한 볼일로 마웨이*Ma Wei*행. 점심시간 맞춰 돌아옴. 모그 데리고 나 대신 썰매 타러 가라.
>
> *J.*

"마웨이가 뭐야?"

잭이 우물거리던 생강쿠키를 삼켰다. "중부에 있는 곳이야. 아마 또 어떤 탐험가가 계획되어 있던 게이트웨이의 위치를 놓쳤을 거야. 윽. 자, 이거 너 먹어도 돼." 잭이 양말에서 석류를 꺼내 질색하는 얼굴로 모리건에게 건넸고, 모리건은 답례로 귤 두 개를 던져 주었다.

"나 썰매 타러 안 가도 돼." 모리건은 초콜릿을 한 입 더 깨물며 관심 없다는 듯 어깨를 으쓱였다. "썰매도 없는데 뭐."

"저게 뭐 같은데? 조랑말인가?" 잭이 고갯짓으로 벽난로 쪽을 가리켰다.

모리건은 침대 너머로 금색 리본을 두른 반드르르한 초록색 썰매를 발견했다. 썰매에 붙은 꼬리표에는 이렇게 적혀 있었다. *행복한 크리스마스 보내렴, 모그.*

"와." 모리건이 벅찬 마음으로 나직이 탄성을 질렀다. 살면서 이렇게 많은 선물을 받은 건 처음이었다.

"내 건 빨간색이야." 잭이 눈동자를 위로 굴리며 말했다. "삼촌은 이런 게 웃기다고 생각한다니까."

———◆———

주피터는 점심때도 저녁때도 돌아오지 않고 사람을 대신 보내 미안하다는 말만 전했다. 주피터가 함께하지 못해 맥이 빠질 만도 했지만, 모리건은 생애 가장 근사한 크리스마스를 보내느라 눈코 뜰 새가 없었다.

이날은 눈이 펑펑 쏟아지며 성탄 여왕의 선물이 온 세상을 뒤덮었다. 오전 내내 잭과 모리건은 근처 갈벌리언덕Galbally Hill

에서 몇 번이나 썰매를 탔고, 동네 아이들과 만나 서사시에 버금가는 눈싸움 전쟁도 벌였다.

두 사람은 점심때인 정오 시간에 겨우 맞춰 지친 다리를 끌고 듀칼리온으로 터덜터덜 돌아와 정찬실로 들어갔다. 긴 식탁 위에 윤기가 도는 햄, 훈제 꿩 고기와 거위 구이, 베이컨과 밤을 곁들여 소복이 담은 새싹채소, 황금빛으로 익힌 오븐구이 감자와 봉밀 파스닙, 보트 모양 그릇에 담은 걸쭉한 그레이비 소스, 포슬포슬한 치즈와 땋은 머리 모양의 빵, 그리고 붉은색이 선명한 게의 집게발과 얼음 위에 올린 반지르르한 굴 등이 상다리가 부러질 듯 준비되어 있었다.

모리건과 잭은 음식을 조금씩 전부 다(아마 굴은 열외일 것 같았지만) 먹어 보겠다고 단단히 별렀지만 둘 다 중간에 포기하고 스모킹팔러(박하 향 연기: 소화 촉진)에 뻗어, 앞으로 음식은 평생 입에도 대지 않겠다고 선언했다. 하지만 15분 뒤에 잭은 속이 깊은 그릇에 높이 쌓은 트라이플(* trifle, 케이크에 포도주를 붓고 과일과 젤리, 커스터드 크림 등을 얹어 먹는 영국의 대표적인 디저트 옮긴이)과 소고기 파이 두 개를 가져와 성실하게 포크질을 했고, 모리건은 크림과 블랙베리를 얹은 폭신하고 하얀 머랭을 게 눈 감추듯 먹어 치웠다.

잭이 세 번째 식당 탐방을 떠난 사이, 모리건은 구석 소파에 누워 속을 가라앉히는 박하 향 증기를 들이마시고 있었는데 누군가 안으로 들어오는 소리가 들렸다.

"그를 믿지 않는다는 게 아니에요." 목소리의 주인은 남자였다. "그는 지금 본인이 무슨 일을 하고 있는지 틀림없이 알고 있단 말이오. 그 친구는 천재예요."

모리건이 게슴츠레 눈을 떴다. 벽에서 밀려 나와 자욱하게 넘실대는 연기 너머로 두 사람을 겨우 알아볼 수 있었다. 빨간색과 초록색 실크가 하늘거리며 늘어진 드레스를 입은 우아한 챈더 여사와 크리스마스용 킬트(* kilt, 스코틀랜드 남자들이 입던 격자무늬 치마 - 옮긴이) 차림을 한 원기 왕성한 백발의 케저리 번스였다.

"너무 총명해서 자기 이익은 못 챙기죠." 챈더 여사도 인정했다. "하지만 그 사람이라고 실수하지 말라는 법은 없어요, 리리. 그도 인간이니까요."

모리건은 몽롱한 와중에도 자신이 여기 있다고 알려 줘야 하는지 생각했다. 그리고 헛기침으로 기척을 하려고 할 때였다.

"왜 *모리건*이냐고요?" 케저리가 말했다. "그 많은 지원자 중에서 선택할 수도 있었는데, 어째서 모리건이냔 말이오. 그 아이는 비기가 뭐랍니까?"

"그 애는 사랑스러운—"

"아무렴요. 그렇고말고요. 의젓한 애송이죠. 여자애들 중에 으뜸이고요. 하지만 주피터가 그 아이를 *원드러스협회*의 회원감이라고 생각하는 이유가 뭘까요?"

"저런, 주피터 알잖아요." 챈더 여사가 말했다. "그이는 언제나 다른 사람이라면 사양할 도전에 임한답니다. 리디큘러스 산에 최초로 등반했던 일, 기억하시죠. 또 발끈해서 트롤이 우글거리는 영토에도 들어갔잖아요. 다른 탐험가연맹 사람들은 30미터 밖에서 장대를 주고 찔러 보래도 그쪽 영토는 건드리고 싶어 하지 않는데 말이에요."

케저리가 빙긋 웃었다. "그랬습죠. 여기도 봐요. 다 허물어져 가던 걸 주피터가 우연히 발견한 거예요. 취미 삼아 호텔 일을 시작해서, 지금은 네버무어에서 제일가는 규모로 키웠잖아요." 수심에 잠긴 목소리가 매서웠다. "하지만 아이를 취미로 떠맡는 건 안 되지요."

"맞아요." 챈더 여사가 동의했다. "어쨌든 주피터가 듀칼리온을 이렇게 성공시키지 못했다면, 그다지 문제가 되지도 않았을 거예요. 호텔이 타격을 입을 만한 일은 없었을 테니까요."

잠시 정적이 흘렀다. 모리건은 꼼짝달싹 못하고 두 사람이 박하 연기 속에서 자신을 알아챌까 걱정하며 숨을 죽였다.

얼마간 시간이 흐른 뒤, 케저리가 한숨을 푹 내쉬었다. "우리가 쓸데없이 간섭하면 안 된다는 건 알지만, 챈더, 나는 그 가여운 어린애가 걱정될 뿐이에요. 주피터가 저렇게 부추기고 있으니 결국 끔찍한 실의에 빠지고 말 거예요."

"거기서 끝나면 다행이죠." 챈더 여사가 불길한 목소리로 덧붙였다. "지금 불법으로 이곳에 머물고 있는 저 아이의 상황을 스팅크가 밝혀낼 경우에, 주피터가 어떤 위험에 처할지 생각해 봐요. 그건 *반역죄*예요. 그이가 감옥에 갈 수도 있어요, 케저리. 그 사람이 가진 명성도, 사회적인 경력도… 사라질지 몰라요. 그게 다가 아니에요. 또―"

"듀칼리온도 그렇겠지." 챈더 여사의 말을 케저리가 침통하게 받아 마무리했다. "신중하지 않으면 그 친구는 듀칼리온을 잃을 게요. 그럼 우리는 다 어디로 가란 말이오?"

모리건은 한밤중에 호텔 듀칼리온의 복도를 서성거리며 복통을 달래고 나쁜 꿈을 잊어 보려 애쓰는 자신의 모습이 별로 놀랍지 않았다.

주피터의 사무실 문이 빠끔 열려 있다는 걸 알아챈 건 자정쯤이었다. 모리건은 안을 살짝 들여다보았다. 주피터는 난로 옆에 가죽 안락의자를 놓고 앉아 있었는데, 옆의 탁자에는 김이 오르는 은 주전자와 그림을 입힌 작은 유리잔 두 개가 놓여 있었다. 주피터는 눈도 들지 않고 말했다. "이리 와, 모그."

차를 따른 주피터는 초록색 박하 잎이 빙글빙글 도는 모리건의 잔에 각설탕을 넣어 주었다. 그리고 맞은편 의자에 앉는 모리건의 얼굴을 순간적으로 쓱 훑었다. 주피터는 피곤해 보였다.

"또 악몽이라니." 질문이 아니었다. "아직도 증명 평가전 때문에 걱정하는구나."

모리건은 대꾸 없이 조금씩 차를 마셨다. 이제는 주피터가 이미 뭔가를 알고 있다는 데 익숙했다.

모리건은 또다시 구구절절한 이유로 평가전에서 탈락하는 꿈을 꾸었다. 하지만 이번 악몽은 관중이 조롱하고 야유를 보내는 데서 끝나지 않고 포악한 트롤들이 침을 흘리며 줄지어 경기장 안으로 들어가는 상황으로까지 이어졌다. 트롤들은 짤막한 몽둥이를 들고 있었는데, 어쩐지 그 몽둥이로 모리건을 때려 죽여 지금의 고통에서 해방시켜 주려는 것 같았다.

"평가전이 다음 주 토요일이에요." 모리건이 대놓고 불만을 드러냈다. 무엇을 해야 하는지, 어떤 과제를 수행하면 되는지, 이제라도 주피터가 말해 주기를 바랐다.

주피터는 한숨을 쉬었다. "너무 걱정하지 마."

"계속 그 말만 반복하고 있잖아요."

"다 잘될 거야."

"그 말도 계속 들었어요."

"그게 사실이니까."

"하지만 나는 재능이 없다고요!" 말을 하다가 실수로 잠옷 앞부분에 차를 흘렸다. "협회에 들어갈 수가 없는데 이런 평가전은 대체 왜 해야 하는 거예요? 나는 용도 탈 줄 모르고, 천사처럼 노래하지도 못해요. 난 할 줄 아는 게 없다고요." 속으로만 앓던 걱정을 구체적으로 소리 내어 말하기 시작하자 멈출수가 없었다. "내가 이곳에 불법으로 와 있는 걸 스팅크가 밝혀내기라도 하면 어떻게 해요? 날 쫓아내고 아저씨를 감옥에 집어넣을 거예요. 듀칼리온도 빼앗아 갈지 몰라요. 아저씨의, 아저씨의 명성도, 경력도—" 모리건은 목이 메었다. "나 하나 때문에 그걸 다 참고 견디는 건 안 돼요! 직원들은 어떻게 하고요? 잭은요? 감옥에 갇히면 잭을 보살펴 줄 사람이 없잖아요. 또 아저씨가 만약에—" 모리건은 자신감을 잃고 요점에서 벗어난 말을 늘어놓다가 머뭇거리며 말꼬리를 잘랐다.

주피터는 모리건이 이어서 마저 말하기를 기다리며, 박하 향이 나는 찻잔을 들고 지긋이 미소를 지었다. 그 모습이 모리건의 화를 부추겼다. 아저씨는 내가 협회에 들어갈 수 있을지 *걱정*을 하고 있기는 할까? 아니면 이 일이 아저씨에게는 그냥 재미 삼아 하는 일에 지나지 않는 걸까? 나는 아저씨에게 그저… *취미*일 뿐인가?

생각이 여기까지 미치자, 가슴속에서 무언가가 점점 커다랗게 부풀어 궁지에 몰린 짐승이 앞발을 들고 태세를 갖추듯 흉곽 밖으로 뛰쳐나오려고 했다. 모리건은 찻잔을 내려놓았다. 잔이 접시 위에서 들썩이며 달가닥거렸다.

"집에 가야겠어요."

생각지도 않은 말이 낮고 어두운 목소리가 되어 흘러나왔다. 공기가 무거워졌다.

"집이라고?"

"자칼팩스로 돌아간다고요." 모리건은 더 확실하게 말했다. 물론 주피터가 어떤 집을 말하는지 정확히 파악하고 있다는 건 모리건도 잘 알았다. 주피터는 어떤 대답도, 움직임도 없었다. "돌아가고 싶어요. 당장, 오늘 밤에요. 식구들한테 내가 살아 있다고 말하고 싶어요. 원드러스협회에 들어가는 건 내가 원하는 게 아니에요. 그리고—" 입이 쉽게 떨어지지 않았다. 모리건은 있는 힘을 다해 한 음절씩 밀어냈다. "더 이상 듀칼리온에서 살고 싶지 않아요."

마지막 말은 진심이 아니었지만, 주피터가 그렇게 믿는 편이 더 수월할 거라 생각했다.

모리건은 듀칼리온을 사랑했다. 하지만 듀칼리온이 아무리 높고 아무리 많은 방과 복도가 있어도 자꾸만 커지는 증명 평가전에 대한 두려움을 다 포용하기에는 역부족이었다. 불안은 마치 괴물 같았다. 듀칼리온에 출몰하는 유령 같은 불안이 겨울처럼 뼛속 깊이 스며들어 모리건이 진정한 따뜻함을 느끼지 못하게 했다.

모리건은 주피터가 어떤 말이든 해 주길 기다렸다. 무표정한 주피터를 보며, 모리건은 그의 얼굴이 도자기처럼 깨질지도 모른다고 생각했다. 주피터는 한참 동안 난로를 응시했다.

"좋아." 이윽고 주피터가 입을 열었다. 목소리는 부드러웠다. "바로 출발하자."

19장

고사메르 노선

"얼마나 더 가야 돼요?"

"얼마 안 남았어. 계속 따라와." 주피터는 앞장서서 미색 타일과 깜박이는 천장등이 있는 어두침침한 터널을 평소와 같은 걸음으로 내려갔다. 주피터가 걷는 속도 때문에 모리건은 뛰다시피 하며 그를 따라갔다. 모리건은 곁눈질로 한 번씩 주피터를 살폈지만, 어떤 표정도 읽을 수 없었다.

주피터는 출발할 때부터 거의 말을 하지 않았다. 피네스트라에게 행선지를 알린 게 전부였다. 성묘가 깜짝 놀라 주피터를 쳐다보는 표정은 뜻밖에도 슬퍼 보였다. 피네스트라는 아무 말도 하지 않았지만, 모리건이 주피터를 따라 정문을 나설 때 커다란 머리를 모리건에게 다정히 툭 갖다 대며 섭섭하고 안타깝게 들리는 소리를 조용히 흘렸다. 모리건은 눈물이 떨어질까 봐 눈을 연신 깜박이면서 앞만 똑바로 본 채 우산을 꽉 움켜쥐었다.

주피터와 모리건은 캄캄해진 거리로 나와 브롤리 레일 승강장에서 가장 가까운 원더철역까지 쏜살같이 날아온 다음, 미로 같은 터널과 계단을 내려가기 시작했다. 간신히 숨겨진 문을 찾아 들어가면 어둡고 너저분한 통로가 이어졌다. 모리건은 처음 보는 길이었지만 주피터는 잘 아는 곳 같았다.

종잡을 수 없는 길에서 셀 수 없이 방향을 틀며 걷기를 20여분, 급하게 꺾이는 모퉁이를 따라 빙 돌자 빈 승강장이 나타났다. 벽에 줄줄이 붙은 벽보는 색이 바래고 너덜너덜한 데다 옛날 분위기가 났는데, 벽보에서 광고하는 제품들은 모리건이 듣도 보도 못한 것이었다.

머리 위에 붙은 안내판에는 이곳이 고사메르 노선의 출발점이라고 적혀 있었다.

"확실히 마음을 정한 거니?" 주피터는 타일이 깔린 바닥에서 눈을 떼지 않았다. 조용히 말했지만 동굴 같은 공간 안에서 목소리가 울려 퍼졌다. "가지 않아도 돼."

"알아요." 모리건은 호손을 생각했다. 단짝이 된 호손에게 작별 인사도 못했고, 듀칼리온에서 단잠을 자고 있을 잭은 아침에 일어나서야 모리건이 떠났다는 사실을 알게 될 것이다. 모리건은 문득 슬퍼졌다. 하지만 슬픔을 애써 누르고 마음을 다잡았다. 듀칼리온에 그대로 남아 자신 때문에 주피터가 모든 것을 잃는 모습을 지켜볼 수는 없었다. "갈 거예요."

주피터는 고개를 끄덕이고는, 손을 뻗어 모리건이 들고 있던 우산을 가져가려고 했다. 모리건은 우산을 꼭 붙잡고 놓지 않았다. "이건 가져가게—"

"이건 여기 둬야 돼. 미안하다."

모리건은 우산을 쥐었던 손에 힘을 풀었다. 주피터가 우산의 은 손잡이를 승강장 선로 위쪽에 거는 모습을 보면서 억울하고 둔탁한 실망감을 느꼈다. 생일 선물로 받은, 정말 많은 추억을 만들어 준 우산이었다. 저 우산을 들고 듀칼리온 옥상에서 뛰어내렸고, 브롤리 레일에 올라타 올드타운 하늘을 쌩하고 달렸다. 잠겨 있던 그림자의 방도 열었다. (모리건이 나중에 그 방에 대해 주피터에게 물었더니, 주피터는 그게 재미있을 줄 알았다며, 모리건이 비밀의 방을 열 수 있는 비밀 열쇠를 손에 쥐었다는 사실을 깨달을 때까지 목이 빠지게 기다렸다고 했다. 주피터는 모리건이 주변을 조금 더 기웃거리고 참견하는 성격이었다면 훨씬 더 빨리 알아냈을 거라고 말했다.)

"준비됐니?" 주피터가 모리건의 손을 잡았다. 두 사람은 승강장 끝에 그어진 노란 선을 밟고 섰다. "눈 감아. 계속 감고 있어."

모리건은 눈을 감았다. 바람 한 점 없이 잠잠했다. 한참 동안 고요히 시간만 흘러갔다.

어느 순간 멀리서 열차 소리가 들렸다. 소리는 점점 커졌고 속도도 매우 빨랐다. 터널 쪽에서 찬바람이 훅 불었고, 열차가 두 사람의 바로 앞에 서면서 문이 열리는 소리가 들렸다.

"담대하게 내딛어, 모리건 크로우." 주피터가 모리건의 손을 꽉 쥐고 열차로 들어갔다.

"이제 눈을 떠도 돼요?"

"아직 안 돼."

"우리 어디로 가는 거예요? 고사메르 노선은 뭐예요? 자칼팩스까지 한 번에 가나요? 아니면 갈아타야 돼요?"

"쉿." 주피터가 한 번 더 손을 꽉 쥐었다.

가는 길은 불과 몇 분 정도로 짧았지만, 모리건은 좌우로 흔들리는 열차 때문에 멀미가 났다. 눈을 뜨고 가면 좋겠다는 생각이 들었다.

열차가 멈췄다. 문이 열렸다. 열차에서 내리자 살을 에는 찬 공기와 비에 젖은 흙냄새가 두 사람을 맞이했다.

"눈 떠."

가슴 깊이 쓰라린 두려움이 일었다. 모리건은 어느새 크로우 저택의 정문 앞에 서 있었다. 집에 돌아온 것이다.

네가 원한 일이야, 모리건은 스스로에게 상기시켰다.

고사메르 노선은 네버무어에서 자칼팩스까지 그 먼 거리를 몇 분 만에 왔다. 돌아보니 열차는 사라지고 없었다. 크로우 저택과 그 너머의 숲을 갈라놓는 높은 철문뿐이었다. 모리건은 고개를 저었다. 불가능한 일이었다.

눈에 익은 은빛 까마귀 문고리가 머리 위에서 모리건을 노려봤다. 모리건이 문을 두드리려고 손을 드는데 주피터가 단단한 나무 문으로 걸어가 그대로 문 속으로 사라졌다.

"말도 안 돼." 모리건이 숨소리처럼 중얼거렸다.

주피터의 손이 다시 쑥 나오더니, 모리건을 옛집 복도의 어둑한 불빛 밑으로 잡아당겼다.

"이게 무슨, 어떻게, 방금 어떻게 한 거예요?"

주피터가 모리건을 힐끗 쳐다봤다. "엄밀히 말하면 우리는 아직 네버무어에 있어. 적어도 몸은 말이야. 고사메르는 폐쇄해야 하는 노선인데, 영토 사이를 오가는 탐험가로서 비밀 취급 인가 9등급 신원인 나 같은 사람은… 특권을 약간 누리지."

모리건은 그 특권 때문에 체포당할 수도 있는 건 아닌지 궁금했다. "어떻게 우리가 아직 네버무어에 있을 수 있다는 거예요? 지금 할머니 집에 들어와 있잖아요."

"왔다고는 할 수 없어. 우리는 고사메르를 이용해서 여행하는 중이야."

"그게 뭔데요?"

"모든 것 그 자체야. 그건… 어떻게 설명해야 좋을까?" 주피터는 말을 멈추고 숨을 깊이 들이마시며 시선을 위로 올렸다. 모리건은 주피터가 전에도 한 번 고사메르에 대해 설명하려다 처참히 실패했던 게 떠올랐다. "우리는 전부 고사메르와 연결되어 있고, 고사메르는 우리 곁의 어디에나 있어. 내가 보는 현상들, 이를테면 네가 꾸는 악몽이나 어떤 초록색 찻주전자가 거쳤던 역사도 전부 고사메르 안에 존재해. 말하자면 아주 가늘고 투명한 실을 한데 엮어서 눈에 보이지는 않지만 어마어마하게 큰 거미줄을 만들고, 그 안에서 모든 걸 연결시켜 놓은 거야. 간단히 말해서 고사메르는 어떤 의도를 갖고 이 실을 따라 여행할 때 이동 수단이 되어 주지. 원래 영토 탐험 과정에서 나온 부산물이었어. 연맹에서 13연대인가 14연대 전에 처음 만들었어. 몸은 네버무어에 안전하게 남아 있고, 의식만 나와서 아무에게도 들키지 않고 공화국을 여행하는 거야. 아주 기발한 장치지. 그리고 *대단히* 중요한 비밀이니까 부디 아무에게도 말하지 말거라. 공용 목적으로는 한 번도 운행된 적이 없어. 너무 불안정해서 말이야. 요새는 군 최고위직 인사들도 탑승 금지야."

"어째서요?"

주피터가 얼굴을 찡그렸다. "이런 방식으로 여행하는 게 아무한테나 다 맞지는 않거든. 어떤 사람들은 고사메르 노선을 탔다가 조금… 잘못됐어. 몸과 정신이 분리되었다가 원래대로 완벽하게 합쳐지질 못했지. 몸과 정신이 평생 따로 움직이니, 사람이 미칠 수밖에. 자기가 뭘 하고 있는지 이해하지 못한다면 고사메르를 이용하는 건 아주 위험한 일이야."

"나도 내가 뭘 하는 건지 모르는데요!" 모리건은 살짝 겁을 먹었다. "나를 왜 여기에 태웠어요?"

주피터가 코웃음을 쳤다. "고사메르 노선을 타도 괜찮은 사람이 있다면, 그건 너야."

"내가 왜요?"

"왜냐하면 너는…" 말을 멈춘 주피터는 하려던 얘길 다시 삼키는 눈치였다. "왜냐하면 너는… 나하고 같이 있으니까." 주피터는 눈길을 돌렸다. "여기 오래는 못 있어. 알겠니?"

모리건은 이 기분이 실망감인지 안도감인지 분간이 가지 않았다. "그렇지만 나는 와 보고 싶었던 게 아니에요. 아주 돌아오고 싶었다고요."

"네가 말한 게 이런 뜻이 아니었다는 건 알아. 다만 나도 네가 확신을 세운 다음에—"

"행복한 크리스마스예요!" 아이비가 복도를 휩쓸며 환하게 웃는 얼굴로 두 사람을 향해 걸어왔다. 모리건은 앞으로 나가며 상황을 설명하려고 했지만, 새어머니는 새틴 드레스를 바스락거리며 그 자리를 곧장 지나쳐 갔다. 아이비가 지나간 자리에 역할 정도로 달콤한 향수 냄새가 진동했다. "즐거운 크리스마스예요, 여러분!"

모리건은 아이비를 뒤따라 거실로 들어갔다. 그곳에는 사람들이 가득했다. 모두들 빛나는 안주인을 향해 유리잔을 높이 들었다. 아이비가 피아노 앞에 앉은 젊은 남자에게 손짓을 하자, 그는 경쾌한 크리스마스 캐럴을 연주했다. 커버스는 턱시도를 입고 옷깃에 장미 한 송이를 꽂은 차림으로, 거실 맞은편에서 아내를 보며 활짝 웃었다.

"파티를 하고 있어요." 모리건이 말했다. "한 번도 한 적이 없었는데."

주피터는 아무 말도 하지 않았다.

모리건이 지켜보는 사이, 손님들이 박수를 치자 아이비와 아버지는 못 이기는 척 즉석에서 춤을 추기 시작했다. 왈츠를 추며 지나가는 아버지에게 어떤 남자가 뭐라고 말을 건네자 아버지는 고개를 뒤로 젖히며 크게 소리 내어 웃었다. 아버지가 저렇게 웃는 모습을 본 적이 몇 번이나 있었나, 손가락을 꼽아 보자니 한 손으로도 충분했다. 사실 손가락 한 개밖에 필요 없었다. 그 한 개는 오늘이었다.

"사람들한테 내가 보이나요?"

주피터는 대답을 망설이며 벽에 바짝 붙었다. "사람들에게 너를 보여 주고 싶은 경우에만."

모리건이 미간을 찡그렸다. "보여 주고 싶어요."

"아닌 것 같은데."

아이비는 집 안을 새롭게 장식했다. 새 커튼을 달고 소파 덮개(붉은빛이 도는 파란색이었다)도 바꾸고 꽃무늬 벽지로 도배도 새로 했다. 무언가를 전시할 수 있는 공간마다 액자가 빼곡했는데, 액자 속 사진의 주인공은 모두 커버스와 아이비 그리고 새로 태어난 아기, 아니 *아기*들이었다. 쌍둥이였다. 엄마를 닮은 연한 금발과 발그레한 얼굴이 똑같은 남자아이 둘. 두 칸짜리 은색 액자에는 '울프람'과 '군트람'이라는 이름이 화려한 글꼴로 새겨져 있었다.

그렇게 모리건에게 남동생들이 생겼다. 모리건은 이 새로운 소식을 사방에서 빙글빙글 휘몰아치는 파티처럼 받아들여 보려고 애썼지만, 불가능하다는 것을 깨달았다. *나한테 남동생이 있어.* 모리건은 생각하고 또 생각했다. *내게 남동생이 두 명 생겼어.* 하지만 한마디 한마디가 공기처럼 가벼워서 아무런 무게도 의미도 느껴지지 않았기 때문에, 그냥 생각들이 흩날려 사라지도록 내버려 두었다.

모리건은 할머니가 어디에 계실까 생각하다가, 짐작 가는 장소가 있다는 걸 깨달았다.

⬥

죽은 크로우들의 방은 어둡고 고요했다. 모리건이 기억하는 그대로 냉하고 썰렁한 느낌과 퀴퀴한 냄새는 여전했다. 달라진 건 딱 하나, 모리건의 초상화도 이제 그곳에 걸려 있다는 사실이었다.

그곳을 **죽은 크로우들의 방**이라고 부르는 사람은 사실 모리건밖에 없었다. 그 방의 진짜 명칭은 재미없게도 초상화실이었다. 하지만 그곳에 얼굴을 걸 수 있는 사람은 크로우 가족뿐이었고, 그것도 죽은 다음에나 가능했다. 무슨 까닭인지 몰라도 할머니가 특히 좋아하는 장소가 바로 거기였다. 가끔 할머니가 몇 시간씩 종적을 감출 때마다, 할머니를 찾을 일이 생기면 그 방을 가장 먼저 들여다보곤 했다. **죽은 크로우들의 방**에 서서 캐리언 크로우(모리건의 할아버지의 증조할아버지로, 사냥을 떠났다가 부리던 종자가 쏜 총에 맞는 사고를 당했다)부터 카망베르 크로우(아버지가 훈장처럼 여겼던 그레이하운드인데, 비누 한 통을 갉아 먹고는 입에 거품을 물고 죽었다)까지 이어져 내려간 위대한 계보를 가만히 바라보았다.

놀랍게도 할머니는 특별히 좋은 위치를 모리건의 자리로 지

정해 두었다. 경주마에서 떨어져 변을 당한 덕망 높은 보로나 고모할머니와 커버스와 형제로 태어났지만 어려서 열병으로 사망한 버트람 삼촌의 초상화 사이였다. 할머니는 죽은 크로우 가족의 초상화 자리를 두고, 누구 얼굴을 어느 자리에 걸지 까다롭게 굴기로 유명했다. 모리건의 돌아가신 어머니 자리는 방 맨 끝에서도 저 아래, 추억하는 사람도 별로 없는 애완동물과 팔촌 친척들 사이였다.

모리건의 초상화를 의뢰했던 화가는 크로우가 사람들의 얼굴을 60년 넘게 그린 사람이었다. 이 말은 화가가 매우 노령이고 답답할 정도로 느리다는 뜻이기도 했다. 모리건을 꼼짝도 못하게 세워 놓고 몇 시간씩 붓을 들고 비슬거렸으며, 가끔씩 "움직이지 마!"라거나 "왜 저기 음영이 지는 거지?"라거나 "숨 쉬는 거 다 보인다!"라거나 "코 긁지 마라, 고얀 놈!" 등등의 말로 호통을 쳤다.

이븐타이드 날 초상화 막바지 작업이 한창일 때, 어깨로 전화기를 받쳐 든 아이비가 줄자를 들고 들어와 통화를 하면서 모리건의 몸 치수를 쟀다.

"키가 120센티미터… 네, 그렇겠죠. 최소한… 어머, 안 돼요. 그것보다는 넓게요. 아이 어깨가 좀 넓거든요… 마호가니는 얼마죠? 그럼 소나무도 괜찮아요. 아니요, 아니에요. 커버스는 마호가니로 하라고 할 거예요. 우린 초라해 보이면 안 되거든요.

안감은 당연히 분홍색 비단을 댈 거예요. 베개에는 주름 장식을 달고, 아래쪽은 분홍색 리본을 둘러 줘요. 그리고 집으로 배달해 주는 거죠? 언제까지라뇨? 말하나 마나 내일 눈 뜨자마자 와야죠!"

통화를 마친 아이비는 모리건과 화가에게 한마디 말도 없이 휙 하고 방을 나갔다. 새어머니가 무슨 전화를 한 것인지 감이 온 순간부터 모리건은 자기가 누울 관이 온통 분홍색으로 도배될 거란 생각에 오후 내내 짜증에서 헤어나지 못했다. 그 결과, 이제는 벽에 걸린 초상화 속에서 모리건은 잔뜩 찌푸린 채 반항적인 자세로 팔짱을 끼고 있었다.

완성된 작품을 본 건 처음이었다. 모리건은 그 얼굴이 마음에 들었다.

"거기 누구요?"

할머니가 창가에 서서 유심히 쳐다보았다. 복도의 불빛이 희미하게 비추어 들어오는 게 전부인 방은 컴컴했다. 할머니는 평소 입던 검은 정장 드레스 차림에 목에는 장신구를 달고, 짙은 회색 머리카락을 정수리 위로 높이 올려붙인 모습이었다. 할머니가 쓰는 향수 특유의 친숙한 나무 내음이 향긋하게 전해졌다.

모리건은 조심스럽게 할머니에게 다가갔다. "저예요, 할머니."

할머니는 실눈을 뜨고 어두운 방을 주의 깊게 살폈다. "거기 누가 있는 게요? 말을 해요!"

"왜 나를 못 보세요? 할머니가 나를 봤으면 좋겠어요." 모리건이 작은 소리로 주피터에게 불평했다.

"계속해 봐." 주피터가 그렇게 말하며 모리건을 슬며시 앞으로 밀었다.

모리건은 심호흡을 하고 주먹을 꼭 쥐고는 혼신의 힘을 다해 생각했다. *저를 보세요. 제발 봐 주세요.* "할머니? 저예요. 저 여기 있어요."

"모리건?" 할머니가 낮게 잠긴 목소리로 말했다. 할머니는 눈을 크게 뜨고, 손녀가 서 있는 곳으로 발을 내딛으며 정신을 차리려는 것처럼 고개를 가로저었다. "거기… 정말 네가……?"

"제가 보여요?"

오넬라 크로우가 희부연 푸른색 눈으로 손녀의 얼굴을 똑바로 바라보았다. 한 번도 그런 모습을 보인 적 없던 할머니가 두 눈에 공포를 가득 담고 있었다. "아니야. 안 돼."

"괜찮아요." 모리건은 겁먹은 동물을 진정시키는 것처럼 두 손을 들었다. "유령 아니에요. 정말로 저예요. 저 살아 있어요. 죽지 않았다고요. 지금 이렇게ㅡ"

할머니는 몇 번이고 거듭해서 머리를 휘저었다. "모리건. 안 돼. 여긴 왜 온 거니? 공화국에는 왜 돌아온 게야? 넌 여기 있으면 안 돼. 그놈들이 너를 데리러 올 게야. 연기와 그림자 사냥단 말이야. *그들이 너를 데리러 온다고.*"

모리건은 날카로운 얼음 조각에 베여 몸이 떨어져 나가는 느낌이었다. 주피터를 쳐다보니, 그는 뒤에 서서 주머니에 손을 찔러 넣고 가만히 바닥을 바라보고 있었다. "어떻게 할머니가 사냥단에 대해 알고—"

하지만 할머니는 주피터를 보자 벌컥 역정을 냈다. "당신! 이 얼빠진 사람 같으니! 왜 이 아이를 데리고 돌아왔어! 네버무어에 데리고 있겠다고 약속했잖아. 자유주에서 나오는 일은 없을 거라고 했잖아. *여기 오지 말았어야지.*"

"우리가 진짜로 여기 있는 건 아닙니다, 크로우 부인." 주피터가 부랴부랴 설명하면서, 손을 쭉 뻗어 할머니의 몸을 통과해 보였다. 할머니가 몸서리를 치며 뒤로 물러섰다. "우리는 고사메르 노선으로 여행하고 있어요. 우리 몸은 지금… 얘기하자면 좀 길어요. 모리건이 돌아오고 싶어 했고, 나는 모리건에게 마땅히—"

"이 애를 데리고 절대로 다시는 돌아오지 않겠다고 약속해 놓고." 할머니가 노기 어린 눈으로 같은 말을 되풀이했다. "나한테 맹세했잖아. 안전하지 않아. 여기는… 모리건, 여기를 *떠나야만 해*—"

"*모리건이라고요?*" 문 앞에서 나는 목소리였다. 누군가 스위치를 켜자, **죽은 크로우들의 방**에 빛이 확 쏟아졌다. 커버스가 성큼성큼 걸어 들어오며 푸른 두 눈을 번득였다. 모리건이 먼저 무슨 말이라도 하려고 입을 달싹였으나, 아버지는 모리건 앞을 곧장 지나쳐 가서 할머니의 어깨를 붙잡고 흔들었다. "어머니, 노망나셨어요? 왜 이런 행동을 하시는 거예요? 다른 날도 아니고, 지금 크리스마스 파티 중이라고요, 제발 좀."

오넬라 크로우는 아들의 어깨 너머 손녀딸이 있는 쪽을 불안한 눈빛으로 흘끔거렸다. "별… 별일 아니다, 커버스. 그냥 상상에 빠져 착각한 거야."

"그 이름을 말했잖아요." 커버스는 화가 북받쳐 딱딱하게 굳은 목소리로 들릴 듯 말 듯 말했다. "복도까지 들렸어요. 누구 하나라도 복도를 지나다니다가 그 말을 들었으면 어쩌시려고 그래요?"

"아무 일도, 아무 일도 아니었다, 얘야. 아무도 못 들었어. 나는 단지… 생각이 나서……."

"다시는 그 이름을 입에 올리지 않겠다고 맹세했잖아요. 다같이 맹세하지 않았냐고요, 어머니."

모리건은 몸에 숨이 남아 있지 않은 느낌이었다.

"연방 정부에 진출할 날이 눈앞에 와 있어요. 이런 순간에 사람들에게 그 모든 기억을 다시 떠올리게 만드는 일은 절대 없어야 해요. 만일 윈터시 당에서 누구든—" 커버스는 하던 말을 멈추고 입을 꾹 다물었다. "오늘 밤은 나한테 중요해요, 어머니. 제발 그 이름을 꺼내서 망치지 말아 줘요."

"커버스—"

"그 이름은 이제 죽었어요."

커버스는 몸을 휙 돌리더니 보이지 않는 딸이 선 자리를 그대로 통과해 나가 버렸다.

***

집에서 나와 한참을 걸어 정문에 도달할 즈음 가슴속에 한기가 가득 쌓였다. 모리건은 몸을 숙이고 숨을 돌렸다.

어떻게 감각이 느껴지는 거지? 모리건은 의아했다. 얼얼하게 얼굴을 때리는 바람도, 발로 딛고 선 딱딱한 땅도, 비와 진흙과 할머니의 향수 냄새도 느낄 수 있는데, 아버지는 눈앞에 서 있는 자신을 볼 수조차 없었다.

등 뒤에서 주피터가 자갈길을 자그락자그락 밟으며 걸어오는 소리가 들렸다. 주피터는 한참을 서서, 모리건의 입에서 이제 가자는 말이 떨어질 때까지 참을성 있게 기다렸다. 충고도 하지 않고, 동정도 하지 않고, *그것 봐. 내가 뭐랬어* 같은 말도 하지 않았다. 마침내 모리건이 똑바로 서서 사시나무처럼 떨리는 심호흡을 할 때까지 기다리기만 했다.

"아시더라고요. 할머니 말이에요. 내가 살아 있다는 걸 알고 계셨어요."

"그래."

"사냥단에 대해서도 아시던데요."

"그래."

"어떻게 알죠?"

"내가 얘기했어."

"언제요?"

"이븐타이드 전에. 네 계약서에 서명할 *사람*을 구해야 했거든."

아하. 알아보기 힘들었던 그 서명을 한 사람이 할머니였구나. 비드데이에 방문 밑으로 봉투를 밀어 넣었던 사람도 할머니었어. "왜 할머니한테 간 거예요?"

"너를 예뻐하는 것 같아서."

모리건은 목멘 웃음을 지으며, 소매로 코를 슥 문지르는 척 몰래 훌쩍거렸다. 주피터는 예의 있게 잠시 동안 자기 구두가 어떤 상태인지 부쩍 신경 쓰는 시늉을 했다.

"나하고 같이 돌아가." 이윽고 주피터가 잔잔한 목소리로 말했다. "알겠지? 할머니 말씀이 옳아. 여기는 네게 위험해. 듀칼리온으로 돌아가자. 이제 그곳이 네 집이야. 네 가족은 우리야. 나와 잭, 피네스트라, 그리고 그곳 사람들 말이야. 네가 있어야 할 자리는 우리 옆이야."

"증명 평가전에 탈락해서 추방당한 다음에는요?" 모리건이 또다시 코를 훌쩍거렸다. "아저씨는 반역죄로 체포당하고요?"

"전에 말한 대로, 때가 되면 걱정을 날려 버리게 될 거야."

모리건은 물기가 다 마를 때까지 연신 얼굴을 닦아 냈다. "고사메르 노선을 타려면 어디로 가야 돼요?"

"갈 필요 없어." 주피터는 기뻐하며 안도하는 기색으로 눈빛을 환하게 밝혔다. 주피터가 등을 탁 치자, 모리건은 희미하게 웃어 보였다. "열차가 우리가 있는 곳으로 올 거야. 그래서 닻이 필요한 거란다. 고사메르 노선으로 여행할 때는 열차를 타기 전에 반드시 닻을 걸어 놔야 하지."

"그건 무슨 말이에요? 닻이라뇨?"

"승강장에 두고 온 물건 말이야." 주피터가 싱긋 웃었다. "어떤 사람에게 소중한 물건을 출발역에 남겨 두면, 그 사람과 네버무어가 눈에 보이지 않는 고사메르 거미줄의 실 한 가닥 위에 밧줄처럼 묶이는 거야. 그 자리에 남아 있다가 주인을 끌어당겨 원래의 자리로 되돌려 놓는 거지. 머릿속에 떠올릴 수 있겠니?"

모리건은 잠시 생각했다. "우산… 말이에요?"

주피터는 고개를 끄덕였다. "눈을 감고 선로 위에 걸려 있는 모습을 최대한 선명하게 떠올려 봐. 작은 것 하나도 놓치지 말고. 떠올린 심상을 머릿속에 붙들고 있어, 모그. 됐니?"

모리건은 눈을 감고 우산을 상상했다. 빛이 반지르르한 방수포와 은을 세공한 손잡이, 작디작은 오팔 새. "네."

"꽉 붙들고 있어."

"그럴게요."

모리건의 손을 감싸 쥐는 주피터의 손이 따뜻했다. 열차가 멀리서 기적을 울렸다.

— • —

호텔 듀칼리온의 홀은 따뜻하고 친근했다. 피로가 몰려와 팔다리를 축 늘어뜨리고 발을 끌며 방까지 올라가는 동안, 모리건은 머리맡에 쌓아 둔 베개와 두툼한 이불 생각이 간절했다. 벽난로에도 아직 불이 꺼지지 않았기를 바랐는데, 왠지 불길이 타오르고 있으리라는 예감이 들었다.

방 손잡이를 잡으려는데, 앙상하게 마른 차가운 손이 모리건의 팔을 와락 붙잡았다. 모리건은 숨이 멎을 만큼 놀라 뒷걸음질 쳤다.

"아! 여사님이셨어요?"

"놀라게 할 생각은 없었단다, 아가." 소프라노 가수 챈더 여사가 말했다. "나도 침실로 가던 참이야. 너나 나나 영락없는

176

올빼미네! 크리스마스 요리가 너무 기름져서 너도 소화가 잘 안 되는 거지?"

모리건은 어색하게 웃었다. 챈더 여사가 케저리와 나누었던 분하고 억울한 대화가 아직도 귓가에 생생하게 들리는 듯했다. *어쨌든 주피터가 듀칼리온을 이렇게 성공시키지 못했다면, 그다지 문제가 되지도 않았을 거예요.* "음, 네."

"그래, 잠이 오지 않아서 예전에 보던 책과 수집품을 모아 놓은 상자들을 뒤적거리고 있었단다." 챈더 여사가 구깃구깃한 종이를 한 장 꺼내서 펼치더니 구겨진 부분을 조심스러운 손길로 반듯하게 매만졌다. "네가 이걸 보고 싶어 할 것 같아서. 어딘가 비슷한 게 있을 줄 알았다니까. 물론 최근 것은 아니야. 그때는 20대나 30대쯤이었을 거야. 지금은 백 살도 훨씬 더 됐겠지. 이렇게 잘생긴 청년이 악명 높은 에즈라 스콜이었다니. 이것 봐. 하긴 요즘에는 이런 얼굴을 잘생겼다고 하지 않는 것 같기도 하더라. 내가 대량 학살범한테 잘생겼다고 말했다는 건 아무쪼록 어디 가서 말하지 말아 줘. 사람들이 횃불과 갈퀴를 들고 나를 잡으러 올 거야." 챈더 여사가 한쪽 눈썹을 추켜올리고 모리건을 보며 음모를 나누는 사람처럼 미소 지었다. "네가 가져도 돼. 진본 유화 그림은 따로 있고 이건 그냥 복제본이거든. 네가 네버무어의 역사에 관심을 기울이는 게 반가워서. 이 특정한 시기가 무시무시하게 보일 수도 있었을 텐데. 잘 자라.

모리건. 그리고 기쁜 성탄절과 새해 되렴, 아가." 챈더 여사는 모리건의 손을 힘주어 꼭 쥐고는 다정하게 바라보며 걸음을 돌렸다. 마치 원드러스협회에 들어갈 가망도 뭣도 없는 불쌍하고 어린애에게 친절하게 대해 주자고 마음먹은 것 같았다.

하지만 이번만은 모리건도 평가전에서 합격할 가능성 같은 게 생각나지 않았다.

모리건은 아무 말도 할 수 없었다. 목구멍이 꽉 막힌 느낌이었다.

그림 속 남자는 평온하게 웃고 있었다. 남자는 잿빛 갈색 머리를 매끈하게 뒤로 넘기고, 비싸 보이는 철 지난 정장을 흐트러짐 없이 말끔하게 착용한 모습이었다. 검은 눈과 속이 들여다보일 듯이 창백한 피부, 수줍은 미소와 앙상한 이목구비까지, 모두 모리건이 마지막으로 보았던 모습 그대로였다. 그리고 저 흉터도. 가늘고 흰 선처럼 눈썹을 딱 반으로 가르는… 그 흉터도 알았다. 모리건은 이 남자를 알았다.

이 사람은 존스 씨였다.

20장

감쪽같이 사라지다

네버무어를 하얗게 덮었던 눈은 크리스마스가 지나고 며칠 사이에 지저분한 회색 진창으로 변했다. 세찬 빗줄기가 호텔 듀 칼리온의 유리창을 후려쳤고 들떴던 크리스마스 분위기는 순식간에 우울한 축제 증후군으로 착 가라앉았다. 모리건이 1년 내내 그토록 두려워했던 증명 평가전도 매분 매초 가까워졌다.

하지만 믿기 어렵게도 증명 평가전은 이제 모리건의 걱정 순위에서 두 번째로 밀려났다.

　크리스마스 때부터 이틀 내내 고민에 빠진 모리건은 에즈라 스콜과 존스 씨에 대해 알게 된 사실을 주피터에게 말하려고 용기를 끌어모았다. 주피터의 사무실 앞에서 문을 두드리려 할 때마다, 손이 하얗게 질리도록 에즈라 스콜의 그림만 꽉 움켜쥐고 있다가 끝내 용기가 나지 않아 번번이 걸음을 돌렸다.

　주피터에게 사실대로 말하고 싶은 마음은 간절했다. 하지만 *뭐라고 한단 말인가? 무슨 말을 할 수 있겠는가? 아저씨는 어떻게 생각하세요? 유사 이래 가장 사악한 사람이 내가 뛰어난 악당 제자가 될 거라고 생각했대요. 참, 그리고 그 사람이 몇 달 동안 나를 만나러 네버무어에 왔어요. 참참, 그리고 내가 도시 전체를 위험에 빠뜨린 건, 아저씨한테 알리고 싶지 않아서 그런 거예요.*

　모리건은 무엇보다도 호손과 이야기하고 싶었다. 마음속에서 이 엄청난 사실이 부글부글 끓어올라 용암처럼 막 밖으로 터져 나오려고 하는 때에 마침내 호손이 하일랜드에서 돌아왔다.

　"*확실한 거야?*" 호손은 실눈을 뜨고 그림을 보면서, 일말의 희망이라도 잡고 싶어 하는 목소리로 말했다. "그 사람의 할아버지일 수도 있잖아?"

　모리건은 속이 터질 것 같아 한숨을 쉬고 눈알을 굴린 게 그날 오후에만 벌써 수백 번째였다. 잠도 거의 자지 못하고, 지금은 바닥이 닳아 일자로 길이 날 정도로 방 안을 왔다 갔다 하고 있었다(방은 그게 재미있었는지 벽을 조금씩 뒤로 밀었다. 그 바람에 모리건이 왔다 갔다 할 때마다 걸어야 하는 거리가 조금씩 늘어났다).

"정말이야. 그 사람이라니까. 정확히 같은 사람이라고. 그 사람도 같은 흉터가 있고, 입술 위에 이런 주근깨가 있어. 코도 똑같고, 전부 똑같아. 이게 존스 씨가 아니면 난 모리건 크로우가 아니야."

"하지만 뭐 때문에 자기 비서인 척 하고 다니겠어?"

"아마 요만큼도 늙지 않고 이 초상화를 그린 *백 년 전*쯤의 모습 그대로이기 때문이겠지." 모리건은 호손이 들고 있던 종이 묶음을 빼앗아 호손의 코앞에 들이밀었다. "봐. 너도 할로우마스 때 그 사람을 봤잖아. 이것 좀 *보라고*."

입술을 비죽 내민 호손은 그림을 다시 제 앞에 놓고 실눈을 뜨며 관찰했다. 그리고 한숨을 길게 쉬더니 결국 꺼림칙한 얼굴로 고개를 끄덕였다. "그 사람 맞아. 아닐 수가 없어. 저 흉터도—"

"맞아."

호손이 이마를 구겼다. "하지만 챈더 여사 말로는—"

"—자유주에 입국 금지를 당했다고 했지. 나도 알아." 모리건이 호손의 말을 가로챘다. "그리고 케저리 아저씨는 도시 스스로가 고대의 마법으로 이 사람을 막고 있다고 했고."

"그래 맞아. 게다가 많은 사람들이 경계를 지킨다면서? 천공군도 있고, 국립마법위원회랑, 마법사연맹이랑, 또 많이 있잖아? 누가 그런 감시망을 뚫고 들어올 수 있겠어? 그건 원더스미스라도 불가능해."

모리건은 안락의자에 털썩 주저앉아 쿠션을 끌어안았다. "하지만 존스 아저씨는, 그러니까 에즈라 스콜은 *이*곳에 온 적이 있어, 호손. 내가 봤어. 우리 둘 *다* 그 사람을 봤잖아. 이건 도무지 말이 안 돼."

두 사람은 잠깐 동안 말없이 앉아, 유리창을 두드리는 빗소리에 귀를 기울였다. 날이 저물고 있었다.

호손이 한숨을 내쉬었다. "그만 가 봐야 돼. 어두워지기 전에 오겠다고 아빠와 약속했거든. 증명 평가전이 내일이야. 깜박하지 마라." 호손이 농담처럼 덧붙였다. 두 사람 중 누군가 협회로 가는 마지막 평가전을 깜박 잊기라도 할 것처럼. 모리건이 몇 달이나 악몽을 꾸며 시달렸던 그날을 잊기라도 할 것처럼.

호손은 진지한 얼굴로 한참 동안 친구를 물끄러미 바라보았다. "모리건, 내 생각에 이제 더는 이 일을—"

"나도 알아." 모리건이 조용히 말하고는 어둡게 그림자 진 창밖을 내다보았다. "주피터 아저씨에게 말해야지."

———◆———

모리건이 머뭇거리며 주피터의 서재 문을 두드렸다.

"뭐야?" 툴툴거리며 대답하는 목소리는 확실히 주피터가 아니었다. 문을 열어 보니 피네스트라가 벽난로 앞 양탄자 위에 몸을 길게 뻗은 채 누워 있었다. 성묘는 입이 찢어져라 하품을 하면서 노란 눈을 가슴츠레 뜨고 모리건을 쳐다봤다. "왜 왔어?"

"어디 갔어요? 지금 만나야 해요. 급한 일이에요."

"누구?"

"*주피터 아저씨* 말이에요." 모리건은 짜증이 나는 걸 굳이 숨기지 않았다.

"여기 없어."

"알아요. 그 정도는 나도 보여요." 모리건이 빈 서재를 가리키며 말했다. "어디 있어요? 스모킹팔러에 있어요? 식당이에요? 핀, 중요한 일이에요."

"*여기 없다고* 했잖아. 지금 호텔에 없다고."

"아저씨가, 뭐라고요?"

"떠났어."

모리건은 심장이 철렁했다. "떠나다니, *어디로요?*"

피네스트라는 어깻짓을 한 번 하고, 발을 한 번 핥은 뒤 말했다. "몰라."

"언제 돌아오는데요?"

"말 안 하던데."

"하지만, 하지만 마지막 평가전이 내일이에요." 모리건이 목소리를 높여 말했다. "그 전에는 돌아오겠죠?"

피네스트라가 돌아눕더니 양탄자를 긁다가 노곤하게 귀를 비벼 댔다.

모리건은 불현듯 무서워졌다. 주피터는 호텔을 한 번 떠나면 어떤 때는 몇 시간 만에 돌아왔지만, 어떤 때는 며칠이나 몇 주씩 자리를 비우기도 했다. 모리건은 주피터가 언제 돌아올지 몰랐고 어느 누구도 알지 못했기 때문에, 그가 증명 평가전이 시작되기 전까지 돌아오지 않을지도 모른다는 생각이 들자 싸늘한 두려움이 밀려왔다.

주피터는 모리건과 약속했다. 그는 약속을 했다.

네버무어 바자 때도 데려간다고 그렇게 약속했었지, 머리 뒷골에서 작은 목소리가 말했다. *그 약속이 어떻게 됐는지 생각해 봐.*

하지만 이 경우는 달라, 모리건이 스스로를 다독였다. 이번에는 *평가전*이 걸린 일이었다. 그만큼 중요한 약속이었다. 주피터가 자신이 신경 쓰겠다고 맹세했고, 모리건은 생각조차 할 필요가 없다고 말했던 약속이었다. 모리건은 평가전에 대해 걱정하지 *않으려고* 있는 힘을 다해 노력했다. 그런데 이제 와서 뭐? 이번 평가전은 모리건 혼자서는 해낼 수가 없었다. 모리건은 자신에게 있다는 재능이 뭔지 알지도 못했다.

"피네스트라, 제발!" 모리건이 버럭 소리치자, 피네스트라가 고개를 돌려 모리건에게 눈을 부라렸다. "아저씨는 *지금 뭘 하길래, 어디로 가 버린 거냐고요!*"

"주피터는 중요한 일이 있다고 했어. 내가 아는 건 그게 다야."

모리건은 심장이 덜컥 내려앉았다. 모리건의 인생에서 가장 중요한 날을 위해 그 자리에 있어 주는 것보다 더 중요한 일이라고? 약속을 지키는 것보다 더 중요한 일이라고?

뒤통수를 맞은 기분이었다. 모리건은 궁지에 몰린 사람처럼 급작스레 공포에 사로잡혀 애초에 주피터를 찾아온 이유가 무엇이었는지 까맣게 잊었다.

모리건은 혼자였다. 증명 평가전도 주피터 없이 혼자 치러야 할지 몰랐다. 모리건에게는 *아무도 없었다.*

모리건은 난로 옆에 놓인 가죽 안락의자에 털썩 주저앉았다. 온몸이 납덩이같았다.

피네스트라가 벌떡 일어나 모리건이 앉은 안락의자로 오더니, 찌부러져 보이는 커다란 털투성이 얼굴을 모리건의 눈높이로 내렸다. "주피터가 네 평가전 때문에 여기 있겠다고 말했어?"

눈물 때문에 눈이 따끔거렸다. "네, 하지만—"

"자기가 알아서 한다고 했어?"

"네, 하지만—"

"다 잘될 거라고 약속했어?"

뜨거운 눈물이 모리건의 얼굴을 타고 흘러내렸다. "네, 하지만—"

"그럼 결론이 난 거네." 피네스트라가 커다란 호박색 눈을 차분히 깜박거리며 고개를 한 번 끄덕했다. "주피터는 네 평가전을 치르러 돌아올 거야. 주피터가 알아서 할 거고. 모든 게 다 잘될 거야."

콧물을 훌쩍거리던 모리건은 셔츠 소매로 코를 닦았다. 그리고 눈을 질끈 감고 고개를 흔들었다. "그걸 어떻게 알아요?"

"주피터는 내 친구야. 나는 내 친구를 알아."

피네스트라는 한동안 잠잠했다. 모리건은 피네스트라가 선 채로 잠이 들었다고 생각했다. 그때 무언가 따뜻하고 축축하고 까칠까칠한 것이 피부에 닿더니 오른쪽 얼굴 전체를 핥았다. 모리건은 또 코를 훌쩍였다. 피네스트라가 커다란 잿빛 머리로 다정하게 모리건의 어깨를 비비적거렸다.

"고마워요, 핀." 모리건이 가만히 말했다. 피네스트라가 조용한 발걸음으로 사뿐히 문을 향해 걷는 소리가 들렸다. "핀?"

"음?"

"침에서 정어리 냄새가 나요."

"그래, 뭐. 나는 고양이잖아."

"이제는 내 얼굴에서도 정어리 냄새가 나요."

"알게 뭐야. 나는 *고양이라니까.*"

"잘 자요, 핀."

"잘 자라, 모리건."

21장

증명 평가전

"와, 솜사탕이다." 호손이 제복을 입고 간식거리를 판매하는 트롤경기장 직원에게 손을 흔들었다. "먹을래? 크리스마스 때 할머니한테 용돈을 받았거든."

모리건은 고개를 저었다. 배 속에 음식이 들어갈 공간도 별로 없었지만, 남은 공간마저 긴장감과 메스꺼움을 비롯해 오늘이 바로 평생 가장 창피한 날이 될 거라는 확신으로 가득 차오르고 있었다. "너는 긴장 안 돼?"

호손은 어깨를 으쓱이며 솜사탕을 물고 기다랗게 뜯어냈다. "약간. 되는 것 같아. 하지만 새로 익힌 묘기를 선보이거나 하진 않거든. 낸시 코치님이 내가 제일 자신 있는 기술로만 준비해야 한다고 하셨어. 내가 탈 용을 직접 고를 수만 있다면 좋을 텐데."

"네 용을 타는 게 아니야?"

호손이 짧고 굵게 웃음을 뿜었다. "내 용이라고? 너 제정신이야? 내 용 같은 건 없어. 어떤 부모가 용을 살 돈을 감당할 수 있겠어?" 호손은 손가락에 묻은 끈적한 분홍색 솜사탕을 핥았다. "나는 기술을 구사할 때 주니어 용타기 리그의 페더급 용 가운데 하나를 타. 보통은 **바람을 탄 사탕 종이처럼 가뿐히 날아오르는 비행**이나 **바다에 뜬 기름막처럼 햇빛 아래 감실거리는 빛**을 타지. 기름막이 확실히 길은 제일 잘 들었는데, 사탕 종이가 훨씬 더 용감해. 급강하를 하다 곡선 비행을 하는 기술도 능숙하고."

"왜 그 용들을 타면 안 돼?"

"협회가 어떤 곳인지 알잖아." 모리건은 공화국 사람이라 잘 모른다는 사실을 군이 되새겨 주지 않았다. "협회는 자기들 용이 연맹 소속 용보다 낫다고 생각해. 낸시 코치님은 협회하고 실랑이를 해 봐야 좋을 게 없다고 하셔. 그래도 나는 하일랜드 종은 걸리지 않았으면 해. 그쪽은 덩치가 너무 커서 말이야. 하일랜드 종을 타면 방향 전환도 제대로 못 한다고. 어, 저기 봐. 시작한다."

드디어, 모리건은 원로들이 트롤경기장으로 입장하는 모습을 지켜보면서 생각했다. 관중석에서 함성이 터졌다. 퀸 원로가 손을 들어 함성을 가라앉히고 마이크에 다가가 인사했다.

"환영합니다." 퀸 원로의 목소리가 스피커에서 우렁우렁 울렸다. "원드러스협회 919기의 마지막 평가전이 시작됩니다."

또다시 함성이 터졌다. 모리건의 귀가 울렸다. 경기장은 살아남은 지원자와 그 후원자들을 비롯해 새로운 인재를 지켜보기 위해 모인 협회 회원들과 함께 온 친구와 가족들로 발 디딜틈 없이 꽉 차 있었다. 호손의 부모님은 관중석 위쪽 어딘가에 앉아 있었는데, 특별히 모리건을 응원하러 주말을 이용해 집에 돌아온 잭도 함께였다. 모리건은 잭 때문에 깜짝 놀랐고 사실 꽤 감동받았다. 트롤경기장은 축제 분위기로 들썩였다. 마치 평소와 다름없는 어느 날처럼 놀러 나온 사람들이 지켜보는 가운데 곧 두 트롤이 서로 머리를 후려치는 경기가 펼쳐질 것만 같았다.

"존경하는 협회 회원 여러분, 환영합니다. 후원자 여러분, 환영합니다. 그리고 가장 열렬한 환영을 우리 지원자들에게, 일흔다섯 명의 용감한 어린 학생들에게 전하고 싶습니다. 이들은 지금까지 매우 많은 과제를 완수했고, 나와 내 동료 원로들이 아주 커다란 자부심을 가질 수 있게 해 주었습니다.

지원자 여러분, 오늘 이곳에 도착했을 때 무작위로 받은 번호는 평가전에서 여러분이 시험에 임하게 될 순번입니다. 협회 임원이 여러분 자리로 가서 다섯 명씩 그룹을 만들 겁니다. 준비하고 있다가 번호를 호출하면 신속하게 움직여, 임원을 따라 출입구 쪽으로 내려오시기 바랍니다. 여러분의 후원자가 그곳에서 여러분을 맞이하여 경기장 안으로 안내해 줄 겁니다."

"네, 운이 좋으면 그러겠죠." 모리건이 투덜거리자, 호손이 콧김을 뿜더니 딱하다는 얼굴로 모리건을 보며 웃었다. 호손은 오늘 평가전에서 열한 번째 순서였지만, 모리건이 받은 번호는 73이었다. 번호를 받았을 때는 긴장한 채 기다려야 하는 시간이 너무 길어 불만이었다. 하지만 호손이 말한 대로, 순서가 뒤쪽일수록 주피터가 올 때까지 주어지는 시간도 길어졌다.

퀸 원로가 설명을 이어 나갔다. "자기 순서가 끝난 뒤에 등수가 최상위 9위 안에 든 지원자는 순위표에 이름이 뜰 겁니다. 9위 안에 들지 못한 지원자는… 모두 다른 어딘가에서 미래를 위한 보금자리를 찾게 되길 기원합니다. 행운을 빕니다, 학생 여러분. 시작합시다."

첫 번째로 경기장에 들어선 지원자는 더스티정션의 디나 킬번이었다. 디나 킬번이 무언가를 시작하기에 앞서, 킬번의 후원자가 야단법석을 떨며 의자와 탁자와 사다리를 아무렇게나 높이 쌓아 즉석에서 정글짐 같은 것을 만들었다.

디나 킬번은 놀라웠다. 날렵한 등반가 같기도 하고, 놀라운 곡예사 같기도 했는데, 모리건이 정말 충격을 받을 정도로 놀란 이유는—

"*원숭이였어?*"

호손이 웃음을 터뜨렸다가 죄를 지은 사람처럼 주변을 두리번거렸다. "모리건! 그런 식으로 부르면 안 돼. 저 애는 *진짜* 원숭이가 아니야. 그냥 꼬리만 달린 거야."

디나 킬번은 군더더기 없이 몸을 휙 흔들며 이 탑에서 저 탑으로 옮겨 다녔고, 꼭대기에서 균형을 잡거나 꼬리를 이용해 거꾸로 매달리거나 하다가 완벽하게 바닥에 착지하며 마무리했다. 하지만 원로들은 1분 만에 결론에 도달하고는 순위표에 아무 이름도 띄우지 않은 채로 디나 킬번을 내보냈다. 디나는 하늘이 무너진 듯한 표정이었다.

"후." 호손이 졸아든 듯 말했다. "시작부터 만만치 않네."

모리건은 당황했다. 원로들이 기대하는 게 *정확히 뭘까?* 어떤 사람이어야 원드러스협회의 일원으로 받아들여지는 걸까? 모리건은 자신이 아는 협회 회원들을 떠올렸다. 주피터는 아무도 보지 못하는 현상을 보는, 이해하기 쉽지 않은 비기가 있었다. 챈더 칼리 여사는 작위를 받은 오페라 가수로 작은 숲속 동물을 모으는 비기를 가졌다. 두 사람은 열한 살 때 디나 킬번보다, 원숭이 꼬리가 달린 저 놀라운 곡예사보다 더 뛰어난 비기를 보여 준 것일까? 아니면 원로들이 찾는 다른, 뭐라 말로 설명하기 힘들지만 윈드러스협회 회원에게 완벽하게 들어맞는 어떤 자질이 있는 걸까?

디나 킬번 뒤로 시험 무대는 계속 하향 곡선을 그렸다.

다음 지원자로 나왔던 풍경 화가와 장애물 넘기 선수, 마술사, 그리고 우쿨렐레를 연주하는 소년 모두 9위 안에 이름을 올리지 못했다. 두 번째 그룹으로 넘어간 뒤로도 순위표는 여전히 텅 빈 채로 남아 있었다.

아무도 순위 안에 들지 못한 상태에서 아홉 번째 지원자인 셰퍼드 존스가 무대에 올랐다. 그는 개와 대화할 수 있다고 주장하는 남학생이었다. 셰퍼드 존스는 크고 작은 개 10여 마리를 데리고 나와 놀라운 기술을 연속적으로 선보였다. 존스가 개 짖는 소리로 명령하자, 관중이 환호하는 가운데 개들은 고리를 통과하고, 뒷다리로 뒷걸음질을 치고, 함께 춤을 추었다. 하지만 원로들은 여전히 회의적인 얼굴이었다.

"개 한 마리를 내게 보내 보렴." 퀸 원로가 지시했다. 셰퍼드가 파란색 소몰이 개에게 짖는 소리를 내자, 개가 관중석 쪽으로 달려가 퀸 원로 앞에 멈춰 섰다. 퀸 원로는 개에게 손가방 안에 든 것을 보여 준 뒤 셰퍼드 존스에게 돌려보냈다. "자, 개가 뭘 봤는지 말해 보거라."

셰퍼드는 무릎을 꿇고 앉아 개와 짧게 대화를 나누었다. "동전 지갑, 돼지고기 파이, 우산, 립스틱, 둘둘 만 신문, 돋보기와 연필." 개가 한 번 더 짖었다. "아, 그리고 치즈도 한 조각 있답니다."

퀸 원로가 고개를 끄덕이자, 관중석에서 박수가 터져 나왔다.

개가 두 번 짖었다. 셰퍼드 존스가 주춤거리며 퀸 원로를 힐끔 쳐다보았다. "저, 이 녀석이 돼지고기 파이를 먹어도 되는지 물어보는데요?"

퀸 원로가 활짝 웃으며 셰퍼드에게 파이를 던져 주었다. "옜다. 치즈도 먹으렴."

개가 짧게 낑낑거리더니 세 번을 짖었다. 셰퍼드가 얼굴을 붉혔다. "그 말은 안 할 거야." 셰퍼드 존스가 나직이 말했다.

"개가 뭐라고 했니?" 웡 원로가 물었다.

셰퍼드 존스는 자신의 머리를 헝클어뜨리면서 바닥을 내려다보았다. "치즈를 먹으면 변비가 온다고 하네요."

셰퍼드 존스는 순위표에 이름이 올라간 첫 번째 지원자가 되었다. 관중은 트롤경기장 양쪽 끝에 설치된 커다란 화면에 셰퍼드 존스라는 이름이 나타나자 박수를 보냈다.

하지만 열 번째 지원자로 나온 말리도어 웨스트라는 여학생은, 11분 만에 특이한 모자 세 개를 만들어 원로들에게 한 개씩 선물했지만 순위 안에 들지 못했다.

다음은 호손의 차례였다. 모리건은 다음 그룹 다섯 명과 함께 경기장으로 내려가는 호손에게 행운이 따르기를 빌었다. 호손은 머리끝부터 발끝까지 연한 갈색 가죽 옷을 입고, 낸시 도슨이 지원자를 소개하는 동안("네버무어에서 온 호손 스위프트입니다!") 정강이 보호대와 손목 보호대, 경기용 안전모를 착용했다. 숨을 죽이고 입을 벌린 관중 앞으로 원드러스협회의 용 조련사가 6미터 남짓한 크기의 용을 이끌고 나왔다. 용은 보는 각도에 따라 빛깔이 변하는 초록색 비늘과 보석처럼 밝게 빛나는 긴 꼬리를 가지고 있었다.

물론 모리건도 용 사진을 본 적이 있었다. (공화국에서 용은 위험도 A급의 최상위 포식자인 동시에 대규모 전염병 유발 동물로 취급됐고, 인위도태에 나서는 철이 되면 위험야생동물척결단이 신문 머리기사를 장식하는 일도 잦았다. 기사는 용의 서식처를 파괴하는 데 성공했다는 내용이거나 척결단원들의 머리가 불타 없어졌다는 내용이었다.) 하지만 실물을 보는 건 전혀 달랐다. 호손이 밤에 몰래 용 우리에 들어가게 해 주겠다고 몇 번 제안한 적도 있었다. 훈련 기간 중에는 모리건을 정식으로 초대할 수 없었다. 그러나 주피터는 모리건의 팔다리가 네 개 다 있는 쪽이, 의수나 의족이 있긴 하지만 어쨌든 태어날 때부터 있었던 팔다리를 잃지 않는 쪽이 좋겠다며 거절했다.

용은 왼쪽에서 오른쪽으로 고개를 돌리며 갈라진 틈처럼 생긴 콧구멍에서 찌는 듯이 뜨거운 콧김을 폭발하듯 뿜어냈다. 의자에 앉아 있던 관중이 몸을 뒤로 젖혔다.

호손은 재채기 한 번만 잘못해도 사람을 감자튀김처럼 튀겨 버릴 태고의 파충류에게 다가가면서도 전혀 동요하지 않았다. 몇 분 동안 처음 만난 용을 익히고, 용에게도 자신의 존재를 편하게 받아들일 시간을 주면서 옆구리를 부드럽게, 그러나 단호한 손길로 토닥였다. 용은 불타는 듯한 오렌지색이 선명한 한쪽 눈으로 호손을 살벌하게 쳐다보았다.

호손은 용의 둘레를 한 바퀴 돌며 손바닥으로 울퉁불퉁한 가죽을 다독여 자신의 위치를 알리면서 놀라지 않도록 신호를 주었다. 모리건은 크로우 저택에서 마구간지기가 아버지의 마차를 끄는 말을 돌볼 때 똑같이 하는 모습을 본 적이 있었다. 원로들은 앞으로 몸을 내밀고 호손이 용과 교감을 나누는 모습을 면밀히 지켜보았다. 특히 윙 원로는 감명을 받은 얼굴로 퀸 원로를 쿡쿡 찌르며 계속 귓속말을 건넸다.

호손은 원드러스협회 조련사에게서 커다란 날고기 한 점을 받아 용에게 먹이고, 목 부분부터 점점 더 거칠게 툭툭 치더니 마침내 한 치의 망설임도 없이 도움닫기로 뛰어올라 용의 양어깨뼈 사이에 장착해 둔 안장에 올라탔다. 호손이 재빨리 고삐를 붙잡고 몸을 앞으로 홱 숙이자 거대한 초록빛 파충류가 날개를 퍼덕이며 하늘로 날아올랐다.

호손은 용과 함께 커다란 원을 그리며 경기장 위로 솟아올라 본격적으로 경기를 펼치기 시작했다. 호손이 뭐라고 알아듣기 힘든 명령을 외치고 발꿈치로 용의 옆구리를 누르자, 용이 호손과 함께 높이 올라가 급격한 각도로 공중제비를 돌고 관중석 위로 곤두박질을 치며 지면까지 가파르게 하강하다가 마지막 순간에 방향을 틀었다. 용이 속도를 내며 두 날개를 활짝 펼치고 일직선으로 날자 호손이 용의 등에 서서 두 팔을 벌리고 함께 나는 흉내를 냈다. 그러다가 갑자기 안장에 앉아 명령을 외치자, 용은 날개를 몸에 딱 붙이고 고도를 유지한 채 360도로 회전한 다음 다시 날개를 펼쳤다.

모리건은 호손의 이런 모습을 처음 봤다. 자신만만하게 상황을 완전히 장악한 모습이 마치 이 일을 하기 위해 태어난 사람처럼 보였다. 어깨를 펴고 눈은 정면을 주시했다. 용을 능수능란하게 지휘했다. 용과 호손이 한 몸이라고 해도 믿을 정도였다. 호손은 어느 모로 보나 낸시 도슨이 소개했던 바로 그 우승자였다.

관중의 반응으로도 그 사실을 확인할 수 있었다. 모두가, 심지어 원로들까지도 호손에게 사로잡혀 용과 함께 땅으로 급강하할 때는 헛숨을 들이키며 비명을 질렀고, 아슬아슬하게 방향을 틀거나 관중석 위에서 사람들 머리에 닿을락 말락 한 높이로 미끄러지듯 활공할 때는 환호를 보냈다.

모리건은 친구가 가진 재능이 놀라웠다. 호손의 재능을 의심한 건 아니었다. 단지 이 침착하고 눈부신 비기를 지닌 용의 기수가 언젠가의 오후에 겨드랑이로 방귀 소리 내는 법을 보여 준다고 했던 그 아이와 동일 인물이 맞는지 의아했을 뿐이었다.

호손은 마지막 곡예를 펼치면서 용이 뿜는 불을 이용하여 연기로 쓴 이름 머리글자를 창공에 남기고 경기장으로 깔끔하게 착륙했다.

관중과 원로들이 벌떡 일어나 기립박수를 보내는 동안 호손은 용의 등에서 내려와 허리를 굽혀 인사했다. 누구보다 큰 소리로 환호한 사람은 모리건이었다.

원로들은 짧게 상의를 했지만 만장일치로 결정을 내린 듯 보였다. 호손의 이름이 1등의 자리를 차지했다.

하지만 호손의 경기 뒤로 평가전은 또다시 진전을 보이지 않았다. 다음으로 무대에 오른 세 그룹 모두 9위권 안에 드는 지원자가 나오지 않았다.

그리고 드디어 모리건이 1년 동안 기다렸던 지원자의 차례가 돌아왔다. 바즈 찰턴이 "실버 지구에서 온 노엘 데버루입니다"라고 소개하자, 노엘이 여왕처럼 경기장으로 입장했다. 몸치장을 하느라 몇 분을 보낸 뒤 노엘은 입을 열고 노래하기 시작했다. 노랫소리가 마치 천사들의 합창처럼 울려 퍼지며 트롤 경기장을 황홀한 마력으로 빨아들였다.

노래에 가사는 없었다. 안개 같은 선율이 맑고 감미로운 자장가가 되어 완벽한 마음의 평온을 주는 공기 방울처럼 모리건을 에워쌌다. 주변을 얼핏 둘러보니 다른 사람들도 모리건과 다를 바 없었다. 어디를 보나 멍한 눈으로 평온한 미소를 짓고 있는 얼굴이 보였다. 노엘의 목소리는 이상하고 행복한 주문을 거는 것 같았다. 모리건은 노래가 끝없이 이어졌으면 좋겠다고 생각했다. 노엘이 진실로, 숨이 멎을 만큼 뛰어난 비기를 갖추었다는 걸 인정하지 않을 수 없었다.

얼마나 약 오르는 일인지.

경기장 전체가, 심지어 모리건조차 열렬히 박수를 보냈다. 노엘은 허리를 숙이고 무릎을 구부려 인사한 뒤 관중에게 입맞춤을 날리고 원로들을 보며 활짝 웃었다. 호손이 모리건을 팔꿈치로 찌르며 우웩 하는 소리를 냈지만 그러기에는 너무 늦은 감이 있었다. 노래가 끝났을 때 호손이 남모르게 흐르는 눈물을 훔쳐 내는 모습을 모리건에게 이미 들켰기 때문이었다.

퀸 원로가 가녀린 손을 흔들며 순위표를 가리키자, 순위표에 적힌 이름들이 저절로 자리를 바꾸면서 노래하는 새 노엘 데버루의 이름이 호손의 뒤를 이어 2위 자리에 올라갔고, 개 교감자 셰퍼드 존스가 바짝 뒤따랐다. 노엘은 1위가 아니라서 실망한 듯 순간적으로 얼굴을 떨구려고 했지만 재빨리 평정심을 되찾고 고개를 높이 쳐든 채 경기장을 나갔다.

모리건은 간이 오그라드는 느낌이었다. 노엘은 협회에 들어갈 가능성이 높았다. 인기도 많고 재능도 뛰어난 노엘은 919기가 될 것이고 호손도 그렇게 되어, 두 사람은 둘도 없는 친구가될 것이다. 호손은 모리건이라는 친구는 까맣게 잊을 테고, 모리건은 네버무어에서 쫓겨나 주피터와 호텔 듀칼리온의 친구들 모두와 헤어져서 다시는 만나지 못할 것이다. 예감이 그랬다. 그 예감이 너무 확실해서 숨이 쉬어지지 않을 정도였다. 마치 우울증에 걸린 커다란 코끼리 한 마리가 가슴에 얹혀 있는기분이었다.

호손은 모리건이 어떤 생각을 하는지 읽고 있는 것 같았다. (아마 우울증에 걸린 코끼리까지는 몰랐을 것이다.)

"초반부에 나갈수록 순위를 잘 받기가 쉬워." 호손은 팔꿈치로 모리건의 옆구리를 꾹 누르면서 박하 음료를 후루룩후루룩마셨다. "아직 지원자가 많이 남았으니까 노엘의 이름쯤은 순위표에서 순식간에 밀려날 거야. 아마 나도 밀려나겠지."

모리건은 호손의 말이 겸손일 뿐이란 걸 알았지만, 그래도 고마웠다. "들어가게 될 거라는 거 알잖아." 이번에는 모리건이 호손의 옆구리를 팔꿈치로 꾹 눌렀다. "너 대단하더라."

오후가 지나갈수록 호손이 내린 예측은 빗나갈 가능성이 점점 높아지는 듯했다. 셰퍼드는 순식간에 9위 밖으로 밀려났지만, 노엘은 두 순위 아래로 떨어졌을 뿐이었다. 노엘 위에는 2위로 떨어진 호손과 3위로 올라온 마히르 이브라힘이라는 남학생의 이름이 있었다. 마히르 이브라힘은 37개 언어로 긴 독백을 낭송했는데, 퀸 원로가 "억양이 완벽하다"는 의견을 내놓았다.

현재 1위 자리에 오른 사람은 아나였다. 통통하고 예쁘장한 외모에 금발 곱슬머리를 한 여학생으로, 모리건은 원드러스 환영회에서 보았던 기억이 났다. 색이 빠진 노란 원피스 차림에 에나멜 구두를 신고 머리를 뒤로 묶어 나비 리본을 맨 아나는 꼭 주일학교에 갈 것 같은 모습이어서… 모리건은 아나가 지닌 색다른 비기를 전혀 상상하지 못했다.

아나의 후원자인 수마티 미슈라라는 여자는 아나가 인체를 이해하는 비기를 지녔다고 자랑했다. 비기를 입증하기 위해 수마티 미슈라는 자진하여 병원용 철제 침대에 누웠고, 아나는 수술용 메스로 후원자의 배를 개복하여 맹장을 제거한 뒤 촘촘한 바느질로 수술 자리를 깔끔하게 꿰맸다. 가장 놀라운 부분은 아나가 이 모든 과정을 눈을 가린 채 진행했다는 점이었다.

아나가 1위로 직행하면서 4위로 밀려난 노엘 데버루가 고개를 떨어뜨리는 순간 모리건은 속이 *뻥 뚫리는* 기분이었다.

평가전이 상반된 결과를 낳으며 계속되는 가운데, 지원자들이 연달아 안절부절못하며 경기장 가운데로 걸어 들어갔다. 어떤 아이들은 자신만만하거나 너무 호들갑스러웠지만, 어떤 아이들은 바닥이 갈라져서 그 밑으로 떨어지게 해 달라고 기도라도 하는 것처럼 보였다.

어떤 여학생은 너무 겁에 질려 바들바들 떨다가 공기 속으로 빨려 들어가듯 희미해지더니 형체도 없이 사라졌다. 순전히 무대공포증 때문이었지만, 다행히도 형체를 없애는 것이 그 학생의 비기였다. 여학생은 햇빛을 받아 희뿌연 진줏빛 유령처럼 희미하게 어른거렸고, 자신이 손에 잡히지 않는다는 것을 증명하듯이 원로들이 앉아 있는 탁자를 곧장 통과해서 걸어갔다. 관중은 감탄했다. 여학생은 점차 자신감을 회복했다.

안타깝게도 여학생이 가진 재능은 공포심에서 생겨나는 것이었는지, 마음이 편안해지고 이목을 즐기기 시작하자 몸이 조금씩 형체를 되찾았다. 원로들 사이를 통과해 되돌아오는 길에 탁자에 부딪히는 바람에 물병이 윙 원로에게 날아가는 사고가 발생했다. 여학생은 순위 안에 이름을 올리지 못했다.

모리건은 명치에서 자라나는 불안을 잠재우기가 힘들었다. 모리건은 무대 하나가 끝나고 다음 무대가 시작되기 전까지 후원자석을 유심히 살폈다.

"*지금* 어디 있는 거야?" 모리건은 투덜거렸다.

"아저씨는 올 거야." 호손이 팝콘을 같이 먹자고 건넸지만 모리건은 사양했다. "아저씨가 네 마지막 평가전에 불참할 리 없어."

"오지 않으면 어떻게 하지?"

"오실 거야."

"오지 않으면?" 모리건이 관중의 함성 소리 너머로 같은 말을 반복하고 있을 때, 린 마이링이 12초라는 빠른 속도로 트롤경기장을 한 바퀴 돌고나서, 원로들이 친절하게도 경기장에서 나가라고 손짓하자 불만스럽게 발을 쾅 굴렀다. 관중이 동정하며 탄식을 뱉었다. "나는 내 비기라는 게 뭔지도 모른단 말이야! 아저씨 없이 어떻게 평가전에 나갈 수 있겠어?"

"봐, 아저씨는 오실 거야. 알겠지? 하지만 만일 아저씨가 오시지 않으면…" 호손이 목을 길게 빼고 경기장을 두리번거렸다. "아저씨가 오시지 않으면 내가 경기장까지 같이 내려가 줄게. 할 만한 걸 같이 생각해 보자."

모리건이 한쪽 눈썹을 추켜들었다. "예를 들면?"

호손은 팝콘을 씹으면서 잠시 동안 열심히 생각했다. "너 겨드랑이로 방귀 소리 낼 수 있겠어?"

트롤경기장의 관중석 뒤로 해가 저물고 투광등이 켜졌다. 모리건은 그 투광등이 공개 망신의 순간을 환하게 비추기 위해 달아 둔 집중 조명등처럼 보였다.

순위가 끊임없이 바뀌는 바람에, 9위 안에 오른 지원자들은 불안한 듯 순위표를 지켜보았다. 새로운 지원자가 순위에 오를 때마다 순위 밖으로 밀려난 지원자는 탄식을 뱉거나 눈물을 흘리거나 울화를 터뜨렸다.

모리건은 노엘을 흘깃 내려다보았다. 두 줄 아래 앉아 있는 노엘은 손톱을 잘근잘근 씹으면서 5초가 멀다 하고 순위표를 힐끔거렸다. 노엘은 이제 7위 자리에 매달려 있었다.

노엘 바로 위에는 모리건이 책 평가전 때 봤던 프랜시스 피츠윌리엄이라는 남학생이 새로 올라와 있었다. 피츠윌리엄은 순식간에 일곱 코스의 요리를 만들어서 심사위원을 대접했다. 요리를 먹을 때마다 어떤 감정에 한껏 취해 휘둘리는 모습이 보기에 기이할 정도였다. 석쇠로 구운 문어 요리를 먹은 뒤에는 심각한 편집증 증상을 보였고, 블루베리 수플레를 먹고는 모두들 신이 나서 한바탕 요란하게 웃음을 터뜨렸다.

5위는 타데 매클라우드였다. 하일랜드 출신의 건장한 체격을 가진 빨강 머리 여학생이었는데, 성인 트롤과 일대일 결투를 벌여 승리했다.

호손은 4위로 떨어져서, 천사처럼 생긴 아칸 테이트라는 남학생 뒤로 밀려났다. 아칸 테이트는 바이올린 연주자였는데, 바이올린을 켜며 경기장 전체를 민첩하게 돌고 좌석 사이사이를 지나다니면서도 한 음정도 실수하지 않았다.

비기는 출중했지만, 원로들은 아칸 테이트를 순위표에 올리고 싶은 마음이 없어 보였다. 그런데 순위가 결정되기 직전, 귀여운 아이 같은 얼굴의 아칸 테이트가 자신의 진짜 재능을 공개했다. 살짝 멋쩍은 듯 싱긋 웃으면서 주머니를 밖으로 뒤집으니, 어떻게 했는지 *바이올린을 켜는* 동안 훔친 보석, 지갑, 시계, 동전 등이 쏟아져 나왔다. 모리건은 깊은 감명을 받았다. 아칸은 퀸 원로가 걸고 있던 귀걸이까지 슬쩍했다!

호손은 소매치기가 자기보다 높은 순위가 되었는데도 전혀 불쾌하지 않은 것 같았다. 오히려 도난품 사이에서 용을 몰 때 끼는 가죽 장갑을 발견하고 아주 즐거워했다. 아칸은 물건을 하나하나 주인에게 돌려주고 있었다. "저걸 어떻게 했지?" 호손은 계속 같은 말을 되풀이하며 활짝 웃으면서 마치 단서라도 찾겠다는 듯이 돌려받은 장갑을 이리저리 살펴보았다.

모리건이 나도 *모른다고*, *제발* 그만 좀 물어보라고 스물일곱 번째로 말하려던 순간, 노엘을 졸졸 따라다니던 친구가 바즈 찰턴과 함께 경기장으로 입장하는 모습이 눈에 들어왔다.

"저 애 나왔다." 모리건이 호손을 쿡 찔렀다. "공포 평가전 때 정원에서 봤던 여자애잖아. 기억나? 어, 이름이 뭐였지……?"

그 아이는 바즈 찰턴이 여덟 번째로 선보인 지원자였다. 지금까지 바즈 찰턴이 내보낸 지원자들 중에는 노엘이 가장 오랫동안 순위표에서 버티고 있었다. 모리건은 노엘을 쳐다보았다. 노엘은 관심 없다는 표정으로 멍하니 친구를 바라보고 있었다. 친구가 아니라 수많은 지원자 가운데 한 명을 보는 듯했다.

호손이 고개를 저었다. "자꾸 무슨 얘기를 하는 거야?"

"쟤 *진짜* 기억 못해?"

"누구를 기억하느냔 말이야?"

바즈 찰턴이 네버무어에서 온 케이든스 블랙번을 소개하는데, 지원자들이 앉은 자리에서 지루한 듯 다소 산만하게 웅성거리는 소리가 일었다. 바즈 찰턴의 목소리는 지루함을 참지 못해 들썩이는 관중이 자기들끼리 떠드는 소리에 파묻혀 거의 들리지 않았다.

"케이든스야! 그게 저 애 이름이야. 잊고 있었어. 어떻게 그 이름을 잊을 수 있지?" 모리건이 호손에게 말했지만 그는 어깨만 으쓱였다.

"계속하세요." 퀸 원로도 잔에 차를 따르며 말했다. 원로들 역시 피로에 젖은 기색을 보이기 시작했다. 몇 시간째 한자리에 앉아 심사를 하다 보니 피곤했는지 계속 손목시계를 들여다보고, 손으로 턱을 괸 채 늘어지게 하품을 했다.

바즈 찰턴은 관중석 꼭대기에 조그맣게 창이 난 방 안을 보

며 누군가에게 몸짓으로 신호를 보냈다. 투광등이 침침해지며
관중석에 어둠이 깔리고, 커다란 화면에 영상이 투사됐다.

22장

최면술사

깜박거리며 켜진 화면은 모리건도 아는 장면이었다. 프라우
드풋 하우스 정원에서 원드러스 환영회가 열렸던 날이었다. 카
메라는 햇볕이 내리쬐는 잔디밭을 흔들흔들 따라가서 후식 뷔
페 앞에 북적거리며 줄지어 선 사람들을 비추다가 두 학생을
크게 확대했다. 노엘과 케이든스였다. 두 사람은 커다란 초록
색 젤리 조각품 가까이에 서 있었는데, 모리건도 그 젤리 조각
을 알아봤다. 호손은 두 사람의 몇 걸음 뒤에 서서, 예상대로

케이크와 페이스트리 파이를 접시에 가득 담고 있었다.

"후져." 노엘이 화면 속에서 말했다. 노엘은 젤리를 쿡 찌르며 인상을 찌푸렸다. *"끔찍해. 누가 이따위 걸 파티에 내놓지? 여기가 유치원도 아니고."*

"그러게." 케이든스가 대답했다. 케이든스는 밝은 초록빛 거대 젤리를 둘러싼 작은 젤리 조각을 집으려다가 마지막 순간에 생각을 바꿨는지 숟가락으로 버터빵 푸딩을 퍼서 접시에 덜었다. "후지지. 이건 멍청한—"

"엄마가 보면 졸도하실 거야." 노엘이 계속해서 케이든스에게 말했다. "우리한테 직접 음식을 가져다 먹으라니 이게 말이 되니, 케이티?"

"난… 케이든스야." 케이든스가 이름을 고쳐 주고는 고개를 숙였다. "기억 안 나?"

"원드러스협회에 고용인이 몇 명이나 되는지 아니?" 노엘은 아무것도 못 들은 척 말을 이었다. "그런데 *뷔페* 같은 걸 열어? 뷔페는 *빈민*들한테나 어울린다는 걸 협회는 모르나?"

케이든스의 눈빛에 어떤 감정이 스쳤지만 순식간에 사라졌다. "그래, 맞아." 케이든스는 음식을 떠 나르던 손을 돌연 머뭇거리며, 어쩔 줄 몰라 했다.

"이런 건 거들떠보지도 마. 이리 줘 봐." 노엘은 자기 접시를 테이블 가운데 내려놓고 케이든스가 들고 있던 푸딩 접시를 낚아채서 맛있어 보이는 초콜릿 퍼지 케이크 위로 뒤집어 엎어 버렸다. 노엘은 보란 듯이 뷔페 천막을 나갔다. 친구가 따라 나오리라 기대하는 눈치였다.

케이든스는 몹시 먹고 싶어 하는 눈으로 엉망이 된 푸딩을 한 번 보더니, 숨을 깊이 들이쉬고 갑자기 홱 돌아서서 호손과 얼굴을 마주했다. 호손은 대화 내용을 우연히 듣고 간신히 웃음을 참는 중이었다.

케이든스는 호손에게 얼굴을 바싹 들이대더니 낮고 거친 목소리로 말했다. 모리건은 그 목소리가 책 평가전에서 쌍둥이에게 말했던 목소리이며, 추격 평가전에서 협회 임원에게 썼던 목소리라는 사실을 떠올렸다.

"누군가 저 커다란 초록색 덩어리를 그 여자애 정수리 위로 떨어뜨려야 할 것 같지 않니?"

호손은 엄숙히 고개를 끄덕였다.

모리건은 옆자리에 앉아 있는 진짜 호손을 돌아봤다. 호손은 몹시 어안이 벙벙한 얼굴이었다. "나는 저런 기억이 없는데." 호손이 중얼거렸다.

장면이 바뀌면서 노엘과 케이든스가 다른 아이들과 프라우드풋 하우스 정면 계단 앞에 모여 있는 모습이 나왔다. 그 자리에는 모리건도 있었다. 영상은 흐릿한 초록색 나뭇잎 때문에 부분적으로 가려져 있었다. 모리건은 카메라와 저 카메라를 든 사람이 나무 뒤에 숨어 있었구나 생각했다.

"네 비기가 그거니?" 노엘이 영상 속 모리건에게 말했다. "허풍 떠는 거?"

케이든스가 웃음을 참지 못하고 키득거렸는데, 그 당시 생각했던 것처럼 노엘의 잔인한 행동을 보면서 웃었던 게 아니었다. 케이든스는 위쪽을 계속 흘깃거렸다. 위에서는 호손이 젤리 조각을 손에 들고 창 앞에 자리를 잡고 있었다. 케이든스는 곧 노엘에게 닥칠 일 때문에 웃고 있는 것이었다.

"난 옷 같지도 않은 옷을 입는 거나 시궁쥐만큼 못생겨지는 건 줄 알았네."

트롤경기장 관중석에 앉아 있는 진짜 모리건의 얼굴이 확 달아올랐다. 그런 말은 처음 본 몇 사람 앞에서 한 번 들은 것으로도 충분히 기분 나빴다. 수백 명이 지켜보는 앞에서 같은 말을 다시 듣는 건 차라리 고문에 가까웠다. 모리건은 앉아 있는 좌석 밑으로 미끄러져 내려가 숨을 곳을 찾았다.

상황은 모리건이 기억하는 그대로 펼쳐져서 호손이 멋지게 젤리를 떨어뜨리는 장면에서는 트롤경기장에도 웃음이 터졌다. 호손은 모리건을 보며 싱긋 웃었다.

"내 생각대로 한 행동은 아닐지 모르지만 그래도 훌륭하네."

몇 줄 앞에 앉은 노엘은 화면을 노려보며 머리를 흔들고 눈을 가늘게 떴다. 엄청나게 충격을 받은 것처럼 보였다. 친구라고 부르던 아이의 비기가 무엇인지 전혀 모르고 있었던 게 분명했다.

마지막 몇 분 동안 영상에서 보여 준 내용은 믿기 힘들었다. 케이든스는 빨간색 스프레이를 들고 호화로운 거리를 돌아다니면서, 새하얀 주택 벽면에 낯 뜨거운 말과 그림을 낙서했다. 갈색 제복을 입은 스팅크 소속 경찰이 케이든스를 제지할 즈음에는 거리 전체가 거의 훼손된 상태였다.

"*거기서 멈춰!* 도대체 뭐하는 거냐, 이 골칫덩어리 녀석아?"

"예술이에요." 케이든스는 무심하게 말했다.

"아하, *예술*이세요?" 경찰이 묻자, 케이든스가 눈썹을 이마 끝까지 추켜올렸다. "내 눈에는 *범죄*처럼 보이는구나. 네게 수갑을 채워야 할 것 같다!"

"수갑은 아줌마가 차야 할걸." 케이든스가 넌지시 말했다. 그러자 경찰은 바로 자기 손목에 수갑을 채웠다.

케이든스는 스프레이를 경찰 손에 들려 주었다. "12번지에 빨간색이 부족해요. 즐거운 하루 보내요."

"즐거운 하루 보내요, 아가씨." 경찰은 게슴츠레한 눈으로 마지막 말을 남긴 뒤, 수면에 뜬 기름이 미끄러지듯 케이든스에게서 눈길을 옮겨 12번지의 매끄럽고 하얀 현관문을 바라보았다. 몇 분 뒤 그 문은 더 이상 하얀색이 아니었다.

케이든스가 사람을 움직이는 재주는 놀라웠다. 멋지진 않았다. 모리건의 생각은 그랬다. 도덕적이지도 않았고, 정직하지도 않았다. 그러나 놀라웠다.

모리건이 대형 화면으로 자기 모습을 지켜보는 불쾌한 경험은 그게 끝이 아니었다. 케이든스가 준비한 영상은 모리건이 큰 낭패를 보았던 추격 평가전 장면을 내보냈다. 코뿔소가 모리건을 몰아붙이는 장면부터 피네스트라가 대담하게 케이든스를 구조하는 장면과 케이든스가 모리건이 아닌 자신이 공포 평가전에 진출해야 한다고 협회 임원을 설득하던 순간까지 전부 재생됐다.

그러나 영상은 거기서 끝나지 않았다. 이어진 대화는 아주 다른 내용이었다. 케이든스가 유니콘 중 하나가 위장한 페가수스였다고 임원에게 믿게 만든 것이다. 케이든스는 유니콘 뿔의 완벽한 본보기처럼 빛나는 은빛 뿔을 가리키며 말했다. "보이세요? 누가 아이스크림콘을 뒤집어서 저렇게 머리에 붙여 놨잖아요. 진작 알아채지 못하다니, 믿기지가 않네요. 날개도 감쪽같이 숨겼잖아요." 케이든스가 가리킨 곳은 나무랄 데 없이 하얀 유니콘의 옆구리였다. 그곳에 분명 날개 같은 건 없었다.

모리건은 할 말을 잃었다. 공포 평가전에 참가할 수 있었던 게 케이든스 덕분이었다니. 케이든스는 모리건의 자리를 날치기하고 저런 식으로 되돌려 주었다. 왜 그랬을까? *죄책감*이 들었던 걸까?

무언가를 조종하고 속임수를 쓰는 장면이 연달이 계속 이어졌다. 영상을 보니 오래전 프라우드풋 하우스에서 치러졌던 첫 번째 평가전에서 열렬히 하이파이브를 하던 쌍둥이 자매를 시험도 보기 전에 포기하게 만든 것도 케이든스였다. 케이든스는 책 평가전 구술 평가를 받을 때 웡 원로를 닭처럼 행동하게 하기도 했다(웡 원로를 제외한 모든 이들이 배꼽을 잡고 요란하게 웃었던 장면이다).

원로들 사이에서도 반응이 엇갈리고 무엇보다 관중이 탐탁지 않게 여기는 부분이 많았지만, 선택의 여지가 없었다. 케이든스 블랙번은 단순히 비기를 보유한 게 아니라, *천부의 재능*을 타고났다. 기이하고 비열한 재능이었다. 그러나 재능은 재능이었다.

"1등이야!" 호손이 외쳤다. 케이든스의 이름이 순위표에 올라오면서 아나는 2위로, 호손은 5위로, 노엘은 8위로 밀려났다.

이제 남은 지원자는 세 그룹으로 묶인 열다섯 명뿐이었다. 모리건은 주피터 찾는 것을 포기하고 탈출로를 찾기 시작했다. 증명 평가전에서 탈락하고 창피를 당하자마자 미리 보아 둔 출구를 향해 뛰어야 했다.

플린트록 경위는 보이지 않았지만, 모리건은 그가 경기장 어딘가에서 때가 오기만을 기다리고 있다는 것을 알 수 있었다. 어디선가 모리건이 엎어지기를, 그래서 기회를 놓치지 않고 모리건을 체포하게 되기를 기다리고 있었다.

마침내 마지막 그룹이 호명됐다. 모리건은 다른 네 명의 지원자와 경기장 출입구로 내려갔다. 호손이 모리건과 같이 내려오려고 했지만 클립보드를 들고 수행원처럼 따라다니는 원드러스협회 임원들이 손을 내저으며 자리로 돌려보냈다.

모리건은 혼자였다.

모리건이 말없이 서 있는 동안, 세 명이 먼저 무대에 올랐다. 머리가 아주 긴 여학생은 경기장에 서서, 귀 바로 위쪽의 머리채를 싹둑 자르며 관중을 진저리치게 했다. 잠시 후 머리카락이 다시 자라나더니 몇 분 만에 원래 길이로 돌아갔다. 모리건은 다른 관중과 함께 놀라움을 금치 못했다. 하지만 원로들은 그렇지 않아 보였다. 오래전 원드러스 환영회에서 주피터가 예견했던 대로, 그 여학생은 최종 순위 안에 들지 못했다. 여학생은 수북한 두 머리카락, 바닥에 떨어진 잘린 머리카락과 새로 자라난 머리카락을 짐수레에 실은 뒤 맥없이 트롤경기장을 나갔다.

다음은 발레 무용수였는데, 순위표에 이름을 올리지는 못했다.

물속에서 숨을 쉴 수 있는 남학생에게도 기회는 돌아가지 않았다.

다음은 모리건이 올라갈 차례였다. 원드러스협회 임원이 출입구의 문을 잡고 모리건을 기다렸다.

지금이라도 자리를 뜨면 된다. 그런 생각이 번개처럼 머리를 스쳤다. 그저 돌아서서 걸어 나가기만 하면 된다. 지금이 망신을(그리고 뒤이어 올 네버무어 강제 추방을, 거기에 또 뒤이어 올 죽음의 운명을) 피할 수 있는 마지막 기회였다. 지금이라면 할 수 있었다. 인생 최악의 순간을 피할 수 있었다. *돌아서서 걸어 나가기만 한다면.*

지금이야, 모리건은 생각했다. *그냥 가면 돼.*

"준비됐지?"

모리건의 귓가에 속삭이는 소리였다. 어깨를 꽉 붙잡는 손길. 모리건은 위를 쳐다봤다.

우스꽝스러운 생강색 머리가 있었다. 파란 두 눈도 반짝였다. 그 눈이 윙크했다.

"네. 준비됐어요." 모리건은 망설이다가 물었다. 트롤경기장에 모인 다른 사람들이 모두 알기 전에 먼저 대답을 듣고 싶어 마지막으로 간절하고 다급하게 물었다. "뭐예요, 아저씨? 내 비기가 뭐예요?"

"아, 그거." 주피터가 올빼미처럼 눈을 껌벅거리며, 세상에서 가장 시시한 질문을 들은 사람 같은 얼굴로 말했다. "넌 비기가 없어."

그러더니 대담하게 경기장 안으로 들어가며, 모리건이 따라오기를 기다렸다.

"주피터 노스 대장이 네버무어의 모리건 크로우를 소개합니다."

23장

반칙

주피터가 무대 위로 올라오자 트롤경기장의 분위기가 달라졌다. 산만하게 재잘대느라 웅성거리던 관중은 귓속말을 주고받기 시작했다. 사람들은 말 그대로 등을 죽 펴고 정자세로 앉았다. 윈드러스협회가 낳은 가장 유명한 아들 가운데 한 명이 드디어 지원자를 데려왔다. 사람들은 그 지원자에게 어떤 비기가 있는지, 어떤 아이기에 위대한 주피터 노스를 후원자의 길로 유도했는지, 알고 싶어 죽을 지경이었다.

모리건도 죽을 지경이었지만, 뭐가 알고 싶어서는 아니었다.

모리건은 도망가고 싶어 죽을 지경이었고 숨고 싶어 죽을 지경이었다. 바닥이 화산처럼 폭발해서 용암의 물결이 경기장을 전부 집어삼켰으면 좋겠다는 생각이 죽도록 들었다. 심장이 갈비뼈를 부수고 뛰쳐나와 공격할 어떤 것이라도 있는지 세차게 가슴을 두드렸다.

어떤 것이 아니었다. 어떤 사람이었다.

주피터가 모리건에게 어떻게 이럴 수 있지? 모리건은 1년 내내 주피터를 믿었다. 비밀에 싸인 자신의 비기가 무엇이건, 주피터는 그 비기에 대해 잘 알고 있으리라 확신했다. 그런데 모리건에게 걱정하지 말라고, 모든 건 자신이 알아서 한다고 해놓고… 지금 주피터는 모리건에게 책임을 덮어씌우고 혼자 가버렸다.

결국 비기는 없었다. 모리건이 줄곧 옳았다.

화가 난 나머지 눈물이 따끔따끔 차올라 여차하면 흘러내리려 하고 있었다. 어떻게 *이럴 수가 있지?'*

"제가 가까이 가도 되겠습니까?" 주피터가 원로들에게 물었다. 앞서 지원자들의 무대를 백 번 가까이 지켜봤던 모리건은 주피터가 이상한 질문을 한다고 생각했다. 하지만 퀸 원로는 주피터에게 앞으로 오라고 손짓했다.

모리건이 고요하게 가라앉은 경기장 한가운데 홀로 서 있는 사이 주피터는 원로들과 조용히 이야기를 나누었다. 모리건은 관중석의 호기심 어린 얼굴들을 둘러보며, 모든 게 장난이었다고, 네버무어의 모리건 크로우는 사실 아무런 재능이 없다고 밝혀지면 이 사람들이 얼마나 웃을까 상상했다. 아니, 어쩌면 웃지 않을 것이다. 아마 시간만 빼앗겼다고 주피터에게 화를 낼 것이다.

나만큼 화가 날까, 모리건은 생각했다.

그때 주피터가 매우 이상한 행동을 했다.

퀸 원로와 윙 원로, 사가 원로에게 차례차례 다가가 어깨를 잡고 이마를 맞댄 것이다. 기묘한 대화에서 벗어난 원로들은 멍하니 눈을 깜박거리면서, 눈이 부신 듯 손을 들어 빛을 가리고는 한참 동안이나 아연히 모리건을 쳐다보았다.

그리고 나서 순위표 맨 꼭대기에 모리건의 이름이 올라갔다.

트롤경기장이 들썩였다. 사람들이 벌떡 일어나 원로들에게 고함을 지르며 이 미친 짓을 해명해 달라고 따졌고, 재능도 없이 끼어든 모리건 크로우의 비기를 보여 달라고 요구했다.

모리건도 어안이 벙벙해서 주피터에게 미친 듯이 화가 났던 일은 기억도 나지 않았다. 모리건은 선 채로 얼어붙어 홍수처럼 쏟아지는 분노를 받아들이고 있었다.

편파적인 심사와 부정행위를 목청껏 비난하는 소리가 경기장을 가득 메웠다. 바즈 찰턴이 알아들을 수 없는 말을 고래고래 소리치며, 한 번에 세 계단씩 관중석을 뛰어 내려오는 모습이 보였다. 어느 쪽을 보아도 모리건을 무섭게 노려보는 눈과 마주쳤다. 모리건은 관중 속에서 호손을 찾았다. 호손도 화가 났을지 알고 싶었다. 친구마저 자신이 속임수를 썼다고 생각할까?

주피터가 성큼성큼 걸어오더니 모리건의 손을 잡고 끌고 가다시피 경기장 뒤의 문으로 나갔다.

"가자, 모그. 짜증 난 사람들은 짜증 내게 내버려 두고."

<hr>

무대 뒤 선수 대기실에는 천만다행으로 아무도 없었다. 그곳에는 1인용 소파 하나와 상태가 별로인 샌드위치 한 접시, 그리고 연한 색의 레몬주스 한 병이 있었다. 벽에는 군데군데 지나간 트롤 격투기와 용 비행 선수권대회 포스터가 붙어 있었다. 나쁘지 않은 팬파이프 음악도 흘러나왔다.

홀로 방을 지키고 있던 직원은 트롤경기장 제복을 입은 젊은 남자로 못해도 절반쯤은 트롤의 피가 섞인 것처럼 보였다(손가락 마디가 바닥에 끌렸다). 주피터와 모리건이 들어가자 그가 접시를 내밀며 툴툴거리듯 물었다. "수제 샌드위치 드시겠소?"

"아니요, 괜찮습니다." 주피터가 말했다. 모리건은 고개를

220

흔들었다. 직원은 흥미를 잃고 자리를 피했다.

모리건이 심호흡을 한 뒤 주먹을 꼭 쥐고, 격한 분노를 표현하기에 적당한 말을 찾고 있을 때, 주피터가 먼저 말했다. "나도 알아, 안다고. 미안해. 제발, 모그. 정말 미안하다. 지금 얼마나 혼란스러운 상황인지 나도 알아." 주피터는 자책감에 사로잡힌 눈빛과 마음을 달래는 목소리로 *나를 해치지 마, 나한테 퍼붓지 마*, 라고 하듯이 두 손을 방패처럼 들고 말했다. "하지만 내 말을 들어. 이제부터 조금 더 혼란스러워질 거고, 지금은 제대로 설명을 해 줄 시간이 없어. 하지만 맹세할게. *정말 맹세해.* 이게 끝나면 네가 묻는 모든 질문 하나하나마다 *귀를 틀어막고 싶을* 정도로 자세히 대답할 거야. 그러니 조금만 더 참고 나를 믿어 줘. 나한테 그럴 가치를 느끼지 못한다고 해도 말이야. 괜찮지?"

모리건은 그에게 소리치고 싶었다. 싫다고, 아니, *당연히* 괜찮지 않다고, *정반대*라고. 하지만 그렇게 하지 않았다. 대신 모리건은 주피터의 손에 억지로 새끼손가락을 걸며 그의 눈을 뚫어지게 쳐다보았다. "모든 질문에, 귀를 틀어막고 싶을 정도로 자세히 대답해 주기. 새끼손가락 걸고 약속해요?"

"새끼손가락 걸고 약속해."

몇 초 뒤에 문이 벌컥 열리며, 단련되어 감정을 전혀 드러내지 않는 얼굴을 한 원로들이 망토를 펄럭이며 몰아쳐 들어왔다. 목깃에는 모두 금빛 W 배지를 달고 있었다.

"언제부터 알고 있었나?" 퀸 원로가 추궁하는 말투로 물었다. "이브타이드 전이었던 건 확실한데, 얼마나 전부터였나? 며칠? 몇 주? 아니면 몇 달? 설마 몇 년 전부터?"

주피터가 두 손을 올려 보였다. "퀸 원로님, 놀라셨으리라 이해는 하지만—"

"놀라다니! 놀라다니?" 자그마한 노부인은 주피터와 싸울 태세를 취하며 7~8센티미터는 커진 듯한 모습으로 그의 얼굴을 손가락으로 가리켰다. 모리건은 퀸 원로를 응원하고 싶었다. *혼내 줘요, 할머니.* "주피터 아만티우스 노스, 나는 자네의 후원자를 가르쳤어. 나는 자네의 *후원자의* 후원자도 가르쳤어! 자네가 열한 살이 되던 해부터 자네를 알고 지냈고, 수없이 많은 상황에서 제명당할 뻔한 자네를 구제했어. 자네에게 탐험가 연맹을 권한 사람도 나였지. 그런데 *이런 식으로* 되돌려 주는 *건가?*"

"죄송합니다. 하지만 뭐가 달라졌을까요?" 주피터가 한 손으로 머릴 넘기다가, 나이 든 원로가 화난 걸음으로 다가오자 살짝 움츠러들며 몸을 뒤로 뺐다. "원로님들이 그 일에 무엇을 할 수 있었겠습니까? 뭐라도 바꾸어 놓을 수 있었을까요?"

퀸 원로가 분통을 터뜨리며 걸음을 멈추었다. "글쎄, 아니, 물론 그렇지 않았겠지. 하지만 미리 *경고만* 조금 주었어도 좋앴을 거야! 나는 이제 나이 들었네, 노스. 자네 때문에 저 밖에서 심장마비가 올 뻔했다고."

심장마비라고? 모리건은 주피터를 돌아보았다. 아저씨가 원로들에게 보여 준 게 뭐였기에 그렇게 충격적이었을까?

주피터는 잘못했다는 표정이었다. "죄송합니다, 퀸 원로님. 저는 단지 집결gathering에 방해가 될 만한 일은 아무것도 하고 싶지 않았어요. 이게 어떨지 몰라서… 그러니까 이게 정확히…" 주피터가 말꼬리를 흐리며 힘없이 어깨를 으쓱였다. "이런 건 해 본 적이 없어서요."

"집결은 언제 시작됐나?" 웡 원로가 모리건을 똑바로 쳐다보며 물었다.

"언제라고 꼬집어 말하기는 어렵습니다." 주피터가 말했다. "1~2년 전쯤? 아마도 10년 겨울쯤, 아니면 11년 봄쯤일 거예요. 크로우가의 집안일에 고용된 사람들에게 보수를 지불하면서 드문드문 정보를 얻었죠. 가정교사나 청소부, 그런 사람들요. 문제는 그들이 전부 미신에 푹 빠져 있어서, 진짜 원드러스 관련 사건과 허무맹랑한 뜬소문을 가려내기 어렵다는 거예요. 주방 요리사는 모리건이 재채기를 하는 바람에 정원사가 죽었다고 굳게 믿고 있었으니까요. 웃기지도 않는다니까요."

"다른 아이들도 있었나?" 퀸 원로가 물었다.

"다른 아이들요?" 주피터가 놀라서 퀸 원로를 쳐다보았다.

퀸 원로가 눈살을 찌푸렸다. "내가 묻는 게 뭔지 잘 알지 않나, 노스."

"맞아요, 다른 아이들." 주피터가 목을 가다듬었다. "네, 등록된 아이가 세 명 더 있었죠."

"그러면 그 아이들은……?"

"아무런 징후도 보이지 않았어요." 주피터가 단호하게 말했다. "뒤쫓을 가치가 없습니다." 모리건이 미간을 찌푸렸다. 등록된 *아이가 세 명 더 있었다*… 저주받은 아이 명부에 등록된 다른 세 명을 말하는 걸까? 주피터가 모리건을 구했던 날 나머지 아이들이 연기와 그림자 사냥단에게 쫓기도록 놔뒀던 걸까? 그 아이들이 *뒤쫓을 가치가 없어서?* 모리건은 그렇게 믿고 싶지 않았다.

"그럼 노스, 미신에 빠진 집안 첩자들 말고 다른 확실한 증거가 있나?" 윙 원로가 말했다.

"윈터시 방송국의 뉴스 보도를 보면, 사우스라이트와 파이스트상에서 원더 부족 사태가 시작된 게 18개월 전이랍니다. 하지만 10년 겨울부터 11년 겨울까지, 모리건의 출신지는 사상 최고 수준의 원더 밀도를 기록했고 공화국에 에너지 위기가 들이닥쳤을 때도 아무런 영향을 받지 않았습니다. 이븐타이드가 오기 전까지는요. 그러니까, 이븐타이드가 시작되고 자칼팩스의 원더 측정량이 뚝 떨어졌습니다." 주피터가 말을 하다 말고 눈치를 보듯 모리건을 휙 살폈다. "정확히 말하면 이븐타이드 밤이죠. 밤 9시경에 그런 일이 있었습니다."

아저씨가 내 목숨을 구했을 때네요, 모리건이 생각했다. *우리가 자칼팩스를 탈출하려고 **하늘반 시계**를 통과하던 시간이야.* 원더 부족이 모리건과 어떤 관계가 있다는 걸까?

"도대체 이 아이를 자유주에 어떻게 데리고 들어왔나?" 퀸 원로는 질문을 하다가 마음이 바뀐 듯했다. "잠깐. 아닐세. 알고 싶지 않네. 분명 위법행위를 저질렀을 게야."

주피터가 비죽 입을 오므리더니 콧김을 힘껏 내뿜었다. "말씀드리지 않아서 죄송합니다, 퀸 원로님. 진심으로 죄송해요. 하지만 집결에 지장을 줄지 모를 일은 그게 뭐든 하기 두려웠어요. 알아요. 멍청한 생각이지요. 그런 생각을 하는 건 크로우가의 주방 요리사가 미신을 믿는 거나 다를 바 없고 어리석다는 것도 알지만, 걱정도 됐어요. 이 일을 입 밖에 내어 말하면… 겁을 줘서 달아나게 만들어 버리는 게 아닐지."

"글쎄, 어쩌면 그게 가장 좋은 결과였을지도 모르지." 털이 덥수룩한 덩치 큰 황소인 사가 원로가 중얼거렸다. 퀸 원로가 매섭게 눈총을 주며 사가 원로의 말을 끊었다. 모리건은 주피터가 원로들과 대화를 시작한 순간부터 머릿속에서 활활 타오르고 있는 수천 가지 질문을 말 그대로 혀를 깨물며 억지로 참아야 했다.

"그래서 한 사람에게도 말하지 않았어요." 주피터가 바닥으로 시선을 내린 채 말했다. "모리건에게도요."

원로들이 입을 다물었다. 퀸 원로는 충격받은 얼굴로, 주피터를 보던 눈으로 모리건을 보다가 다시 주피터를 쳐다봤다. "자네 설마 그 말은… 자네 말은 지금 저 아이가 *자신도 모른 채*—"

"참으로, 노스, 이건 용납할 수 없네. 협회 규정에 정면으로 위배되는 일이야." 사가 원로가 씩씩거리며 말했다. "아이에게 이유도 알려 주지 않고 평가전에 참가시키다니, 듣도 보도 못한 일이야! 자네 후원자가 이 자리에 있었다면—"

"보증 동의서는 어떻습니까?" 윙 원로가 불쑥 끼어들었다. "우리는 방금 위험인물을 협회로 받아들였는데, 안전 장치에 대해서는 물어볼 생각도 못했네요."

"나는 위험하지 않아요." 모리건이 항의했지만, 머리 뒷골에서 조그만 목소리가 말했다… *맞아, 넌 위험한 존재야. 너는 저주받았어.* 원로들도 그 얘기를 하고 있는 걸까? 주피터는 벌써 몇 달 전에 모리건이 저주받은 아이가 아니라고, 한 번도 저주받은 적이 없다고 말했는데, 그것도 거짓말이었을까?

"허, 이건 어림없는 일이에요, 그레고리아, 앨리어스. 우리가 어떻게 된 건가? 도대체 무슨 짓을 한 거지?" 윙 원로가 두 손을 던져 올리듯이 쳐들었다. "영토 전체를 다 뒤져도 그런 동의

서에 서명을 할 시민은 한 명도 없어요. 평판 좋고 존경받는 인물 *세 명*은 고사하고—"

"세 명이라고요?" 사가 원로가 쩌렁쩌렁 울리는 목소리로 말했다. "맙소사, 아니에요. 동의 서명 3인으로 족한 건 아이가 단순히 허리케인 마술사거나 최면술사 같은 통상적인 위험인물일 때 얘기였어요. 이 경우라면 서명인 다섯 명을 제안합니다."

또 위험인물이래. 모리건은 원로들이 그 표현을 그만 삼가주길 바랐다.

"아홉 명으로 하겠습니다." 퀸 원로가 말했다. 사가와 윙이 놀란 눈으로 퀸 원로를 쳐다봤다. "그리고 이 조건은 협상이 불가하네, 노스 대장. 서명인 아홉 명 밑으로는 받아들일 수 없네. 여기 이—" 퀸 원로는 말을 끊고 조바심 나는 눈길로 모리건을 흘깃 보았다. "이 아이에 대해서는."

"순위표에 있는 이름은 지금 지우는 게 낫겠군요." 윙 원로가 말했다. "아홉 명은 절대 불가능해요."

"지금까지 일곱 명이 서명했습니다."

원로들은 깜짝 놀랐다. 주피터는 코트 안에서 둘둘 만 종이를 꺼내 원로들에게 건넸다. 모리건은 얼핏이라도 보고 싶었지만, 그러기에는 주피터가 너무 재빨랐다.

퀸 원로가 놀란 듯 눈을 크게 뜨고, 종이에 적힌 내용을 검토했다. "실버백 상원의원? 칼 *여왕*? 친구들이 높은 자리에도 있군. 그런데 그 사람들도 사실을 아는 건—?”

“알아들을 만큼 충분히 주의를 줬습니다.” 주피터가 말했다. 모리건는 주피터의 목소리에 아주 미세한 의구심이 남아 있다는 느낌을 받았다. “그런데… 아닙니다. 특별한 얘기는 아닙니다.”

“그런데 그 사람들이 아이를 *만난 적*이 있나?”

“만날 겁니다.” 주피터가 자신 있게 말했다. “곧 만납니다. 약속드리겠습니다.”

“서명인들은 자네를 신뢰하는 게 틀림없군. 그리고 이 사람들은 어쨌든 자격이 있는 걸로 보이네.” 퀸 원로는 손가락으로 명단을 훑어 내려갔다.

“무슨 자격이 있다는 거예요?” 더 이상 입을 다물고 있기 힘들었던 모리건이 물었다. 하지만 누가 그 질문을 들었는지 몰라도, 아무도 개의치 않았다.

사가 원로가 주피터를 쳐다봤다. “이건 휴짓조각이 될 수도 있네, 노스. 자네가 여덟 번째와 아홉 번째 서명인을 찾지 못하면 말일세.”

주피터가 한숨을 쉬며 뒷목을 문질렀다. “노력하고 있으니 믿어 주세요. 오늘 평가전에 지각한 이유도 그것 때문이었어요. 여덟 번째 서명인을 찾았다고 생각했는데 일이 틀어졌거든요. 며칠만 더 여유가 있었어도—”

"내가 서명을 하겠네." 퀸 원로가 말했다. 다른 원로들이 깜짝 놀라 퀸 원로를 쳐다보았다. "이건 규정에 위배되는 일이 아니야."

"이건 매우 이례적인 일이에요, 그레고리아." 웡 원로가 말했다. "깊이 생각하고 결정한 거예요?"

"그럼요." 퀸 원로는 망토가 접힌 곳에서 펜을 꺼내 두루마리 종이 밑에 화려하게 이름을 적었다. "적어도 이 명단에 있는 *한 사람*은 자기가 어떤 일에 발을 들여놨는지 알게 됐네요. 관련 서류는 오늘 저녁에 나한테 보내게, 노스."

주피터는 순간적으로 할 말을 잃고, 깜짝 놀라 입을 다물지 못했다. "나는, 가, 감사합니다, 퀸 원로님. 정말로, *감사합니다*. 약속할게요. 후회하지 않으실 거예요."

퀸 원로가 깊게 한숨을 뱉었다. "대단히 의심스럽긴 하네만. 그래도 입회일까지는 자네에게 아홉 번째 서명인을 찾을 시간을 주겠네. 만일 찾지 못하면, 크로우 양은 919기에서 자리를 박탈당할 걸세. 거기까지가 내가 할 수 있는 최선이네."

───◆───

두 사람은 미로와 같은 복도를 지나 트롤경기장을 빠져나갔다. 벽에는 철 지난 벽보와 유명한 트롤 경기 사진들이 덕지덕지 붙어 있었다. 모리건은 속도를 내는 주피터를 따라잡느라 분투 중이었다.

"넌 잭이랑 같이 피네스트라를 따라서 듀칼리온에 돌아가 있어, 모그." 주피터가 서너 걸음 앞서 걸으며 말했다. "나는 마지막 서명을 받아야 하는데, 서명을 할 만한 사람은 이미 다 한 상황이야. 마지막으로 알아볼 곳이 하나 있는데, 시간이 조금 걸리는 일이라 이제부터—"

"하지만 약속했잖아요. 이 일이 끝나면—"

"그래 알아. 말해 줄 거야. 하지만—"

"저기 있다! 찾았어!"

바즈 찰턴이 복도를 쿵쿵 뛰어 내려왔다. 바즈 찰턴과 함께 머리끝까지 화가 난 노엘 데버루, 심드렁해 보이는 케이든스 블랙번, 그리고 네버무어에서 가장 건방진 콧수염을 자랑하는 플린트록 경위가 따라왔다. 그들 뒤로 못해도 10여 명은 되어 보이는 갈색 제복의 스팅크들이 진을 이루었다.

"반칙을 하다니!" 바즈 찰턴이 외쳤다. 정의의 화신이 된 그는 주피터를 가리키면서 격분을 이기지 못해 부들부들 떨었다. "이 사람들을 체포해요, 경위! 부정행위를 저질렀어! 어떻게 한 거야, 어? 원로들한테 무슨 짓을 한 거야? 마법이라도 걸었나?"

주피터는 사람들을 밀고 지나가려고 했다. "지금은 안 돼, 바즈. 지금은 네 헛소리를 받아 줄 시간이 없다고."

"어, 아니야. 내 헛소리를 받아 줄 시간은 *넘쳐날 거야!*"
바즈 찰턴이 주피터의 앞을 막아섰다. "원로들 눈은 속였는지
몰라도, 노스, 나는 못 속여. 너희 둘은 마땅히 내 지원자 노엘
에게 돌아갔어야 할 자리를 도둑질했어." 바즈 찰턴이 모리건
에게 바락바락 손가락질을 했다. 모리건은 깜짝 놀랐다. 마지
막으로 보았을 때 노엘은 아직 순위표 9위 자리에 이름이 올라
있었다. 남은 지원자 두 명 가운데 누군가가 노엘을 밀어내 버
린 게 틀림없었다. 모리건은 웃음을 참느라 애썼다. "이 끔찍한
까만 눈은 협회에 못 들어가. 바로 원로들에게 달려가서 말해
야겠어. 저 애는—"

"저 애는 *더러운 불법체류자*라고 말이죠." 플린트록 경위가
불쑥 끼어들어 바지를 추켜올리면서 가슴을 활짝 폈다. 플린트
록은 뒤를 돌아보면서 다른 경찰들이 본인에게 집중하고 있는
지 확인했다. 기다렸던 순간이 다가왔고, 플린트록은 이 순간
을 만끽할 생각이었다. "공화국에서 몰래 들어와, *범죄 집단* 소
굴에서 불법 도피를 즐기셨지."

주피터는 재미있어하는 듯 보였다. "지금껏 '범죄 집단'이라
는 소리는 처음 들어 봐. 엄청나게 흥미롭네."

"입 닥쳐." 플린트록이 쏘아붙였다. 그는 재킷에서 종이를
한 장 꺼내 잘 보이도록 들었다. "여기 영장을 가져왔지. 이제

저 아이가 당신이 말한 신분 그대로라는, 확실하고 구체적인 증거를 보고 싶군. 저 애가 자유주 사람이라는 증거 말이야. 우리의 호의를 이용해 먹으려고, 아니면 윈터시 당 편에서 우리를 염탐하려고 넘어온 공화국 쓰레기가 아니라는 증거를 보여 달라고."

"이러면 안 돼지, 플린티. 이건 조금 당혹스럽군." 주피터가 짜증 난다는 듯이 말했다. "이미 말했잖나. 윈드러스협회 회원은 자네 관할 밖이야. 이 일로 그 배지를 반납해야 할 수도 있다고, 친구."

"그건 맞는 말이야, 친구. 평가전만 끝나지 않았어도 말이야." 플린트록이 스스로에게 사뭇 뿌듯해하는 얼굴로 말했다. 그는 종이를 한 장 더 꺼내서 읽어 내려갔다. "가서 원 법 편람을 다시 공부해야겠어, 노스. 97조 H항, '합격한 지원자는 입회 의식을 수료하고 금색 배지를 수여받은 때부터 윈드러스협회의 정식 회원이 되며, 정식 회원이 되기 전까지 지원자의 잠정적 회원 자격은 필요하거나 적절하다고 간주할 수 있는 경우 최고원로위원회에 의해 정해진 법적 절차 없이 철회될 수 있다'."

주피터가 한숨을 쉬며 고개를 저었다. "이 이야기는 지난번에 끝나지 않았나, 경위. 97조 F항, '윈드러스협회 입회 시험에 참가하는 아동은 모든 법 적용에 있어 윈드러스협회 회원으로 간주하며—'"

"'회원으로 간주하며, 참가 아동의 회원 자격은 이 시험이 지속되는 기간 동안, 또는 해당 아동이 시험 기간 중 탈락하는 시점까지로 정한다.'" 플린트록이 주피터보다 큰 목소리로 조항을 암송했다. "*이 시험이 지속되는 기간 동안*이라는군, 노스. 평가전은 끝났어. 순위표는 다 찼고. 원로들은 돌아갔지."

"게다가 신입 기수 입회식은 몇 주 뒤에나 열릴걸." 바즈 찰턴이 고소한 내색을 간신히 누르며 덧붙여 말했다.

"고로 저 가증스러운 밀입국자는 전적으로 내 소관인 것 같군." 플린트록이 상황을 결론지었다. 그는 눈빛에 광기를 띠었다. 콧수염이 바르르 떨렸다. 플린트록이 손을 내밀었다. "이제 서류를 보여 주시지, 노스 대장."

주피터는 할 말이 없었다. 모리건은 그가 에워싼 경찰의 수를 세고, 퇴로를 확인하는 등 선택을 저울질하고 있다는 걸 알 수 있었다. 침묵이 길어지자 손을 내민 채로 끈덕지게 기다리던 플린트록의 소름 끼치는 얼굴에 의기양양한 화색이 돌았다.

모리건은 완전히 의지가 꺾여 벽에 털썩 기댔다. 거의 다 왔다고 생각했다. *거의 다 왔다*고. 이제 모든 게 끝났다. 모리건은 죽을 것이고, 아직 답을 듣지 못한 의문은 영원히 의문인 채로 남게 될 것이다. 모리건은 눈을 감고 손목에 수갑을 채워 끌고 가기를 기다렸다.

"여기 있어요."

케이든스 블랙번의 목소리가 복도에 울렸다. 모리건이 한쪽 눈을 빠끔히 뜨고 보니, 케이든스가 귀퉁이가 뜯겨 나간 너덜너덜한 종이 한 장을 플린트록 경위 코밑에 들이밀고 있었다.

"이게 뭐지?" 플린트록이 어리둥절하게 말했다. "내가 뭘 보고 있는 거지?"

그것은 클로르플로르겐의 오르그와 휘르겐글로르겐플루트의 모크로크가 겨루는, "피비린내 나는 장대한 혈투"라는 홍보 문구가 적힌 오래된 트롤 격투기 벽보였다. 오르그와 모크로크라는, 어마어마하게 못생긴 두 트롤이 서로를 향해 으르렁거리듯 이빨을 드러낸 사진이 붙어 있었다. 알록달록한 벽보 앞장에는 에일 맥주 두 잔을 한 잔 가격에 판매한다거나 중간 휴식 시간에 현란한 공연이 펼쳐진다거나 트롤 핏줄을 증명할 수 있는 사람은 누구나 무료입장이라거나 하는 광고 문구가 눈에 띄었다.

"그게 저 아이 서류예요." 케이든스가 음율 없이 낮은 목소리로 말했다. "여기 이렇게 적혀 있네요. 모리건 크로우는 자유주의 시민이다."

플린트록이 띵한 표정으로 얼굴에 뭐가 달라붙어서 떼어 내려는 것처럼 고개를 흔들었다. "거기에, 뭐라고? 그런 말이 어디에—"

"바로 여기요." 케이든스는 굳이 어느 부분을 가리키지도 않으면서 억지를 부렸다. 케이든스는 지루해하는 것 같았다. "이렇게 쓰여 있어요. '모리건 크로우는 자유주의 시민이고 불법 입국한 적 없으니까, 이제 그만하고 각자 알아서 잘 사세요.' 그 위에 정부 직인이랑 있을 거 다 있잖아요."

바즈 찰턴이 케이든스의 손에서 종이를 낚아채 갔다. "내가 좀 보자."

노엘과 플린트록이 바즈 찰튼 옆으로 달라붙어 고개를 한데 모으고 오르그와 모크로크의 침투성이 얽은 얼굴을 째려보았다.

바즈 찰턴이 미간을 찌푸리며 눈만 계속 깜박거렸다. "이건, 이건 아니잖아. 이건 트롤 격투기—"

"아니에요. 그렇지 않아요." 케이든스가 말했다. "그건 여권이에요. 모리건 크로우의 자유주 여권이라고요."

"아니야. 이건, 이건 트롤, 이건… 모리건 크로우의 자유주 여권이잖아." 바즈 찰턴이 눈을 게슴츠레 뜨며 케이든스의 말을 똑같이 따라 했다.

"모든 게 제대로 되어 있는 것 같군." 케이든스가 벌 떼처럼 윙윙거리는 목소리로 말했다. "그럼 그만 가 봐."

"모든 게 제대로 되어 있는 것 같군." 플린트록이 메아리처럼 케이든스의 말을 따라 했다. "그럼 그만 가 봐."

플린트록은 벽보를 바닥에 버려둔 채 통로를 내려갔고, 바즈 찰턴과 노엘이 말없이 그 뒤를 따랐다. 네버무어경찰국 소속 경찰들은 이 이상한 형세의 반전을 통 모르겠다는 얼굴로 자리를 서성대다가, 결국 지휘관을 따라 순순히 철수했다.

케이든스가 모리건을 돌아봤다. "나한테 빚진 거야."

"나를 왜 도와줬어?"

"그야…" 케이든스는 머뭇거리다가 말했다. "노엘이 싫으니까. 너도 싫기는 마찬가지지만, 노엘은 *진짜* 싫거든. 그리고 또…" 케이든스가 한층 낮은 목소리로 말했다. "너는 나를 기억하잖아. 맞지? 추격 평가전에서 나하고 만났던 걸 기억하고 있더라."

"너 때문에 추격 평가전에서 떨어질 뻔했잖아."

"할로우마스 밤에도. 그것도 기억하지?"

모리건이 케이든스를 성난 눈초리로 노려보았다. "네가 나를 밀어서 연못에 빠뜨렸으니까. 그런 일은 잘 잊히지가—"

"아무도 나를 기억 못해." 케이든스가 말을 끊고 빠르게 얘기했다. 케이든스는 이상하다는 듯이 모리건을 쳐다봤다. "사람들은 최면술사를 기억하지 못해. 중요한 건 그거야. 하지만 너는 기억했단 말이야." 케이든스는 복도를 흘끔거렸다. "가야겠어." 케이든스가 자기 후원자를 찾아 달려가 모퉁이를 돌아 사라질 때까지도 모리건은 어떤 말을 해야 할지 떠오르지 않았다.

"특이한 아이네." 주피터가 얼떨떨한 듯 미간에 주름을 잡고 케이든스가 사라진 곳을 바라보았다. "저 애는 누구니?"

"케이든스 블랙번이에요." 모리건은 바닥에 굴러다니는 벽보를 주워서 접은 뒤 주머니에 넣었다. "걔가 *특이하긴* 해요. 맞아요."

"뭐라고?" 주피터가 몽상에서 깨어나듯 머리를 흔들더니 모리건을 보며 눈의 초점을 맞추었다.

"저 애가 특이하긴 하다고요."

"누가 특이하다고?"

"케이든스요."

"케이든스가 누군데?"

모리건은 한숨을 쉬었다. "장난하는 거 아니죠? 신경 쓰지 마세요."

24장

배틀거리

주피터는 피네스트라를 불렀다. 피네스트라는 마지못해 배틀거리Battle Street 원더철역 입구로 아이들을 마중 나왔다. 피네스트라가 모리건과 잭, 호손을 듀칼리온까지 무사히 데려가는 동안, 주피터는 보증 동의서라는 뭔지 모를 일을 처리하러 가기로 했다.

"절대 아이들에게서 눈을 떼면 안 돼." 주피터는 표를 끊고 돌아오면서 피네스트라에게 귀가 따갑도록 같은 말을 반복했다. "다른 길로 우회하면 안 돼. 한눈팔지 말고. 곧장 집으로 가. 옆길로 새거나 어떤 일로도 지체해서는 안 돼. 알겠지?"

피네스트라가 또 시작이냐는 듯이 눈을 굴렸다. "참 나, 가다가 중간에 아이스크림 가게도 들리고 강아지도 사러 갈 건데."

"피네스트라…" 주피터가 경고하듯 말했다.

"알았어. 네 수염이나 잘 챙겨."

주피터가 모리건과 호손과 잭을 돌아보았다. "그래, 너희 셋. 저 아래는 사람들이 북적거릴 거야. 핀 옆에 바짝 붙어 있어. 절대 돌아다니면 안 돼. 핀, 러시 노선Rush Line을 타고 릴리스 게이트Lilith Gate까지 간 다음 센테너리 노선Centenary Line으로 갈아타는 게 나아. 그러면 아일랜드인더리버Island-in-the-River까지 갈 수 있을 거야. 거기서부터는 브롤리 레일을 타고 캐디스플라이앨리까지 한 번에 가면 돼. 너희 전부 우산은 갖고 있지?"

세 아이는 고개를 끄덕였다.

"하지만 바이킹 노선Viking Line을 타면 아일랜드인더리버까지 직행이잖아." 피네스트라가 말했다.

주피터는 고개를 저었다. "발권 창구에 있는 친구 말이, 바이킹 무리가 터널 하나를 공격해서 열차가 늦어진다고 하더라고. 현장을 수습하려면 시간이 걸릴 거야."

"그럼 러시 노선이 답이군." 피네스트라가 러시 노선을 타는 데 동의했다. "너희 셋, 이리 와."

피네스트라와 아이들은 북적이는 역 아래로 내려가 회전문을 밀고 들어갔다. 너무 커서 정상적인 방식으로 들어가기 힘들었던 피네스트라는 문 위로 뛰어넘었다. 화가 난 검표원이 호통을 쳤다가 피네스트라가 캬악 하고 이를 드러내자 냉큼 하던 일로 돌아갔다.

터널을 지나고 계단통을 내려가는 내내, 호손은 평가전에서 있었던 일에 대해 묻고 싶어 뒤따라오는 모리건을 계속 흘깃거렸지만 주변이 너무 시끄러웠다. 모리건은 호손과 눈이 마주치자 아는 게 없다는 듯 어깨를 으쓱이며 입만 뻐끔거려 소리 없이 말했다. *나도 몰라.*

이윽고 승강장에 도착하자, 피네스트라는 퇴근 인파를 밀밭처럼 가르며 노란 선이 그어진 맨 앞까지 나아갔다. 호손과 모리건과 잭은 각자 피네스트라의 털을 한 움큼씩 그러잡고 놓치지 않으려고 매달린 채 연신 사과를 건네며 사람들을 팔꿈치로 밀치고 추월했다.

"조금만 천천히 가요, 핀. 사람들을 깔아뭉개겠어요." 잭이 말했다.

"내가 가는 길을 막는다면 뭉개져도 할 말 없지." 성묘가 그르렁거렸다. "지금 나는 딱 이런 게 필요해. 기가 막힌 하루를 보낸 끝에, 사람들로 만원인 원더철에서 너희 셋의 보모 노릇을 하려면 말이야. 듀칼리온은 하루 종일 엉망인데, 사람들은

왔다 갔다 떠들어 대지, 전기기사를 불러서 남관 배선을 정리
시켰지, 케저리는 그 어처구니없는 유령 사냥꾼들을 또 받아
줬지."

"유령 사냥꾼이래!" 호손이 설레는 얼굴로 말했다.

"유령은 그때 내보낸 줄 알았는데요." 모리건이 말했다. "그
때 여름에, 기억나요? 유령 퇴치 의식을 했잖아요."

"그래, 최고급 샐비어 향이 그렇게 진동을 했는데도 말이
야." 피네스트라가 비꼬면서 말했다. "우리의 회색빛 남자는 여
전히 남관을 배회하면서 사람들을 겁먹게 하고 있어. 벽을 통
과해 다니고 모퉁이를 돌면 사라지고. 직원들이 우스운 이름도
붙여 줬는데, 아, 뭐더라?"

"나는 회색 남자 같은 건 못 봤는데." 모리건이 말했다.

"그럼, 넌 당연히 못 보지. 내부 수리가 지긋지긋하게 계속되
고 있는 마당에 네가 남관에 들어갈 이유가 어디 있다고." 모리
건은 호손과 잭과 함께 죄책감 어린 눈빛을 교환했지만 더 이
상 아무 말도 하지 않았다. 세 아이는 그림자가 탈출했던 날 밤
에 있었던 일을 아직 아무에게도 털어놓지 않았다. "회색 남자
에 대해 계속 불평하는 건 건축기사들이야. 바로 옆방에서 유
령 소리가 들려서 달려가 보면 고사메르를 타고 사라져 버린다
는 거야."

"유령이 무슨 소리를 낸다는 거예요?" 잭이 물었다.

"노랫소리, 아니 콧노래 소리지. 사람들이 회색 남자를 그렇게 불러. **콧노래 부르는 남자**라고. 웃기지도 않아."

모리건은 순간 계단에서 발을 헛디뎠을 때처럼 가슴이 철렁했다. 회색 남자. **콧노래 부르는 남자**. 남관 벽을 통과해 다니고 고사메르 속으로 사라지는, 유령 같은 사람.

모리건은 단박에 에즈라 스콜이 네버무어로 들어올 수 있었던 방법을 깨달았다. 마치 머릿속에서 전등 스위치가 켜져 이제야 모든 게 선명히 드러난 느낌이었다.

"고사메르 노선이었어!" 모리건이 외쳤다.

"뭐라고?" 호손이 물었다.

"고사메르 노선 말이야. 그걸 타고 온 거였어. 그걸 통해 네버무어에 들어왔던 거야." 모리건이 말했다.

"누가 어떻게 네버무어에 들어왔다고? 너희 무슨 얘기를 하는 거야?" 잭이 물었다.

"존스 아저씨, 아니 에즈라 스콜 말이야. 그 사람이 회색 남자야. 콧노래를 부르는 남자라고! 그래서 사람들이 유령이 있다고 생각한 거야. 고사메르 노선을 타고 여기로 와서, 벽도 통과할 수 있는 거라고!"

하지만 모리건이 하는 말을 묻어 버리며 기적이 높이 울리고 *쉬익* 증기가 분출되더니 열차가 승강장에 멈추어 섰다. 피네스트라가 도끼눈을 뜨고, 모리건과 다른 두 아이를 첫 번째 객차 칸까지 살살 몰아갔다. 다른 승객들이 맞은편 끝자리에 옹기종 기 모여들며, 노란 눈의 거대한 성묘에게서 기꺼이 멀리 떨어 져 있으려 했기 때문에 아이들은 어렵지 않게 좌석에 앉을 수 있었다.

모두 자리에 앉자 피네스트라가 가까이 다가와 커다란 잿 빛 머리를 아이들 사이로 들이밀고 으르렁거렸다. "사람 많은 원더철역에 있을 때는 말조심해. 고사메르 노선은 일급비밀이 야."

"하지만 에즈라 스콜이 그걸 이용하고 있어요." 모리건이 발 끈하고는, 엿듣는 사람이 없는지 뒤를 힐끔거렸다. "아저씨에 게 말해야 돼요. 유령은 없어요, 핀. 그건 에즈라 스콜이에요. *그 사람이 회색 남자라고요!*"

"에즈라 스콜?" 핀이 목소리를 한층 내리깔며 말했다. "*원더 스미스인* 그 에즈라 스콜? 헛소리 마. 그 사람은 벌써 오래전에 네버무어에서 추방당했어."

"헛소리가 아니에요! 내가 직접 만났어요. 그 사람은 샹들리 에가 떨어지던 날에도 로비에 있었고, 지난여름에도 어느 날 밤 남관에서 나랑 이야기를 나누었어요—"

"*네가* 남관에서 뭘 하고 있었는데?" 피네스트라가 모리건을 추궁했다.

"—또 할로우마스 때 **검은 퍼레이드**도 보러 왔었다고요."

"그건 사실이에요." 호손이 열렬하게 고개를 끄덕였다. "그 사람이 거기 왔어요. 나도 봤어요."

"챈더 여사가 백 년 전에 그린 스콜의 초상화를 보여 줬는데, 그 *사람*이 맞아요. 핀, 정말 똑같다니까요. 나이를 한 살도 안 먹은 것처럼 보였어요! 그래서 그 사람이 금지령을 피할 수 있었던 거예요. 몸을 공화국에 남겨 놓고 와서 말이에요. 출입통제소 수비대도, 지상군도, 국립마법위원회도, 어느 누구도 그 사람이 네버무어를 떠돌아다니는 걸 찾아낼 수 없어요. 엄밀히 말하면 그 사람은 *여기 온 적이 없으니까요.*"

"그 말이 사실이라 해도 말이야." 잭이 미간에 깊은 주름을 잡으며 말했다. "정말 그게 원더스미스고 그 자가 정말 고사메르 노선으로 네버무어에 드나들고 있다 해도… 왜 그런 짓을 해?" 잭이 경계하듯 눈을 깜박이며 모리건을 바라보았다. "그 사람이 원하는 게 뭔데?"

"아마 허점을 찾고 있겠지." 호손이 말했다. "네버무어로 돌아오는 문이 될 어딘가를 말이야." 호손이 모리건에게 의미심장한 표정을 지어 보이며, 에즈라 스콜과 제자 입찰에 대해 말하라고 조용히 응원을 보냈다. 모리건은 그 판단이 옳다고 생각했다. 누군가에게는 말을 해야 했고, 주피터가 언제 돌아올지는 아무도 몰랐다.

"핀, 내가 아는 대로—" 모리건이 조용히 말을 꺼냈지만, 성

244

묘가 그 말을 중단시켰다.

"다 쓸데없는 일이야! 고사메르 노선을 *탔*다고 해도 그 자는 아무도 해치지 못했어. 누굴 *건드릴* 수조차 없었다고. 고사메르를 통해서 다른 사물과 물리적으로 접촉한다는 건 불가능해."

"핀, 들어 봐요." 모리건이 말했다. "내가 안다니까. 에즈라 스콜이—"

"그 자는 *원더스미스*예요, 핀." 이번에는 잭이 끼어들었다. "다른 사람은 못해도 그 자가 할 수 있는 일은 차고 넘칠 거라고요."

"말했잖아. 그건 *불가능해.*"

"핀, *내 말 좀 들어 보라고요!*" 모리건이 소리쳤다.

느닷없이 객차 안의 전등이 깜박거리고 속도가 느려지더니 열차가 완전히 멈추었다. 승객들이 전부 탄성을 질렀다.

"왜 열차가 안 가요, 아빠?" 객차 중간쯤에 있던 어린 남자아이가 물었다. "왜 문이 안 열려요?"

"늘 있는 지긋지긋한 열차 지연일 뿐이란다, 얘야." 남자는 출퇴근으로 단련된 사람답게 포기하는 듯한 한숨을 내쉬었다. "선로 위에 생쥐나 뭐가 있나 보지."

등이 다시 깜박거리더니 빛이 희미해지면서 완전히 나갔다. 그러고는 꺼질 듯 말 듯 시들거리면서 다시 들어왔다. 전기 음

향이 삐익 울리고 이내 열차 방송설비를 통해 목소리가 흘러나왔다.

"신사숙녀 여러분, 안녕하십니까. 우리 열차 앞쪽에 약간의 신호 간섭 문제가 발생한 것으로 보입니다. 오래 걸리지 않을 예정이오니 곧 다시 출발하겠습니다. 기다려 주셔서 감사합니다."

등이 또다시 깜박거렸다. 좌석에 진동이 오더니 손잡이가 흔들렸다.

모리건은 주변을 두리번거렸다. 모리건 말고는 눈치챈 사람이 없는 것 같았다. 터널에서 천둥처럼 우르릉 울리는 소리를 들은 모리건은 객차 꼬리 쪽으로 가서 차 벽에 귀를 바짝 붙였다.

"*지금 뭘 하는 거야?*" 피네스트라가 엄하게 물었다.

"이 소리 들려요?"

"무슨 소리?" 호손이 물었다.

"이 소리는 쪽… 쪽……."

말발굽 소리 같았다. 말발굽이 원더철 선로를 박차고 달리며 다그닥거리는 듯한 소리가 터널 안에서 울렸다. 뒤이어 괴성처럼 귀를 찢는 말울음 소리와 사냥개가 으르렁거리는 소리, 그리고 총성이 울리는 소리.

모리건은 비틀거리며 뒷걸음질을 치다 의자에 걸려 주저앉았다. "도망쳐!" 모리건이 외쳤다. "모두들 물러서요, 그들이

오고 있어요!"

하지만 도망칠 곳이 없었다. 객차 안은 사람들로 가득했고, 열차는 터널 한가운데 멈춰 있었다. 고개를 돌리니 수십 명의 사람들이 몰려들어 모리건을 에워싼 채 어리둥절한 얼굴을 하고 있었다. 그중에는 호손과 피네스트라와 잭도 있었다. 모두들 걱정하는 것 같았다.

"모리건, 무슨 소리를 하는 거야?" 호손이 물었지만, 그의 목소리는 연기와 그림자 사냥단이 돌진하며 천둥처럼 울려 대는 굉음에 비하면 너무나 아득하고 조그맣게 들렸다. "아무 소리도 들리지—"

그리고 순간, 단지 연기만, 형체 없이 한 덩어리로 소용돌이치는 짙은 그림자와 연기만 남아 모리건을 에워싸고, 폐를 가득 채웠다. 발이 쑥 미끄러지더니 몸이 공중에 붕 떠서 사냥단에게 휩쓸려 갔다. 기세등등한 뿔피리 소리에 귀청이 떨어져 나갈 것 같았다. 모리건은 우산을 꽉 붙잡았다. 마치 우산이 어떻게든 닻을 내려 지상에 정박시켜 줄 것처럼.

모리건은 바다에 들어가 본 적도 없고 살면서 바다라는 걸본 적도 없지만, 이런 게, *이런 거야*말로 바다에 빠져 죽는 느낌일 거라고 상상했다. 사나운 물결에 휩쓸리고 수없이, 수없이 구르고 뒤집히다 끝내는 아무것도 없는 암흑과 그림자만 남아, 끝없이 캄캄하고, 캄캄하고, 캄캄한…….

25장

스승과 제자

모리건이 눈을 뜬 곳은 아무도 없는 승강장이었다. 모리건은 맥없이 끙끙거리며 차가운 콘크리트 바닥에서 일어나 앉으려고 애썼다. 옆구리가 찌릿하고 아팠다. 배 속이 울렁거렸다.

눈을 깜박거려 초점을 또렷이 맞추고 보니, 철 지난 벽보와 광고지가 줄줄이 붙은 모양이 눈에 익은 곳이었다. 그곳은 고사메르 노선의 승강장이었다. 모리건은 우산을 집어 들고 비틀거리며 일어섰다. 그리고 눈길이 닿은 곳에서 반갑지 않은 사실 하나를 포착했다. 모리건은 혼자가 아니었다.

40미터쯤 떨어진 승강장 저쪽, 나무 벤치에 앉아 있는 사람은 존스 씨였다.

아니지, 모리건은 생각했다. *존스 아저씨가 아니라 에즈라 스콜, 원더스미스였지.*

에즈라 스콜은 선로 건너편 터널 벽을 응시하며 생각에 잠긴 채, 콧소리로 예의 그 이상한 노랫가락을 조그맣게 흥얼거렸다. 자장가처럼 들렸지만 아니었다.

모리건의 심장이 쿵쾅쿵쾅 요동쳤다.

낮게 으르렁거리는 소리가 들렸다. 시커멓게 입을 벌린 터널 안에서 검은 연기가 한 줄기 피어오르고, 점점이 찍힌 빨간 빛들이 밖을 내다보았다. 모리건은 공기를 가르는 조용한 말 울음소리에 화들짝 놀랐다. 연기와 그림자 사냥단은 어둠 속에서 끈질기게 기다렸다… 무엇을 기다리는 거지? 그들의 주인인 원더스미스의 명령을?

나가는 길은 단 하나였다.

모리건은 천천히 승강장을 걸어 내려갔다. 발자국 소리가 울렸다. 에즈라 스콜은 불안할 정도로 움직임이 없었다. 그저 콧노래를 흥얼거리면서 벽을 가만히 바라볼 뿐이었다.

그를 지나쳐 갈 수만 있다면, 도망칠 수도 있을 것 같았다. 미로 같은 계단통과 원더철의 비밀 통로를 오르고 또 올라가 네버무어교통국 소속 승무원이나 저 위에 북적거리는 친절한 승객을 마주치기만 하면, 아니 환하고 시끌벅적하게 토요일을 즐기는 네버무어의 안전한 밤길로 나갈 수만 있다면.

모리건은 엉거주춤 한 걸음, 또 한 걸음 내딛었다.

"작은 가막귀야, 작은 가막귀야, 눈이 까만 단추 같구나." 스콜이 조용히 노래했다. 조용한 미소가 조금씩 천천히 만면에 번지는 듯했지만, 눈에는 좀처럼 웃음기가 닿지 않았다.

"풀밭을 덮치렴. 그곳에 토끼들이 모두 숨어 있단다."

모리건은 걸음을 멈췄다. 이 노래를 들어 본 적이 있었나? 아마 저주받은 아이라는 이유로 쫓겨나기 전에 유치원에서 배웠는지도 모르겠다. 에즈라 스콜은 카랑카랑한 목소리로 감미롭게 노래했다.

"작은 토끼야, 작은 토끼야, 엄마 옆에 있으렴." 스콜이 고개를 돌려 모리건을 쳐다보자, 그와 동시에 승강장 벽을 장식한 초록색과 흰색의 타일이, 마치 무언의 명령이 떨어진 듯 하나씩 하나씩 반들거리는 검은색으로 바뀌었다.

"그렇지 않으면 작은 가막귀가 너의 눈을 쪼아 먹을 거란다."

노래가 끝났지만. 에즈라 스콜은 여전히 섬뜩한 미소를 짓고 있었다. "크로우 양, 뭔가를 알아낸 사람처럼 보이는구나."

모리건은 아무 말도 하지 않았다.

"말해 봐." 에즈라 스콜이 대답을 재촉했다. 간신히 들릴 정도로 나지막한 목소리였다. "네가 얼마나 영리한 아이인지 보여 줘."

"당신은… 당신은 에즈라 스콜이야." 모리건이 말했다. "당신은 원더스미스야. 존스 아저씨는 없어. 전부 거짓말이었어."

"훌륭해." 그가 고개를 끄덕였다. "아주 훌륭해. 또 뭘 알지?"

모리건은 침을 삼켰다. "**용기광장 대학살**, 그것도 당신이 한 짓이야. 당신이 그 사람들을 죽였어."

에즈라 스콜이 고개를 살짝 기울였다. "책임이 있지. 또 다른 건?"

"연기와 그림자 사냥단을 보내서 나를 뒤쫓게 시킨 사람도 당신이었어." 승강장 천장에 달린 등이 깜박거렸다. 덩굴손 같은 검은 연기가 터널 안쪽에서 피어 나와 벽과 천장을 타고 넘실거리며 빛의 숨통을 틀어막듯 등을 가렸다. 모리건의 몸이 부르르 떨렸다. 어둠이 자신까지 집어삼킬 것만 같았다.

"그렇지. 너와 운 없이 이븐타이드에 태어난 아이들 전부 그랬어. 자비를 베풀 생각이었지."

"*자비*라고?" 모리건이 말했다. "나를 죽이려고 쫓아다녀 놓고?"

에즈라 스콜은 실망한 듯 눈을 감았다. "틀렸어. 나는 사람을 죽이려고 *쫓아다니지* 않아, 크로우 양. 그냥 죽이는 게 간단하

251

거든. 이미 알고 있겠지만 너는 아직 살아 있지. 그건, 분명히 말하지만 너의 노스 대장이 대담하게도 너를 구해 주었기 때문이 아니라, 내가 *너를 살려 두고자 의도했기* 때문이야."

"거짓말쟁이!"

"그래, 거짓말쟁이야. 하지만 늘 거짓말만 하지는 않아. 게다가 이번에는 확실히 아니야." 에즈라 스콜은 벤치에서 일어나 모리건에게 다가왔다. "반은 맞고 반은 틀렸어. 내가 사냥단을 보내 너를 뒤쫓았지. 하지만 너를 죽일 목적은 아니었어."

이름이 불리자 검은 연기의 사냥개들이 터널 속에서 모습을 드러내며 바닥에 바짝 몸을 낮춘 채 위협적으로 다가왔고, 그 뒤로 말 등에 올라탄 사냥꾼들이 진을 이루며 나왔다. 그들은 마치 꿈처럼, 천천히 움직였다. 공격 명령이 떨어지길 기다리면서.

모리건은 뒷걸음질 쳤다.

"도망가지 마." 에즈라 스콜이 경고했다. "저들은 아이들이 달아나는 걸 몹시 좋아하거든."

모리건은 얼음처럼 선 채로, 사냥단에게서 눈을 떼지 못했다. 심장이 너무 두근거려 손가락 끝까지 맥박이 뛰는 것 같았다.

"꽤 무시무시하지. 내 의견도 그래." 에즈라 스콜이 어깨 너머를 흘깃 돌아보며 말했다. "내가 만든 최고 걸작 중 하나야. 완벽한 살인 기계지. 무자비하고 감정도 없어. 막을 수도 없지.

정말이야, 크로우 양. 만일 내가 너를 죽이라고 명령했다면, 너는 숨이 붙은 채 이븐타이드를 넘기지 못했을 거야. 내가 저들에게 지시한 건, 너를 죽이라는 게 아니었어. 몰이를 하라는 거였지."

에즈라 스콜이 조용히 웃었다. 모리건의 목에 소름이 돋았다. 찰나 같은 순간, 빛이 번쩍이고, 모리건은 에즈라 스콜의 얼굴에 드리운 원더스미스의 그림자를 보았다. 검은 눈과 검은 입과 훤히 드러난 날카로운 이. 움푹 파인 얼굴의 사람도 괴물도 아닌, 모리건이 감히 상상도 할 수 없는 형상이었다.

"물론 처음에는 실패했어. 덕분에 가증스러운 생강 수염이 어이없는 거미 기계로 너를 빼돌렸지. 하지만 사냥단에게 두 번 실패는 없어. 드디어 고사메르 노선으로 활용해 볼 만한 약점을 몇 차례 찾아냈거든. 그러기까지 꼬박 1년 가까이 걸렸고, 경미한 원더철 사고도 한두 건—"

"당신이 한 *짓이었어*." 모리건이 말했다. 목소리가 떨렸다. "그 탈선 사고들. 사람들이 계속 원더스미스가 한 짓이라고 말했는데, 그 말이 옳았어. 당신이 사람을 두 명이나 죽였어!"

"시행착오라는 게 있으니까." 에즈라 스콜이 대수롭지 않다는 듯 어깨를 으쓱였다. "모두 모리건 크로우라는 길 잃은 양을 찾고자 하는 명분으로 행한 일이지. 그리고 이제, 어린양아, 집에 갈 시간이야."

에즈라 스콜이 모리건을 향해 돌아서서 손을 내밀었다. 멀리서 열차의 기적 소리가 울렸다.

모리건은 한 발짝 더 뒤로 물러섰다. "당신이랑은 아무 데도 안 가."

"그 의견은 정중히 사양하지."

엔진이 속도를 올리는 소리가 들렸다. 터널 깊은 곳에서 백금빛 불빛이 나타나 점점 더 밝고 환하게 다가오며 연기와 그림자 사냥단이 친 검은 장벽을 가르더니 마침내 어둠을 뚫고 나와 진줏빛으로 일렁였다. 너무 아름답고 너무 소름 끼쳐 차마 바라보기 힘든 광경이었다.

사냥단은 사방으로 흩어져 흔적도 없이 사라졌다가, 모리건이 서 있는 자리가 태풍의 눈인 것처럼 회오리바람을 일으키며 승강장에 되돌아왔다. 손에 쥐고 있던 우산이 떨어졌다. 사냥단은 빙글빙글 소용돌이치며 그림자와 연기의 검은 밧줄로 모리건을 묶어 금빛이 눈부시게 쏟아지는 고사메르 열차 안으로 밀어 넣고 더 깊숙이 끌어당겼다.

기적이 울렸다. 열차가 출발했다.

———◆———

공기가 차가웠다. 모리건은 고사메르를 통해서도 그걸 느낄 수 있었다. 크로우 저택 밖은 추웠다. 잔디는 엷은 서리로 덮여 있었다. 높다란 철문 뒤로 어스름한 하늘을 등진 저택이 검은 윤곽을 드러냈다.

에즈라 스콜이 걸음을 내딛으며, 광기가 번들거리는 눈에 기대감을 담고 저택을 쳐다봤다. "가정방문 한번 해 볼래?"

윈터스미스는 더 이상 육신 없이 고사메르로 떠돌며 주변에 힘을 쓰지 못하는 존재가 아니었다. 공화국으로 돌아온 그는 자기 몸을 되찾아 자유를 만끽했다.

윈터스미스가 손가락 마디를 우드득 꺾고 두 팔을 쭉 폈다. 그리고 손목을 한 번 휙 튕기자 문이 열렸다. 아니, 단순히 열리는 게 아니었다. 문은 휘어져 올라가고, 보이지 않는 거대한 손이 구부리고 있는 것처럼 단단한 쇠붙이와 난간이 줄줄이 접히고 뒤틀렸다.

저택 측벽 쪽에서 개들이 달려 나와 소리가 나는 쪽을 향해 맹렬히 짖었다.

"컹! 컹! 컹!" 에즈라 스콜이 미친 사람처럼 개들을 향해 마주 짖었다. 개들은 마치 누가 집어던지기라도 한 것처럼 공중으로 붕 떠서 뒤로 날아가다가 잔디밭 위로 쿵 떨어져 깨갱거리며 도망갔다.

"너는 그게 어떤 고통인지 몰라." 에즈라 스콜이 진입로에 깔린 자갈을 으스러뜨리며 말했다. "그곳에 갔는데, 바로 그곳이

내 도시인데, *나의* 도시, 내가 사랑하는 네버무어인데, *아무것* 도 할 힘이 없어. 내 재능을 사용하지도, 내 옆의 물건을 움직이 지도 못해… 무언가 만질 수조차 없지." 에즈라 스콜은 먼 곳을 응시했다. "고사메르는 놀라운 물건이야, 크로우 양. 내가 알아. 내가 만들었으니까. 하지만 때로는 감옥이 따로 없지." 스콜의 표정이 환해졌다. "그 기분이 어떤 건지 알려 줄게."

에즈라 스콜은 크로우 저택을 향해 돌아서서, 관현악 연주의 시작을 알리는 지휘자처럼 두 팔을 높이 들더니 정말로 지휘를 하기 시작했다.

크로우 저택을 이루고 있던 벽돌과 석조들이 떨어져 나와 움직이고 회전하기 시작하더니 서로 스치고 긁히면서 자욱하게 흙먼지를 일으키다 다시 하나의 구조물로 얽어 들어갔다. 모리건이 어린 시절을 보냈던 옛집은 이제 형체를 알아볼 수 없었다. 저택은 삐걱거리며 고딕 양식의 높은 대성당처럼 치솟아, 어느 때보다 섬뜩하게 모리건을 내려다보았다.

"더 낫지, 안 그래?" 에즈라 스콜이 기침을 하면서 먼지를 마시지 않으려고 손을 휘저었다.

"그만둬." 모리건이 말했다.

"이제 막 시작하려고 하는데."

에즈라 스콜이 손가락을 마찰시켜 탁 하고 소리를 내자, 짙은 회색의 석조 건물로 탈바꿈한 집이 빛나기 시작하면서 수백만 개의 금빛 꼬마전구에 불이 들어왔다. 아름다운 광경이었다.

어라, 저건 의외네. 모리건은 꺼림칙하게 에즈라 스콜을 쳐다봤다. 스콜이 어떠냐고 묻는 표정으로 모리건을 바라보며 인정해 달라는 듯이 두 손을 내밀었다.

"이런 걸 바란 게 아닌가, 크로우 양?" 한 번 더 손가락을 탁 튕기자, 가장 높이 치솟은 첨탑 꼭대기에서 깃대가 자라나더니 모리건의 얼굴이 박힌 검은 깃발이 가벼운 바람결에 도도하게 펄럭였다. "이런 걸 바라고 허세밖에 없는 얼간이를 선택한 거잖아? 그 자가 속한 원드러스협회, 아라크니포드, 모닝타이드 파티의 옥상 낙하 따위에 혹해서 말이야."

에즈라 스콜이 손목을 가볍게 튕기자, 옥상에 환한 네온사인이 켜지며 **모리건 왕국에 오신 것을 환영합니다** 하고 번쩍번쩍 빛나는 글씨가 생겼다.

모리건이 겁에 질려 있지 않았다면 웃음을 터뜨렸을 것이다. 유사 이래 가장 사악한 자인 에즈라 스콜이 방금 모리건의 고향 집을 모리건 크로우 놀이동산으로 변신시켰다.

에즈라 스콜이 모리건을 돌아봤다. "겉만 화려하지 알맹이는 없어. 주피터 노스가 바로 그런 인간이지. 그가 말은 해 줬나?"

"말하다니 뭘?"

"아니, 했을 리가 없지. 하지만 네 그 작은 머리가 제법 돌아가잖아. 틀림없이 알아냈을 거야." 에즈라 스콜이 말을 하면서 손가락을 가볍게 흔들자, 분수대에서 물줄기가 뿜어져 나오더니 얼음 조각상처럼 공중에서 얼어붙었다. 스콜은 그쪽을 쳐다보지도 않았다. 모리건의 눈에는 본인이 저런 작품을 만들었다는 사실을 알고 있는지도 확실치 않아 보였다. "말해 봐, 모리건 크로우. 내가 왜 네게 제자가 되라고 했을까?"

모리건은 침을 삼켰다. "나는 몰라."

"말도 안 돼." 에즈라 스콜이 부드럽게 말했다. 그는 한 손을 들어 허공에 어떤 무늬를 그렸다. 네온사인과 꼬마전구가 깜박거리다 꺼져 버렸다. 첨탑이 바스러지기 시작했다. 회색 돌조각 몇 개가 바닥으로 굴러떨어졌다. "말해."

"나는 *모른다고*." 모리건은 똑같은 대답을 반복했다. 모리건이 서 있던 자리로 커다란 돌덩이가 떨어지는 바람에 화들짝 놀라 옆으로 피했다.

"*생각을 해.*"

하지만 생각할 수 없었다. 크로우 저택이 바로 눈앞에서 무너지고 있었다. 외벽이 수북한 먼지와 잔해로 가라앉자, 집이 무너졌는데도 아무런 동요 없이 따뜻하게 불을 밝힌 방 안이 드러났다. 크로우 가족이 평범한 일상을 보내는 모습이 마치 정지 화면처럼 그대로 멈춰 있었다.

모리건이 서 있는 곳 바로 앞에서 아버지와 새어머니, 그리고 할머니는 편안한 거실 의자에 앉은 채 크로우 저택이 붕괴

하고 있다는 사실을 인지하지 못했다. 아이비는 쌍둥이 한 명에게 우유를 먹이고 있었고, 커버스는 다른 한 명을 흔들흔들하며 재우는 자세로 멈춰 있었다. 할머니는 독서 중이었다. 난로에서는 불이 타오르고 있었다.

"정말 내 입으로 말을 해야 하나?" 에즈라 스콜이 모리건에게 다가와 곁에 섰다. 곤혹스러운 듯 재미있어하는 얼굴이었다. "크로우 양, 너는 원더스미스야. 바로 나처럼."

그 말을 듣는 순간 모리건은 추위를 느꼈다. 오싹한 전율이 등골을 타고 내려갔다. 얼음장 같은 손가락이 등을 훑고 지나가기라도 한 것처럼 너무나 사실적인 한기가 느껴졌다. 살갗에는 소름이 돋았다.

원더스미스야. 바로 나처럼.

"아니야." 모리건은 나직이 내뱉었다. 그리고 조금 더 단호하게 외쳤다. "아니야!"

"그래, 그 말이 맞아." 에즈라 스콜이 고개를 비뚜름히 기울였다. "나하고 *아주* 같지는 않지. 하지만 언젠가, 네가 열심히 노력하고 집중하면, 따라올 수는 있어."

모리건은 주먹을 꽉 쥐었다. "절대 당신처럼 되지 않을 거야."

"본인에게 선택권이 있다고 생각하다니 깜찍하기 이를 데 없군. 하지만 너는 이걸 타고난 거야, 크로우. 너에게 정해진 길이고 그 길을 벗어나는 건 불가능해."

"절대로 당신처럼은 되지 않을 거야." 모리건이 거듭 말했다. "절대 살인마는 되지 않을 거라고!"

스콜이 큭큭 웃었다. "너는 원더스미스가 그런 거라고 생각하는 거야? 뭔가를 죽이는 도구라고? 반은 맞는 말인지도 몰라. 파괴와 창조. 죽음과 삶. 모든 도구를 손아귀에 쥘 수 있으니까. 사용하는 법만 터득하고 나면 말이지."

"그런 걸 사용하고 싶은 마음은 없어." 모리건이 이를 악물고 말했다.

"거짓말하는 솜씨가 형편없군." 에즈라 스콜이 말했다. "누구를 속일 때 조금 더 노련해지는 법을 배워야겠어, 크로우 양. 그리고 배워야 할 게 한 가지 더 있는데, 이건 **걸출한 원더스미스의 참혹 예술**이라고 부르는 게 좋겠어. 내가 기꺼이 너의 선생이 되어 주지. 제1과를 시작해 볼까."

에즈라 스콜은 방 안으로 들어가 무언가를 중얼거렸는데 모리건에게는 잘 들리지 않았다. 난로 쇠 살대에서 타오르던 불이 튀어나와 순식간에 번지면서 크로우 가족을 에워쌌다. 몇 분 만에 커튼부터 카펫까지 거실이 온통 불길에 휩싸였다. 모리건의 식구들은 위험을 의식하지 못하고 아무런 움직임 없이 앉아만 있었다.

"그만해!" 모리건이 맹렬히 타오르는 불길 너머로 소리쳤다.

"제발, 그 사람들을 가만히 놔둬!"

"네가 무슨 상관이지?" 에즈라 스콜이 조롱했다. "이 사람들은 너를 싫어했어, 크로우. 저들의 삶에서 뭐라도 틀어지면 전부 네 탓을 했지. 네가 죽었을 때, 아니 네가 죽었다고 믿었을 때, 저들은 *안도했어.* 그런데 어째서?"

불은 크로우 가족이 있는 지점으로 점점 더 번졌다. 아이비의 이마에서 땀이 한 방울 굴러떨어졌지만 아이비 자신은 아무것도 느끼지 못하는 것 같았다. 모리건은 무엇이든, 조약돌이든 부서진 돌조각이든 닥치는 대로 집어 들고 아버지의 식구들에게 경고를 하려고 했다. 하지만 아무것도 집히지 않았다. 모리건의 손은 물건들을 그대로 통과했다.

"저주 때문에." 에즈라 스콜은 계속 말했다. "존재한 적도 없는 그놈의 저주 때문에 말이야."

모리건은 침을 삼키며 화염 사이로 그를 똑바로 쳐다보았다. "존재한 적도 없다니, 그게 무슨 뜻이야?"

에즈라 스콜이 큰 소리로 웃었다. "*저주 때문이라고* 설명하면 쉽거든. 너처럼 이븐타이드에 태어난 아이들은 귀찮은 나이가 되기 전에 전부 저승길로 떠나보내 버려야 하니까. *내* 소중한 원더를 너무 많이 가져가서 빨아들이기 전에 말이야. 그렇게 피뢰침 같은 탐욕이 생길 소지가 보이는 녀석들도 있었지. 그게 누구든 나에게 터무니없는 부와 권력을 주는 에너지의 원천을 약화시키게 내버려 둘 수는 없지 않았겠니? 내가 원더를 지휘하는 유일한 존재라면 원더의 힘은 내게 머무르지. 당연히 나의 위치를 위협할 싹이 자란다면 나는 그 싹을 제거해야만 해. 그런 일로 나를 비난하면 안 돼. 사업가로서 감각이 좋은 거니까."

"저주 같은 건 없었어." 모리건은 이제야 이해가 됐다. 주피터가 그렇게 말했지만 모리건은 그 말을 믿지 않았다. 진심으로 믿은 적은 없었다. "*당신이야말로 저주였어.*"

에즈라 스콜은 모리건이 아무 말도 하지 않았던 것처럼 자기 말을 이어 갔다. "세월이 흐르면서 저주는 혼자 알아서 뿌리를 내리고 가지를 뻗었어. 사람들은 참 알 수가 없어. 한때 너희는 가엾다며 연민과 동정을 받았거든. 어린 나이에 그 하잘 것 없는 생을 강탈당해야 하다니. 그런데 시간이 흐르면서 언제부터인가 인간이 지닌 극악한 본성이 작용하면서, 저주받은 아이들을 만만한 희생양으로 여기기 시작한 거지. 일이 잘못되면 손가락질할 존재로. 왜 이번 농사를 망쳤지? 저주받은 아이 때문에. 나는 왜 밥줄이 끊겼지? 저주받은 아이 때문에. 곧 세상 모든 피해와 갈등이 저주받은 아이의 탓이 됐지. 전설은 계속 부풀어서 저주받은 아이는 가족에게 한이 되는 데 그치지 않고 세상 모든 이들에게 골칫거리가 되어 버린 거야."

에즈라 스콜은 커버스의 품에서 아기를 들어 안았다. 커버스는 미동도 없었다. 유리알처럼 멀건 그의 눈은 아무것도 보지 못했고 밝게 타오르는 오렌지빛 불길만 그 안에서 이글거렸다. 거실은 이미 용광로였고, 불길에서는 연기가 구름처럼 자욱하게 피어올랐다. 연기가 검게 소용돌이치는 모습으로 변하더니 화염 속에서 뿜어져 나왔다. 울부짖는 소리가 들렸다. 모리건은 몸서리쳤다.

아기는 작고 포동포동한 손가락으로 에즈라 스콜의 코를 잡으려고 바둥거렸다. 원더스미스가 우스꽝스러운 표정을 짓자 연한 금발의 자그마한 아기가 꺅꺅거리며 웃었다.

"자, 알겠지, 크로우. 네 가족이 너를 구박한 건 내가 시킨 게 아니야. 다 자기들이 알아서 그렇게 한 거지." 에즈라 스콜은 아기의 작은 손을 잡고 모리건에게 흔들었다. "내가 대신 죽여줄까?"

"안 돼!" 모리건이 외쳤다. "제발, 안 돼!" 에즈라 스콜이 안고 있던 아기를 공중에서 떨어뜨렸지만, 아기는 곤두박질치지 않고 바닥으로 둥실둥실 내려앉았다. 모리건은 어떻게든 그를 막아야 했다. 하지만 *어떻게?* 고사메르를 통해 끌려온 신세에 뭘 할 수 있지? 모리건에게는 아무런 힘도 없었다.

"안 된다고? 정말이야? 믿어야 할지 모르겠군." 에즈라 스콜이 슬며시 빈정거리는 미소를 지으며 모리건을 살폈다. "말해, 작은 가막귀야, 내가 왜 너를 살려 두었다고 생각하니?"

모리건은 말하지 않았다. 연기와 그림자 사냥단이 두 사람 근처에서 형체를 드러내고 있었다. 으르렁거리는 사냥개들과 말을 탄 얼굴 없는 사냥꾼들이 화염 속에서 나타나 무방비 상태의 크로우 가족을 둘러쌌다. 그리고 가까이, 점점 더 가까이 다가가며 에즈라 스콜의 명령이 떨어지기를, 죽음을 맞보기를 기다렸다.

"정말 많은 생명을 파멸시켰지. 지금까지 오랜 시간 끈기 있게, 내가 찾는 한 사람이 나타나기를 기다리면서. 나약한 인간이라면 포기했겠지만, 나는 알고 있었어⋯ 네가 올 거라는 걸 *알았어.* 언젠가, 이븐타이드에 태어난 아이가 우뚝 서서 내 자리를 대신하게 되리라고 확신했지. 어둠의 가능성이 충만하고, 나와 꼭 같은 눈을 한 아이가. 나의 진정한, 그리고 온당한 후계자가 나타나리라고." 에즈라 스콜은 무릎을 꿇고 앉아 모리건의 얼굴을 마주 보았다. 그 목소리가 너무나 부드럽고, 미소는 너무나 진실해서, 한순간 모리건은 짙게 그림자 진 이 미치광이의 얼굴이 친구였던 존스 씨로 보였다. "나는 네가 보여, 모리건 크로우." 에즈라 스콜이 눈을 반짝이며 소곤거렸다. "네 심장은 살얼음에 덮여 있어."

"*아니야!*" 모리건이 소리쳤다. 모리건의 내면에서 무언가가 에즈라 스콜로부터 멀어지며 우뚝 솟아올랐다. 바닷물이 빠져나가며 파도가 용솟음치는 것 같은 느낌이었다. 그 순간, 모리건은 해일 그 자체였다. 격렬한 분노와 두려움이라는 물결이 걷잡을 수 없이 밀려드는 살아 있는 해일이었다. 나는 에즈라 스콜과 *같지 않아! 절대로 에즈라 스콜처럼은 되지 않을 거야!*

모리건은 비틀거리며 뒷걸음질 치다 본능적으로 두 팔을 번쩍 들고 내면의 물결에 투항했다.

눈부시게 환한 빛이 방 안 가득 차오르며 연기와 그림자 사냥단이 흔적도 없이 사라지고 화염이 사그라졌다. 그렇게 몇 초, 어쩌면 며칠, 어쩌면 평생 동안 흐르고 있던 금빛의 하얀 파동이 사라졌다.

해일이 지나간 자리는 고요했다.

크로우 가족은 여전히 무지라는 약을 보호막처럼 두른 채, 아무것도 보지 못하는 눈을 멀거니 뜨고 있었다.

눈을 휘둥그레 뜬 에즈라 스콜은 벼락 맞은 몰골로, 누군가 내동댕이친 것처럼 팔다리를 뻗고 바닥에 누워 있었다. 모리건을 빤히 올려다보는 모습이 마치 처음으로 눈을 뜨고 세상을 보는 사람 같았다.

모리건 자신도⋯ *무엇이었는지는 몰라도 어쨌든 그것이* 남긴 여진에 몸을 덜덜 떨었다.

모리건은 연기와 그림자 사냥단을 파괴했다. 혹은 파괴하지는 못했어도, 적어도 쫓아 버리긴 했다. 지금은 그것으로 족했다. 모리건은 자신이 어떻게 한 건지, 어떻게 빛을 불러들였는지 전혀 몰랐지만, 눈부신 몇 초 동안 또다시 지난여름 에즈라 스콜이 해 주었던 이야기가 떠올랐다. *그림자는 그림자란다, 크로우 양. 그들은 어둠이 되고 싶어 하지.*

바닥에서 몸을 일으킨 에즈라 스콜은 그제야 말문이 트였다.

"있지, 크로우." 에즈라 스콜이 모리건을 경계하며 말했다. "네가 내 제안을 받아들였다면 좋았겠지만, 사실 네 대답은 필요 없어. 네가 열한 번째 생일을 넘겨 살아남은 것만으로도, 이미 네 스스로 내 밑에 들어온 거야. 집결이 진행되고 있어. 원더가 너를 알아봤으니 너는 원더의 힘을 벗어나지 못해."

"그건 무슨 소리야?" 모리건이 물었다. "집결은 뭐고?"

"너는 원더스미스로 태어났지만, 네가 원더를 힘의 원천으로 이용하는 법을 배우지 않으면 원더가 *너의* 힘을 이용하게 될 거야. 만일 네가 원더를 통제하는 법을 배우지 않으면, 원더가 *너를* 통제하지. 안에서부터 천천히 너를 태우기 시작해서 결국… 파멸에 이르게 돼." 에즈라 스콜이 고개를 흔들다가, 유감이라는 듯 입꼬리를 뒤틀며 미소 지었다. "내가 말했지. 연기와 그림자 사냥단 손에 죽는 게 자비였을 거라고. 하지만, 어쩌나. 네가 사냥단을 쫓아낸 것 같은데. 적어도 지금은 그렇군. 걱정마. 오늘 밤에 너를 이곳에 데려온 건 널 해치려던 게 아니야. 네 가족도 그렇고."

"그럼 왜 나를 납치한 거야?"

"납치?" 에즈라 스콜은 그 말을 재미있어하면서도 약간 기분이 상한 듯 보였다. "*납치한다*는 건 *훔친다*는 것과 같은 말이야. 나는 도둑이 아니야. 납치를 한 게 아니라고. 이건 네가 원더스미스로 성장하는 과정에 들어가는 첫 수업이야. 권위 있는 선생이 맡은 정예반 같은 거지. 두 번째 수업은 네 요청이 있을 때 바로 시작할 거야."

모리건은 고개를 저었다. 저게 농담인가? 아니면 그냥 미친 걸까? "내가 당신한테 뭘 요청하는 일은 평생 없을 거야. 당신은 나한테 아무것도 가르칠 게 없어."

에즈라 스콜은 나지막한 소리로 웃으며 사그라지는 불씨 사이로 걸어 들어갔다. 재와 불꽃이 발에 채여 먼지처럼 일어났다. "네가 알아 두어야 할 것을 가르칠 수 있는 사람은 나뿐이야. 언젠가 머지않아, 그 끔찍한 진실을 깊이 이해할 날이 올 거야. 내가 만든 괴물들과 함께 내가 반드시 그렇게 만들어 줄 테니까." 그가 옆으로 고개를 기울였다. 웃음기가 흔적도 없이 사라진 눈은 바닥을 헤아릴 수 없는 검은 심해 같았다.

"그날을 기약하마, 작은 가막귀야."

에즈라 스콜은 뒤돌아보지 않고 자갈이 깔린 긴 진입로를 걸어 내려가 어둠 속으로 사라졌다. 그가 떠난 뒤 남아 있던 마지막 불길이 소리 없이 꺼지고, 커튼과 가구가 탄 흔적이 사라졌다. 산산이 깨졌던 유리창이 깨지기 전으로 돌아가고, 크로우 저택의 석조 벽이 저절로 다시 세워졌다. 구겨졌던 철문은 곧게 펴져 부드럽게 철컹거리며 닫혔다.

모리건은 다시 평화를 찾은 거실 한복판에 서 있었다. 아무것도 모르는 크로우 가족을 보고 있자니, 마음속에서 낯선 그리움이 피어났다. 하지만 그리움이 향한 곳은 이 집이 아니었다. 이 사람들도 아니었다.

모리건은 눈을 감았다. 마음속으로 원더철 승강장에 떨어져 있을, 작은 오팔 새 장식과 은빛 손잡이가 달린 우산을 상상했다.

모리건은 기다렸다. 고사메르 열차가 기적을 울리는 소리가 들렸다. 모리건은 집으로 향했다.

26장

W.

처음에 모리건은 시력을 잃었다고 생각했다.

"*천천히* 라고 했다." 주피터가 말했다. 어깨를 잡았던 손이 느슨해지며 주피터가 한 발짝 뒤로 물러서는 소리가 들렸다. "천천히 눈을 떠 봐."

이곳이 듀칼리온이라는 것도, 지금 주피터의 서재에 서 있다는 것도 알고 있었지만… 모리건은 태양의 표면에 선 느낌이었다. 세상이 깨끗이 사라져 있었다. 햇빛이 집어삼킨 것처럼 온

269

통 눈부신 흰색으로 환하게 빛났다. 눈을 가늘게 뜨고 거울을 보면 그 안에 비친 윤곽이 간신히 보였다. 이게 정말 아저씨가 나를 쳐다볼 때마다 보는 모습이야?

"너무 오래 보지 마." 주피터가 주의를 주었다.

그 빛은 하나의 큰 광원에서 나오는 게 아니었다. 수천 수십만 개, 어쩌면 백만 개, 아니 *십억 개*도 넘는 바늘 끝처럼 작은 빛들, 크로우 저택에서 보았던 옅은 금빛이 도는 하얀빛과 똑같은 그런 빛에서 비롯된 것이었다. 그런 빛들이 모리건 주위로 모여들어 미세한 먼지 입자처럼 햇살을 머금고 반짝였다. 아니, 먼지보다는 살아 있는 생명체 같았다. 불을 향해 모여든 나방이랄까.

"이건……?"

"원더야. 좋은 느낌이지?"

좋다는 말은 적당하지 않았다. 아름답기는 했지만, 좋지는 않았다. 좋은 것과는 상반되는 무언가가 있었다. 원더는 경외감, 기대감, 극도의 공포, 환희, 매우 크고, 매우 작고, 절규하고, 속살거리고, *또 다른 어떤*, 수많은 느낌을 한꺼번에 불러일으켰다.

"이게 뭘 하는 거예요?" 모리건이 물었다.

"기다리고 있어."

"뭘 기다려요?"

"너를."

"나를 왜 기다려요?"

주피터는 한참 동안 대답을 미루었다. "보면 알겠지."

주피터가 모리건의 어깨를 잡고 두 번째로 이마를 맞댔다. 증명 평가전에서 원로들에게 했던 행동이었다. 그때는 무슨 일이 벌어지고 있는 건지 알지 못했다. 주피터는 자신의 시각을 다른 사람과 공유할 수 있었다. 그가 본 세상을 타인이 직접 목격할 수 있게 했다. 물론 그 순간은 아주 잠깐이었다.

세상이 다시 김빠진 느낌으로 돌아오자 모리건은 실망이 이만저만이 아니었지만, 한편으로는 마음이 놓였다.

거울 속의 여자아이는 검은 머리에 검은 눈, 흰 코까지 평범한 모습이었다. 보통 때와 다름없어 보였다.

"그 사람이 내가 자기랑 비슷하대요." 모리건은 처음으로 마음속의 두려움을 입 밖에 꺼냈다. "그건 사실이죠? 집결이라는 게 그거잖아요. 이거요. 원더가 내 주위로 모여드는 거요. 그 말은 내가… 원더스미스라는 뜻이죠." 모리건은 침을 삼켰다. 입안에서 그 단어가 가진 모든 맛이 감돌았다.

"그래." 주피터가 진지하게 말했다. "하지만 이해하기 위해서 노력해야 해. 원더스미스라는 말이 항상 나쁘거나 악한 존재를 뜻하는 건 아니야, 모그."

"아니라고요?"

"맙소사, 물론이지. 오래전에는 네버무어에서 원더스미스가 되는 게 명예로 칭송받던 시절도 있었어."

"원드러스협회에 들어가는 것처럼요?"

"그보다 더 대단한 일이었지. 원더스미스는 소원을 들어주는 자이고 보호자였어. 자신이 지닌 힘으로 세상에 좋은 일을 가져다주었지. *원더스미스는 괴물이나 살인자라는 뜻이 아니야.* 에즈라 스콜이 그런 뜻으로 *만들어* 버린 거지. 에즈라 스콜은 용서받지 못할 일을 저질렀어. 자신을 따르던 사람들과 자신이 사랑한 도시를 배신한 거야. 자신이 가진 힘을 함부로 썼어. 원더스미스를 어둡고 끔찍한 이름으로 바꾸어 놓았지만, 그 이름이 정말로 늘 그런 건 아니야. 네가 그 의미를 다시 바꿔 놓을 수 있어, 모그." 주피터가 모리건을 보며 활짝 웃었다. "넌 그렇게 할 거야. 난 네가 그럴 거라는 걸 알아. 네게 비기가 없다고 말한 건 진심이었어. 네가 가진 건 비기 같은 것보다 *훨씬 더 크니까.* 네겐 천부의 재능이 있어. 소명을 타고난 거지. 그걸 어떤 의미로 받아들일지는 네가 정하는 거야. 너 말고는 아무도 할 수 없어."

모리건의 시력이 제자리를 찾으면서 주피터의 서재도 서서히 분명해졌다. 벽에 걸린 사진들과 책꽂이에 꽂힌 책들이 또렷이 보였다. 푸른 눈이 반짝거리고 선명한 구릿빛 턱수염이 엉켜 있는 주피터의 얼굴도 보였다. 모리건은 가죽 안락의자에 털썩 주저앉아, 발판을 딛고 발목을 꼬았다.

"아저씨는 내가 누군지 처음부터 알고 있었죠?"

주피터가 고개를 끄덕였다.

"그럼 에즈라 스콜에 대해서도요? 그 사람이 내게 입찰을 넣었던 사실도 알고 있었던 거네요?"

"그래."

모리건은 한숨을 쉬었다. 주피터에게 스콜에 관한 이야기를 해야 하는지 걱정하느라 그 오랜 시간을 낭비하다니, 바보가 된 기분이었다. "그럼 왜 나를 평가전에 내보냈어요?" 모리건이 물었다. "그냥 원로들에게 말하면 되잖아요."

"너는 원더스미스라는 게 너라는 사람에게서 가장 중요한 점이라고 생각하는구나."

"아니에요?"

"천만에. 만일 그게 가장 중요한 자질이었다면, 모그, 협회에서 증명 평가전을 첫 번째로 치르게 하지 않을까? 생각해 봐. 우리는 책 평가전을 치르면서, 누가 정직하고 빠른 사고를 할 수 있는 사람인지 알았어. 추격 평가전을 하면서는 의지가 굳세고 전략적인 사람을 가려냈지. 공포 평가전을 통해 용기와 지략을 평가했어. 세 가지 평가전 도중에 탈락한 이들 가운데 탐나는 비기를 가진 아이가 없었을 것 같니? 당연히 있고말고! 어떻게 알겠어? 모든 지원자 중 재능이 가능 뛰어난 사람이 증명 평가전이 시작되기도 전에 걸러져 나갔는지도 모르지.

정직하지 않고, 끈질기지 않고, 용감하지도 않은 사람이라면, 그 사람에게 얼마나 재능이 있는지는 중요하지 않아. 네 가지 평가전을 전부 합격해야 했던 이유도, 네가 어떤 부류의 사람인지 원로들이 알아야 했기 때문이야. 그러면…" 주피터가 잠시 멈추고, 침을 삼킨 뒤, 조용히 마무리했다. "그러면 원로들도 네가 사람이라는 게 먼저고, 원더스미스라는 건 그다음 문제라고 여길 수 있지 않을까 생각했지."

"아저씨는 원더스미스가 동화책하고 미신에나 나오는 인물이랬잖아요."

주피터는 고개를 끄덕였다. "그래, 알아. 거짓말한 건 미안해. 그렇지만 *완전히* 거짓말은 아니고… 원더스미스와 관련된 역사에는 워낙 미신이나 터무니없는 헛소리가 많아서, 대부분의 사람들이 진위를 잘 가려내지 못해. 절반은 사실이지만, 그래도 미안하다."

"왜 거짓말을 했어요?"

"그렇게 하는 게 옳다고 생각했으니까. 네가 원더스미스에 대해 너무 많은 생각을 하지 않기를 바랐거든. 걱정거리가 한 가지 더 느는 거잖아. 안 그래? 너를 협회에 들여보내는 게 우선이고, 그 문제는 나중에 대처하는 게 낫다고 생각했어."

"그럼 다른 아이들은 뭐예요?"

"다른 아이들이라니, 누구?"

"세 명이 더 등록되어 있다면서요… 저주받은 아이 명부에 대해 이야기한 거 아니었어요? 그 아이들도 원더스미스예요?"

"아니야."

모리건은 주피터가 더 설명해 주기를 기다렸지만, 그는 더이상 속을 드러내지 않았다. "그 아이들은 어떻게 됐어요?" 모리건이 대답을 재촉했다. "그 아이들도 구해 줬어요? 아니면……."

주피터의 태도가 약간 누그러졌다. "그 애들은 잘 있어. 저 먼 곳에서 안전하고 건강하게, 에즈라 스콜과 그를 따라다니는 연기와 그림자 사냥단에 대해서는 모른 채 행복하게 지내고 있어."

운이 좋은 애들이네, 모리건은 생각했다.

에즈라 스콜과 맞닥뜨리고 나서 지난 이틀은 진이 쏙 빠지는 날들이었다. 모리건이 탄 열차가 고사메르 승강장으로 돌아왔을 때 마침 피네스트라와 잭과 호손도 숨도 못 쉴 만큼 겁에 질려 역에 도착했다. 피네스트라 일행은 모리건이 어디로 사라졌는지 알아낸 다음 주피터를 찾아서 데려온 참이었다.

잭은 하얗게 질린 얼굴로 제일 먼저 모리건에게 달려갔지만 안도감에 아무 말도 못했다. 주피터는 모리건을 와락 들어 올려 숨 쉴 수 없을 만큼 꽉 끌어안았고, 피네스트라는 모리건의 머리를 연신 핥아 댔다. 그 바람에 나중에는 머리카락이 거의 곤두서 있었다. 호손은 모험담을 처음부터 끝까지 한 번만 더 들려 달라고 열두 번도 더 사정했고, 들을 때마다 매번 적재적소에서 숨을 몰아쉬고 환호를 질렀다.

모리건이 연기와 그림자 사냥단에게서 구사일생으로 돌아온 이야기가 듀칼리온에 퍼졌지만, 피네스트라와 잭과 모리건과 호손은 원더스미스에 관한 부분만큼은 입을 다물겠다고 주피터에게 맹세해야 했다. 잭은 억울해하며 대답했다. "나는 이미 약속하지 않았어요?"

모리건은 지금까지 내내 그 말이 이해되지 않았다. 그러다가 불현듯 크리스마스 전날 밤 잭이 공포와 경이에 사로잡혀 자신을 빤히 바라보던 모습이 떠올랐다.

"잭은 알고 있었던 거죠?" 그제야 분명하게 이해되었다. "크리스마스 때부터 알고 있었던 거예요. 잭도 아저씨와 같으니까. 잭도, 그런 걸 뭐라고 해요?"

"위트니스." 주피터가 맞은편 의자에 앉으며 말했다. "맞아. 잭은 싫어하지만."

"그걸 왜 싫어해요?" 모리건이 깜짝 놀라서 물었다. "모든 걸 아는 거나 마찬가지잖아요. 잭은 그런 걸 좋아하는 줄 알았는데."

주피터가 그 말을 듣고 빙긋 웃었다. 그는 생각에 빠져들면서 모리건을 바라봤다. "어떤 때는 조금 그런 것 같기도 해. 하

지만 늘 그렇지는 않아. 때로는 고사메르조차 숨기는 게 있으
니까."

"나는 위트니스가 되어 보고 싶은데."

"아닐걸." 주피터가 움찔 놀라며 말했다. "저 뒤에 숨겨진 진
실을 전부 봐야 하는데? 쉴 새 없이? 사람들이 거짓말을 하면
그 거짓말이 검은 얼룩처럼 얼굴에 드러나지. 비참한 기분이
들 때는 그 기분이 사람 주변을 서성이는데, 마치 시체에 파리
떼가 꼬이는 광경을 보는 느낌이야. 고통, 분노, 배신감이 주변
어디에나 널려 있고 언제나 눈에 보여. 위트니스들은 대부분
이런 곳에서 살지 못해. 그랬다가는 머리가 돌아 버릴 테니까."

"이런 곳이라는 건 듀칼리온 같은 곳을 말하는 거예요?"

"네버무어를 말하는 거야. 아니 매일 수백만의 사람들이 모
여들어 자신의 흔적을 남기는 곳이라면 어디든 똑같지. 그런
보이지 않는 흔적들이 백만, 천만, 수천억 가닥으로 엮여 발광
하는 태피스트리처럼 짜인 곳이라면 말이야. 사람들이 흘리고
다니는 부스러기는 어디에나 떨어져 있어, 모리건. 그 사람이
벌인 다툼, 그 사람이 받은 상처, 그 사람이 느낀 사랑과 기쁨,
그 사람이 나눈 선행과 악행." 주피터가 피곤한 듯 얼굴을 문질
렀다. "나는 그런 부스러기를 걸러 내고, 오직 중요한 것만 보
는 방법을 터득했단다. 나는 각각의 다른 겹과 가닥을 벗겨 내
서 광기의 의미를 해석할 수 있어."

"하지만 그럴 수 있기까지 많은 시간이 걸렸단다, 모그. 몇 년 동안 훈련을 거듭했어. 잭은 아직 그 단계가 아니야. 한동안 은 더 훈련이 필요할 거고. 지금은 안대가 부스러기를 걸러 주 는 필터 역할을 하는 거지. 안대 때문에 시야는 좁아지지만, 잭 은 그렇게 해서 너나 다른 사람들이 보는 만큼만 세상을 보는 거야. 그렇게 하지 않으면 잭은 미쳐 버리고 말 거야."

모리건은 주피터와 같은 재능을 가져서 뭔가 나쁜 점이 있을 거란 생각은 들지 않았다. 어쩌면 잭의 성질이 나쁜 이유가 그 때문인지는 모르겠지만.

"그럼 그냥 그렇다고 말하면 되잖아요." 모리건이 말했다.

주피터가 자기의 손을 내려다보며 어깨를 으쓱였다. "곤란해 서 그럴 거야. 사람들은 대체로 위트니스를 좋아하지 않거든. 자기 비밀을 볼 수 있는 사람과 친구가 되기는 힘들잖아."

"그건 말도 안 돼요." 모리건은 주피터를 둘러싼 수많은 친 구와 숭배자들을 떠올렸다. "온 세상 사람들이 전부 다 아저씨 를 좋아하잖아요."

주피터가 웃음을 터뜨렸다. 얼마나 유쾌하고 호탕하게 웃었 는지 눈물이 맺힐 정도였다. "네가 생각하는 온 *세상*이 어디서 부터 어디까지인지 모르지만, 여하튼 네 *세계관*은 너무 극단적 이야, 모리건 크로우. 그래서 네가 여러 가지로 마음에 든다니 까."

"그러고 보니 잊고 있었네. 오늘 너한테 줄 게 도착했거든."
주피터는 일어서서 모리건에게 따라오라고 손짓했다. 주피터
는 열쇠로 책상 서랍을 열고 작은 나무 상자를 꺼내 모리건에
게 주었다. "원래 입회일 전에 주면 안 되는 거지만. 일주일을
엉망진창으로 보내기도 했고, 그 점을 감안하면 지금 이 상자
를 열 자격이 되지 않을까 싶구나."

상자를 열자 빨간 벨벳 쿠션 위에 W 모양의 작은 금빛 배지
가 놓여 있었다.

모리건은 목이 콱 메었다. "내 배지군요! 배지가 있다는 건,
받았어요? 마지막 서명 말이에요. 그… 그 보증인가 하는?"

주피터가 살짝 고개를 떨어뜨렸다. "아직… 좀, 못 받았어.
하지만 해결할 거야. 약속할게." 주피터는 모리건의 옷깃에 배
지를 달았다. "자, 여기 있다. 원더철에서 지정석을 받을 수 있
는 네 승차권이야. 그동안 노력한 만큼 가치가 있었으면 좋겠
구나."

모리건은 소리 내어 웃었다. 한 해 동안 지나온 모든 일이 전
부 정신 나간 짓 같았다. 죽음을 속여 도망쳤고, 평가전에 참가
했고, 플린트록과 에즈라 스콜과 연기와 그림자 사냥단을 맞닥
뜨렸고, 그밖에 눈물겨운 상황을 숱하게 겪으면서도 오로지 이
배지를 향해, 이 자그마한 물건 하나만 보고 달려왔다.

하지만 작은 물건이 아니었다. 큰, 그것도 엄청나게 큰 약속

이었다. 가족과 소속, 그리고 친구가 생길 거라는 약속.

생각해 보니 참 재미있었다. 지난 일주일과 호텔 듀칼리온에서 보낸 날들을 되돌아보니… 이미 모리건에게는 가족도, 소속도, 친구도 있었다.

——◆◆——

샹들리에가 드디어 완전한 모습으로 정착했다.

내기에서 이긴 사람은 프랭크였다. 프랭크가 내놓은 답이 결과와 가장 근접했다. 공작은 아니었지만 새였다. 보는 각도에 따라 다른 빛깔로 반짝이는 커다란 검은 새였는데, 로비를 덮을 만큼 긴 날개를 활짝 펴서 마치 호텔 듀칼리온과 그곳의 식구들을 보호하는 것 같은 모양새였다. 금방이라도 머리 위를 급습할 것처럼 보인다는 사람도 있었다. 누구에게 묻느냐에 따라 대답이 달랐다.

주피터는 검은 새가 분홍색 범선보다 마음에 든다고 말했다.

——◆◆——

며칠 뒤, 주피터와 낸시는 각자의 지원자를 데리고 밖에서 만나 뒤늦은 축하 자리를 가졌다. 네 사람은 용기광장에 위치

W.

한 아늑한 식당에서 양 정강이 고기를 먹고 생강맥주(* ginger beer, 생강과 설탕물을 발효시켜 마시는 탄산음료 – 옮긴이)를 마시면서 모리건과 호손의 합격을 축하하며 건배했다.

두 후원자는 원드러스협회에서 학생 신분으로 공부했던 처음 몇 년 동안의 가슴 떨리는 이야기를 몇 시간씩 들려주었다. 낸시는 주로 용을 타면서 겪었던 일을 이야기했고, 주피터는 온갖 해괴한 짓으로 회칙을 어겼던 경험담을 늘어놓았는데, 호손이 받아 적는 것을 보고 결국 화제를 돌려야 했다.

집에 돌아가는 길은, 걷는 걸음마다 바닥에 쌓였던 눈이 발에 채여 날렸다. 혹독하게 추운 날씨였지만, 모리건은 네버무어에 남다른 빛이 흘러 한겨울의 어느 하루도 평범하지 않다고 생각했다. 모리건은 다르다는 걸 느꼈다.

모든 게 달라 보였다.

거리에서 만난 사람들은 그들에게 미소를 건네며 지나갔다. 모리건은 이제 더 이상 언제 끔찍한 일이 닥칠지 기다리는 저주받은 크로우의 아이가 아니었다. 책임을 추궁당할 일을 기다릴 필요도 없었다. 그럼에도 불구하고 어둡고 무서운 무언가가 여전히 마음 한구석에 도사리고 있었다.

주피터가 모리건을 팔꿈치로 쿡 찔렀다. 어느새 브롤리 레일 승강장이었다. "무슨 생각을 하니?"

"그 사람은 돌아오겠죠?" 모리건이 가만히 물었다. "에즈라 스콜 말이에요. 돌아올 거라고요. 자신이 만든 괴물들을 데리고."

주피터가 엄숙한 얼굴로 대답했다. "시도를 할 거야."

모리건은 고개를 끄덕이며 우산을 꽉 움켜쥐었다. 손끝이 무심코 작은 오팔 새의 끝부분에 닿았다. "그럼 우리는 대비를 해야만 하겠네요."

근처에 모여 있던 아이들이 서로 속닥거리더니, 모리건과 주피터가 자신감 넘치는 동작으로 고리 모양 우산 손잡이를 내밀어 지나가는 브롤리 레일에 휩쓸려 사라지는 광경을 목을 길게 빼고 지켜보았다. 아이들이 바라보는 건 주피터만이 아니었다. 코트 깃에 금빛 W 배지가 자랑스레 빛나는 주피터와 모리건, 두 사람이었다.

후원자와 지원자. 미친 생강 머리 남자와 까만 눈의 작고 이상한 여자아이.

감사의 글

일곱 살짜리 제시카 타운센드가 「코알라 세 마리」라는 글을 도서관 소식지에 게재할 수 있었던 건 친절한 공공도서관 사서 덕분이었다. 사실 당시 그 글의 작가는 '과장'이라는 표현을 아무 데나 갖다 붙이는 아이였고, 만약 사서가 그 글을 떨어뜨렸다면 글을 쓸 때 행을 바꿔야 한다는 사실조차 배우지 못했을 것이다.

헬렌 토머스Helen Thomas와 알비나 링Alvina Ling, 수잔 오설리번 Suzanne O'Sullivan 그리고 커린 캘린더Kheryn Callender에게 무한한 감사를 전한다. 나는 내게 환상적인 조합을 이루어 준 이들 편집 팀과 함께 일할 수 있었던, 세상에서 가장 운이 좋은 작가다. 당신들 모두가 얼마나 멋지고 사랑스러운지, 나는 주체가 안 되니 당신들이 이 말을 듣는 데 익숙해지기 바란다.

아셰트Hachette와 오리온Orion, LBYR의 모든 사람들, 피오나 해저드Fiona Hazard와 루이스 셔윈 스타크Louise Sherwin-Stark, 루스 올타임스Ruth Alltimes, 메건 팅글리Megan Tingley, 리사 모랄레다 Lisa Moraleda, 도미니크 킹스턴Dominic Kingston, 페니 에버셰드Penny Evershed, 애슐리 바턴Ashleigh Barton, 줄리아 샌더슨Julia Sanderson, 빅토리아 스테이플턴Victoria Stapleton, 그리고 나를 가족으로 맞아 준 많은 이들에게도 고맙다고 말하고 싶다. 이들의 협조와 놀라운 작업을 통해 모리건이 세상에 나올 수 있었다.

전설 그 자체인 제니 벤트Jenny Bent와 몰리 커 혼Molly Ker Hawn 에게도 고맙다. 두 사람은 프랑크푸르트 북페어에서, 그리고 그 이후까지 『네버무어』가 승승장구할 수 있도록 정말 열심히 노력해 주었다. 벤트에이전시Bent Agency의 모든 직원들, 특히 빅토리아 카펠로Victoria Cappello와 존 바우어스John Bowers에게 감사의 뜻을 표한다. 또한 앞으로 함께할 전 세계의 우수한 조력자들과 유수의 출판사들에게도 인사를 전한다.

뛰어난 재능으로 아름다운 그림을 선사해 준 비트리즈 카스트로Beatriz Castro와 짐 매드슨Jim Madsen에게도 고맙다고 말하고 싶다.

경이로운 다나 스펙터Dana Spector와 패러다임탤런트에이전시 Paradigm Talent Agency의 모든 이들이 보여 준 지칠 줄 모르는 노고와 열정에 대해 감사를 전한다. 다리아 서섹Daria Cercek과 에밀리 베렌바흐Emily Ferenbach, 그리고 폭스Fox 팀에게도 고마운 마음을 금할 길이 없다. 그들은 내가 어찌할 줄 모를 만큼 모리건에게 열광하였으며, 나는 모리건이 적임자와 손을 잡았다는 사실에 진심으로 감사한다.

쿠퍼Cooper 팀에게 목청 높여 말하고 싶다. 그들 모두는 나에게 놀라움과 영감을 준다. 나는 팀의 일원이 되어 운이 좋다고 생각한다.

초창기의 독자가 되어 준 두 사람, 크리스 하우Chris How와 루시 스펜스Lucy Spence에게 지대한 감사를 보낸다. 두 사람이 모리건과 친구들에게 보내 준 열광적인 지지는 세상의 무엇과도 바꿀 수 없는 것이었다.

또 나의 친구이자 고등학교 영어 선생님인 샤메인 라이Charmaine Rye는 내가 진정한 작가가 되기 훨씬 전부터 작가라는 기분을 느낄 수 있게 해 주었다.

주얼스Jewels와 딘Dean은 초기의 독자들로, 가장 열렬히 응원해 주었다. 각별한 사랑을 전한다.

에이전트이자 친구인 제마 쿠퍼Gemma Cooper는 가장 좋은 의미에서 슬리데린(* Slytherin, 소설 『해리포터』 시리즈의 배경인 마법학교 호그와트 안에 있는 기숙사의 이름이자, 이 기숙사를 설립한 마법사의 이름 - 옮긴이)과도 같으며, 어느 모로 보나 믿을 수 있는 사람이다. 쿠퍼는 이 기묘하고 놀라운 이야기 속의 비밀 요소로, 소설의 등장인물 중 주피터 노스와 닮은꼴인데, 다만 책임감 있는 어른이자 여성이며 생강색 머리가 아닌 주피터 노스다. 당신 없이 내가 무엇을 할 수 있을까? 제마 쿠퍼에게 끝없는 고마움을 전한다.

샐리는 내 곁을 지키는 최고의 단짝이자 내 책의 첫 독자이고, 언제나 나의 공명판이 되어 주는 친구인데 다소 우쭐해하기 때문에 긴 말은 하지 않겠지만, 내 마음을 알 것이다. 고맙다.

누구나 자신의 엄마가 최고고 가장 힘이 된다고 생각할 테지만, 사실 우리 엄마야말로 최고다. 고마워요, 엄마.

네버무어 : 모리건 크로우와 원드러스 평가전 2

초판 1쇄 인쇄   2018년 8월 1일
초판 1쇄 발행   2018년 8월 5일

지은이   제시카 타운센드
옮긴이   박혜원

펴낸이   김연홍
펴낸곳   디오네

출판등록   2004년 3월 18일 제313-2004-00071호
주소   서울시 마포구 성미산로 187 아라크네빌딩 5층(연남동)
전화   02-334-3887   팩스   02-334-2068

ISBN   979-11-5774-609-5 04840
       979-11-5774-607-1 04840(세트)

디오네 는 아라크네 출판사의 인문·문학 분야 브랜드입니다.